Qu'importe la couleur du ciel

Du même auteur

Double Vie d'un papillon, Dorval éditions, 2010.
Nos mémoires apprivoisées, Éditions Luce Wilquin, 2012.
Alice et l'Homme-perle, Éditions Luce Wilquin, 2014.
Monsieur a la migraine, Éditions Luce Wilquin, 2015 ; J'ai Lu, 2019.
Le Hasard a un goût de cake au chocolat, Éditions Luce Wilquin, 2017.
Depuis, mon cœur a un battement de retard, Flammarion, 2019.

Valérie Cohen

Qu'importe la couleur du ciel

roman

Flammarion

ISBN : 978-2-0802-3961-7

À Sybille Bauwer
À mes grands-parents

« Notre héritage n'est précédé d'aucun testament. »

René CHAR

Les principaux personnages

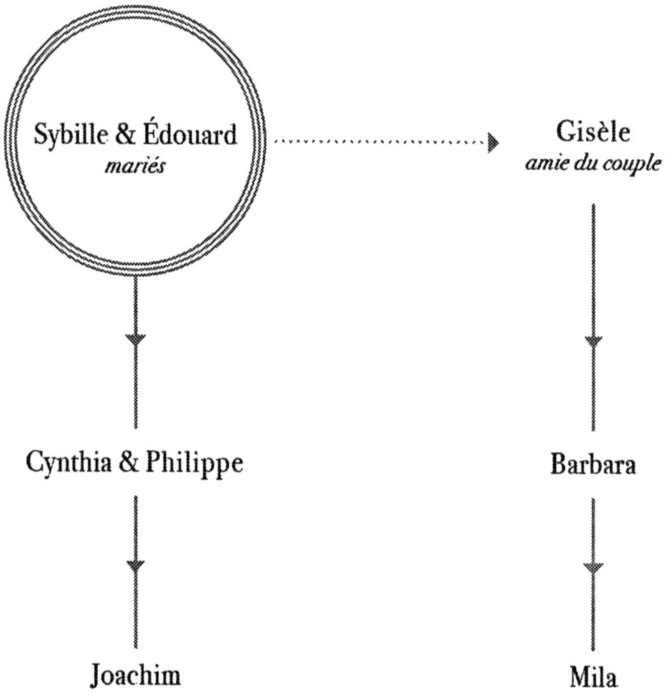

Prologue

Jusqu'à la rive nord du lac Léman, Lausanne est ensevelie sous un lourd manteau neigeux. Depuis près d'une semaine, la cathédrale, la vieille ville et les bâtiments universitaires sont drapés d'un blanc intense.

Une couleur froide, symbole d'innocence et de pureté.

Du blanc pour la façade de l'immeuble du laboratoire situé avenue Piccard, pour les plans de travail, pour les blouses des biologistes, pour les pipettes. Du blanc pour les murs, pour les gants, pour les sanitaires, pour les microscopes. Les panneaux signalétiques ne dérogent pas à la règle, et seul le poste radio branché en permanence sur LFM affiche un gris métallisé.

Du blanc pour aseptiser les émotions et se rapprocher du divin. Pour oser prononcer le oui fatidique ou remplir les cases vides d'un arbre généalogique.

Dans cet univers virginal, le temps semble figé et les sons les plus familiers sont étouffés. Le généticien en chef exécute sa tâche de façon méticuleuse, veillant à ne pas se laisser distraire par les bavardages incessants de sa collègue, une jeune Française à la dégaine androgyne et au sourire perpétuel. Il opine de la tête tandis qu'elle pérore sur le nouveau concours organisé par le laboratoire sur les réseaux sociaux. Une photo publiée contre un test ADN gratuit. Concentré sur ses gestes, il peste contre les idées fumeuses du département marketing et manipule avec précaution les nouveaux échantillons de salive reçus en provenance de Suisse, de Belgique ou de France. Chaque jour, des centaines de kits lui sont livrés par la poste. Il ne connaît rien de ces donneurs, de plus en plus nombreux, qui ont choisi de consigner un peu de leur intimité dans un tube en verre.

Ce troc pour le moins curieux le fait sourire : quelques crachats contre de surprenantes révélations. L'homme devine une même attente fébrile derrière une curiosité déguisée. Certaines personnes ont ri en tentant de postillonner dans le trou minuscule. D'autres ont pleuré en imaginant trouver enfin une histoire à habiter. D'autres encore ont prié le dieu ADN de bien vouloir leur délivrer la bonne parole, un génome à adorer ou une branche familiale à laquelle s'agripper.

Alors qu'il étiquette un nouvel échantillon, le généticien tente de donner un visage à ces milliers de femmes et d'hommes condensés en une pipette transparente. Tant de gens et de vies entremêlées. Des êtres prêts à léguer quelques millilitres de salive pour en savoir plus sur leurs aïeux. Des inconnus disposés à ouvrir leur portefeuille ou à poser sur Facebook pour faire parler leur profil génétique.

De la science pour créer du lien. De la bave pour fignoler une biographie. Des sécrétions pour se découvrir des racines et faire parler les silences. Dans la pièce voisine, trois assistantes administratives accomplissent leur mission avec diligence. Chargées de compiler les résultats imprimés, elles les envoient ensuite aux destinataires. Ils les recevront sous peu, dans une grande enveloppe blanche.

1

Une empreinte indélébile

Mars 1999 – Bruxelles

Le jour est devenu nuit depuis longtemps. Seules les lumières bleutées de l'autoroute voisine illuminent la bâtisse endormie, lui conférant un air de soucoupe volante à la dérive. Par superstition craintive, Sybille adresse une supplique muette à la Providence, ne sachant pas qui d'autre invoquer. Un ticket de loterie virtuel, certes, mais elle aime à croire qu'il sera gagnant.

Une fois le sas d'entrée de l'hôpital Érasme franchi, l'odeur des lieux prend Sybille à la gorge et la réconforte à la fois. Elle savoure le pouvoir rassérénant de ce curieux mélange d'éther, de désinfectant, de larmes et de sang. Un cocktail explosif d'urine et de bouquets joliment enrubannés. Depuis des décennies, les fragrances de vie et de mort imprègnent les murs épais du bâtiment et elle les hume, revigorée par ces senteurs connues. Ce sentiment familier la réjouit alors que le bruit de ses pas résonne dans le couloir désert de la maternité. Elle ne devrait pas être là, certains lieux se couchent avant le soleil, mais elle avance avec détermination, le feu aux joues. Les règles sont écrites en rouge et noir sur des panneaux plastifiés. Les visites, même des proches, ne sont pas autorisées en dehors des heures affichées. À travers les portes closes, elle perçoit des murmures feutrés, des geignements, la voix fatiguée de Patrick Poivre d'Arvor égrainant les nouvelles du monde et la sonnerie stridente d'un téléphone. Ces sons ouatés lui rappellent qu'un hôpital ne dort jamais. Au mieux, il sommeille.

Sybille ébouriffe les longs cheveux roux qui lui encadrent le visage et s'immobilise non loin de la pièce réservée au personnel soignant. Elle veille à ce que ses nombreuses chaînes à breloques ne s'entrecognent pas et retient son souffle rapide, fébrile. Des bribes de conversation échangées entre les infirmières de garde lui parviennent. Comme souvent, elle se sent spectatrice d'un monde qui n'est plus le sien. Les giboulées qui ont détérioré les plantations de la terrasse de la cafétéria, l'esclandre fait par le mari de la patiente de la chambre 302 pour une ampoule défectueuse, la recette inratable du cake aux éclats de caramel de Philippe Conticini. Des instants de vie et des apparences, kaléidoscope géant de la nature humaine. Une normalité rassurante.

Avec d'infinies précautions, Sybille longe la cloison et s'arrête devant la porte de la chambre 309, priant pour que ses occupants dorment et qu'elle n'ait pas à justifier sa venue à une heure si tardive. Deux coups, trop légers pour être entendus. Ils restent sans réponse et elle pénètre dans la pièce surchauffée où règne une quiétude illusoire. La transgression la grise, l'interdit la réjouit. À la vue du spectacle, un sourire ému se dessine sur son visage. Elle se retient de déposer un long baiser chaleureux sur le front de la mère et de son bébé et reste là, immobile, la bouche pleine de mots qu'elle ne peut prononcer. Des émotions contenues, des pensées cadenassées. Comme souvent, sa joie est fracturée, fragmentée par des réminiscences d'hier. Elles s'infiltrent dans les interstices de son bonheur. Sa gorge se noue et un froid familier la traverse. Tout en ne quittant pas des yeux la femme endormie, Sybille accueille avec philosophie cette partie d'elle-même dont elle n'arrive pas à se défaire. Elle a beau colmater les plaies, son histoire la rattrape souvent. Elle a appris à vivre avec ce que l'existence lui a donné, mais aussi et surtout avec ce qu'elle lui a repris.

Barbara dort encore. Les cheveux noirs en bataille sur l'oreiller, la chemise de nuit en coton bleu chiffonnée, sa filleule a la mine d'une petite fille fragile et esseulée, la même depuis toujours. D'instinct, Sybille a posé ses mains sur son bas-ventre, sur son corps encombré de vide qu'elle caresse avec une extrême douceur. Chérir sa filleule comme sa propre fille ne l'a jamais faite sienne. Elle a beau porter des jupes amples et colorées, sous son slip rouge en dentelle se cache un utérus dépeuplé, une cavité d'une désespérante vacuité. Un objet inutile, telle une vieille malle confinée dans un grenier qu'on ne peut se résoudre, pour d'obscures raisons, à jeter aux encombrants.

Dans son berceau, le nourrisson gigote et peine à ouvrir les yeux. Sybille se masse la nuque et la tension musculaire concentrée en un point douloureux la fait grimacer. Un sentiment de justesse l'habite. Elle a eu raison de s'écouter, de se moquer des règles imposées, de venir profiter de la solitude du soir pour découvrir ce magnifique bébé. Il est plus simple de faire illusion quand on n'est pas happée par le regard et les attentes mutiques des autres. Une nuit sans fraîcheur pour un sourire triste. Demain, elle reviendra. Sa mélancolie aura disparu derrière un maquillage léger et, les paupières fardées de nuances vertes, elle fera bonne figure devant les gens qu'elle aime. Ses papillons noirs envolés, elle pourra se réjouir de tout son être de ce bonheur auquel elle n'a pas eu le privilège de goûter. Le temps n'anesthésie pas toutes les peines et la sienne devient brûlante. Une vague de spleen lui fait boire la tasse et ses yeux se mouillent, malgré ses efforts pour contenir ses larmes. Quel que soit l'ordre selon lequel elle ordonne ses pensées, aucune combinaison n'a jamais réussi à éradiquer son amertume. Une sensation de profond gâchis. Elle a beau se raisonner et l'isoler au fond d'elle depuis des années, elle revient toujours, avec l'insistance des passions qui jalonnent nos jours. Elle aurait aimé enfanter dans la douleur. Serrer à la lui rompre la main rassurante d'une infirmière. Hurler sa joie de sentir son bassin s'élargir à s'en disloquer, se sentir meurtrie jusqu'à ce qu'une énième contraction congédie sa souffrance. Depuis plus de trente ans, la sienne s'est faite discrète, mais elle ne l'a jamais vraiment quittée.

Sybille remue la tête, soucieuse de chasser les souvenirs qui ont refait surface et ternissent cet instant de joie. La félicité du présent se heurte aux peines d'hier et l'impermanence de ses propres émois l'étonne encore. Quelques pas la séparent de Barbara. Elle se rapproche, une vague de tendresse l'enveloppe et un sourire vrai illumine sa silhouette fatiguée. Il lui semble que son cœur se distend encore pour y laisser entrer cette merveilleuse créature emmaillotée d'une barboteuse blanche.

La jolie brune aux traits tirés, endormie malgré elle, toutes les lumières allumées, semble veiller sur son nourrisson. Touchée, Sybille perçoit, à défaut de le connaître, ce cordon ombilical invisible unissant toutes les femmes qui donnent la vie : déesses épuisées, elles dorment comme des guerrières, d'un sommeil fragile et parcellaire, pour éviter que le sort ne s'approche trop près de sa nouvelle proie, les yeux clos rivés sur le berceau à leur côté, prêtes à bondir au moindre gémissement de leur poupon.

Dans son sommeil agité, Barbara remue la tête, les sens en éveil, encore chamboulée par une émotion dont elle n'avait pas mesuré l'intensité. Elle a mis au monde bien plus qu'un petit d'homme. Un nouvel univers dont les contours lui paraissent encore flous, même si elle l'a imaginé des mois durant.

L'endormie serre dans son poing une girafe en peluche à poils jaunes et Sybille fait mine de caresser, sans la toucher, une mèche de cheveux épars sur l'oreiller. Elle l'aime tant, sa Barbara. Cette dernière ne le sait pas encore, mais son repos ne sera plus jamais pareil, teinté désormais de la présence de cette autre dont elle doit prendre soin. Un petit cœur qui bat en solitaire depuis quelques heures mais dont elle suivra la trajectoire jusqu'à son dernier souffle. Sybille, une main toujours posée sur son bas-ventre, s'engage à en faire de même et ce serment tacite l'apaise.

Des gestes lents et de la tendresse au bout des doigts. Elle se penche sur le berceau et ils effleurent le nouveau-né. Une ravissante petite fille dont le prénom est brodé au fil rouge sur un tour de lit au décor bucolique. Mila. Un minois délicat et des poings serrés sous le menton. Un duvet clair recouvre son crâne chauve et quelques griffures marquent ses joues roses. Sybille se souvient d'avoir lu que ce prénom signifie « miracle » dans une langue slave et elle se promet de vérifier l'information. La vue du pied minuscule l'émeut plus qu'elle ne le voudrait. Le contraste entre le velouté de cette peau vierge et la sienne, marquée par le défilé des saisons, la saisit. Presque soixante ans les séparent. Une main tachetée d'imperfections brunâtres et des orteils attendrissants qui n'ont foulé aucune terre. Une ligne du temps en condensé.

Sybille sort de son sac en daim naturel une petite boîte à bijoux qu'elle ouvre avec précaution. Édouard avait bien tenté de la raisonner, il avait même haussé le ton, mais elle n'avait pu s'empêcher de venir à cette heure indue. Elle chasse d'un mouvement de tête son époux de ses pensées et se concentre sur ses gestes. Sans broncher, la mignonne laisse emprisonner ses petons dans le coton blanc. Sybille serre le ruban en organza autour de la cheville et le contentement illumine ses grands yeux verts. Son rituel est accompli. Elle s'était promis de le réaliser depuis le jour où Barbara lui avait annoncé être enceinte, sous un pommier en fleurs au fond du jardin de sa maison, au cœur de l'été. Elle se souvient s'être levée d'un bond de son fauteuil en osier pour serrer sa filleule contre elle et la rassurer du mieux qu'elle le pouvait. Oui, Barbara avait fait le bon choix. Donner la vie est le seul voyage pour lequel aucun retour ne doit être acheté. Oui, tout se passerait bien, même si le père de Mila ne souhaitait pas voir naître cet enfant. Oui, elle supportera cette joyeuse douleur et des mains tendues lui permettront d'avancer, digne et comblée. Elle se rappelle les yeux brillants de la jeune femme et la confiance timide qu'elle y avait décelée ; le goût du cidre frais bu pour l'occasion et le bruit des oiseaux dans la campagne déserte.

Édouard avait eu tort. Elle se réjouit d'avoir accompli ce cérémonial, une ode à la vie plus sacrée à ses yeux qu'un baptême ou une circoncision. Un geste à première vue anodin : offrir à ce nouvel être, au moins une fois dans sa vie, des chaussons à sa juste taille. Elle aurait tant aimé les porter elle-même. Elle se redresse, satisfaite, et rajuste sa tunique en soie verte sur sa jupe à plis orange. Il fallait qu'elle vienne, peu importe les horaires ou les récriminations maritales. Qu'elle protège Mila d'elle-même et des autres. N'est-ce pas le rôle premier d'une mère ?

Sybille a vu naître tant d'enfants alors qu'elle était sage-femme qu'elle ne peut les compter. Mais une certitude habite son âme, qu'aucun des jeunes parents croisés au fil des ans n'aurait pu entendre. Comment Barbara pourrait-elle soupçonner que quelque chose de plus extraordinaire encore qu'une vie ou qu'un destin s'offrirait à sa progéniture ? Comment pourrait-elle imaginer que l'homme met immanquablement ses pieds dans les traces de quelqu'un d'autre ? Que chaque héritier d'une lignée porte toujours des chaussures trop grandes pour lui ? Perdue dans ses pensées, Sybille fait connaissance avec Mila par le toucher. Une caresse légère sur sa peau soyeuse, douce comme un sentiment d'éternité.

La sexagénaire soupire, ne sachant si la fatalité pèse plus lourd qu'un rituel accompli pour le déjouer. Cette jolie Mila aux doigts potelés est unique et, pourtant, elle fera comme tant d'autres avant elle. Elle empruntera des sentiers balisés, des chemins de traverse et des voies de garage. Certains matins, elle optera pour de larges enjambées et certains autres, elle leur préférera les petites foulées. Il y aura tant de terres à parcourir avant de trouver celle qui la retiendra que ses pieds usés lui feront mal. Mais ses pas auront toujours une empreinte plus large que la sienne. Une empreinte indélébile. Comme chacun, elle découvrira qu'on ne court pas en toute impunité sur les traces de sa propre histoire. Ses ancêtres lui ont ouvert la route et ils l'accompagneront à son insu. Aujourd'hui comme demain.

Mila se tortille dans son berceau et fait quelques curieuses grimaces avant de s'apaiser. Sybille aimerait lui chuchoter des mots tendres, des sonorités étranges qu'elle seule comprendrait. Lui expliquer qu'il ne faut pas être exceptionnelle pour avoir une vie merveilleuse. La convaincre qu'elle sera toujours là pour elle, qu'importe le diminutif dont elle l'affublera, qu'importe le temps qui lui reste à habiter sa vie. Lui parler des soirs de pluie, des mirages et des feux d'artifice. Du goût du doute et de la composition universelle des larmes. Des hommes, de leur bonté et de leurs désespérances. De ces gestes qui n'ont de valeur que parce qu'ils sont tus. Des détails de l'existence et de leur imperceptible pouvoir de colorer l'ordinaire. De sa mère, de sa grand-mère, des hasards qui n'en sont jamais vraiment.

Le rire étouffé de deux infirmières de nuit dans le couloir la surprend et elle recule à regret, tiraillée entre l'envie de prendre cette enfant dans ses bras et la nécessité de partir. Dans quelques heures, elle reviendra l'embrasser au bras d'Édouard. Ils s'extasieront de concert devant cette petite frimousse et elle lui caressera les pieds avec ravissement. Une ultime prière au-dessus du berceau et elle éteint la lumière. La porte se referme avec délicatesse derrière elle alors que Mila et Barbara sont toujours plongées dans le sommeil. Le pas léger, Sybille traverse le couloir en sens inverse et s'engouffre dans l'ascenseur en souriant à son reflet dans le miroir.

Une curieuse allégresse. Elle franchit le sas avec assurance et le vigile, cigarette à la main, la regarde passer avec curiosité. Sur le parking extérieur, le chauffeur de taxi l'attend et lui adresse un petit signe satisfait de la tête. Elle a été plus rapide que prévu. Sybille répond à ses questions du bout des lèvres. Non, elle n'est pas allée voir sa fille mais Barbara, sa filleule qui a accouché d'une petite Mila. Non, Barbara n'est pas sa nièce mais la fille de son amie de toujours, Gisèle. Non, elle n'a pas d'enfants mais son époux Édouard a une fille qu'elle a élevée, Cynthia.

Perdu dans ce flux d'informations, le chauffeur de taxi pose sur elle des yeux perplexes. Elle est bien étrange, cette inconnue de la nuit. Pour mettre fin à la conversation, Sybille sort un carnet de sa poche et tente de lui dessiner sa famille. Quelques prénoms, une branche commune. Elle griffonne un arbre généalogique où elle hésite un instant à trouver sa place.

L'homme lui décoche un regard attendri et démarre enfin. Sybille sourit et range le petit papier plié en quatre dans son portefeuille, comme une carte d'identité qui n'en porterait pas le nom. Un sourire illumine toujours son visage alors que le véhicule quitte la capitale et s'engouffre sur la E411. Le bitume cède la place à des champs de maïs et ses ombres à une douce mélancolie. Elle écoute d'une oreille distraite le monologue du conducteur sur les difficultés de sa profession et compte les lampadaires bordant la nationale. Le bruit des essuie-glaces sur le pare-brise. Des boules de lumière pour éclairer la nuit. Ses yeux se ferment malgré elle et lorsqu'elle les ouvre, son spleen s'est assoupi et la beauté des lieux la surprend une fois de plus. L'envie lui prend de serrer fort son Édouard contre elle et de savourer une gaufre au sucre perlé trempée dans un bol de thé au lait. Elle étire avec lenteur son dos endolori.

Un nouveau jour s'est levé sur La Roche-en-Ardenne.

2

Un rêve volatil

Dix ans plus tard, en 2009, dans l'Oise

Le chant des oiseaux sort l'homme endormi de sa torpeur et lui rappelle qu'il est vivant. Une cacophonie à réveiller tous les morts du village de Verberie. Émile n'a jamais eu de sympathie particulière pour les volatiles mais ce matin ils le lui rendent bien. Ils roucoulent et jabotent à gorge déployée sur l'appui de la fenêtre de sa chambre et leurs notes trop aiguës fendent le crâne du vieil homme. Émile grommelle à mi-voix et gratte de ses ongles terreux sa barbe mal rasée. Lui, il a de l'affection pour les chiens, les vaches et les brebis. Pour le ballet synchronisé des abeilles ou la perfection mathématique d'une toile d'araignée. Pour ce qu'il peut toucher de ses mains rugueuses, caresser, empoigner. Pour une nature sensuelle et nourricière.

La jeune fille qui l'accompagne en songe se fait plus floue. Les rêves aussi ont une obsolescence programmée et il met du temps à ouvrir les yeux, seule manière de la retenir.

Il aurait aimé garder en lui son visage qui s'évapore déjà dans les limbes du jour. Il maugrée encore contre le cerveau humain capable d'enfanter une bombe atomique mais inapte à se remémorer l'essentiel. Ses articulations rouillées achèvent de le réveiller et l'octogénaire s'étire avec lenteur, repoussant du pied la couette épaisse en plumes d'oie. À côté de lui, un lit vide. Le coussin rebondi ressemble à un estomac trop plein et le drap est tiré comme sa femme en a l'habitude, sans pli inesthétique. « Il n'y a pas que la tête qu'elle me fait au carré, celle-là », pense-t-il en enfilant une paire de charentaises usées. Son regard se pose sur la photographie de son épouse, cerclée dans un cadre imitation or. Le cliché avait été pris le jour de ses soixante ans. Pour l'occasion, il avait proposé à Madeleine un déjeuner dans l'orangerie du château de Raray et ils y avaient partagé, sans un mot, une savoureuse côte à l'os. Il se souvient encore du goût de beurre frais de la sauce béarnaise et du regard noir reçu alors qu'il y plongeait les frites avec ses doigts.

Sur le papier aux coins jaunis, Madeleine se tient droite, un léger rictus en guise de sourire, les cheveux apprêtés en boucles serrées et le col de sa chemise blanche fermé jusqu'à l'avant-dernier bouton. Émile a l'impression qu'elle le fusille des yeux et juge son réveil tardif avec mépris. Il n'a pas tort et il sait qu'une volée d'escaliers plus bas, le portrait prendra vie. Comme souvent, il aura l'image mais pas le son, et il doit bien avouer que cette situation l'apaise. D'un geste sec, il retourne le cadre sur la table de chevet. Même lorsqu'elle n'est pas à ses côtés, Madeleine l'irrite au point qu'il sent ses jugements incessants l'étreindre. Son silence l'étouffe, ses propos l'horripilent. Et pourtant, il estimait qu'ils étaient quittes. Il avait assumé sa part du contrat matrimonial : elle bénéficiait grâce à lui d'une vie confortable et, à soixante-dix ans passés, une pension lui était assurée. De plus, il lui avait offert, en douze mensualités avec intérêt, un emplacement double dans le tombeau familial.

Ses pensées l'éloignent de son songe. Dans ses rêves, la jeune femme qui le visite ne vieillit pas. Fière et digne, presque arrogante. Un port de tête haut et une robe souple qui épouse ses courbes naissantes. Elle lui fait penser au buste de Marianne en plâtre patiné qui orne la salle des fêtes de la mairie de Verberie. Elle ne sourit pas plus que l'allégorie de la République française. Son regard est froid, peut-être même teinté d'impudence, et il est incapable d'y lire la moindre émotion. Son immobilité le bouleverse tandis que ses propres regrets assaillent ses membres fatigués. Il aurait dû l'aimer, la chérir, la protéger de lui-même et des autres. Assumer. La culpabilité, à l'instar d'une grenade dégoupillée par un ennemi invisible, lui explose au visage. Elle retombe en d'innombrables questions sur la descente de lit tachée par les tartines à la confiture de mûres, savourées en cachette au réveil lorsque Madeleine nourrit les poules.

Comment apprend-on à aimer ? Y a-t-il un âge au-delà duquel ce sentiment s'éteint à jamais ? Une date de péremption ? Un mode d'emploi ? La bonté et la lâcheté peuvent-elles survivre dans un cœur mal irrigué ?

Ces interrogations stériles l'obsèdent, mais il a renoncé depuis longtemps à les combattre et à les faire taire. De sinistres cohabitantes, de vaines acolytes domptées à coup de lampées de vin rouge bon marché. Elles ne méritent pas mieux. Pourtant, le calendrier de la paroisse épinglé avec des punaises sur le mur de la cuisine le lui rappelle tous les jours. Émile prend de l'âge et demain n'est peut-être qu'un vœu pieux. Le temps avance. Il accélère, il file, il presse. Et puis il disparaît. Envolé, comme les pigeons ramiers dont le raffut l'a réveillé. Bientôt, il sera trop tard et cette certitude le galvanise. Il lui reste à vivre des mois, quelques années au mieux. Une décennie, qui sait ? Peut-être deux... Son médecin de famille s'est montré rassurant lors de leur dernière rencontre, mais d'un fatalisme exquis en lui expliquant les courbes d'espérance de vie d'un homme. Émile a pensé à ses proches partis trop tôt et a haussé les épaules devant les graphes colorés. Abasourdi par cette invention créée pour rassurer les bourgeois de la ville, ceux qui regardent la campagne à travers les vitres teintées de leur véhicule surélevé et organisent des pique-niques sur des sièges pliables pour ne pas toucher le sol ou salir leur short blanc. Ceux qui se savent mortels mais refusent d'envisager un long sommeil entre six planches de bois. Il a secoué la tête avec force. La vie ne peut se résumer à une courbe ascendante dessinée en pointillés depuis un angle droit. À des paramètres, à quelques formules mathématiques. Émile n'est pas prêt à s'y résoudre. Il se sent usé, mais pas encore décidé à passer l'arme à gauche. Si on lui avait demandé son avis, il aurait complété le graphique par des éléments bien plus importants que le fait de fumer ou de vivre seul. Il désire encore marcher sous la pluie dans la forêt avec son chien, s'enivrer de liqueur de prune en pensant à ses amis décédés, savourer une tarte au sucre chaude à la sortie du four avec le boulanger, tailler à l'Opinel un ours dans un morceau de bois. Sentir la rosée du matin mouiller ses joues. Crier sa rage au volant et chanter faux. Imaginer pénétrer avec fougue une femme accueillante. Et surtout, il veut encore rêver d'elle.

Malgré sa bonne volonté, le songe s'est évanoui, emportant avec lui son visage au teint diaphane. Si souvent, il s'est juré de la retrouver. D'anticiper le destin, d'échanger sa trajectoire linéaire pour prendre la tangente. De troquer son lot de mauvaises excuses contre de bonnes résolutions. Il aime bêcher la terre meuble, sarcler le potager et s'occuper de ses ruches. Mais les paroles n'ont jamais été son fort et les mots justes ont une fâcheuse tendance à lui venir des mois ou des années après un événement. Il s'imagine la revoir, redécouvrir son visage et être incapable d'aligner deux phrases cohérentes malgré ses efforts surhumains. Alors, il patiente, il lance son prénom à la lune, il renonce, se convainc qu'il aura l'occasion de lui dire au revoir plus tard, ou de lui demander pardon… Demain, peut-être…

Et puis, c'est la faute de Madeleine aussi. Penser à sa femme et à son intransigeance lui donne soudain très chaud et de la sueur âcre se loge dans les plis de son cou. Leur histoire aurait pu être autre. Ils avaient été heureux, du moins quelque temps. Leur vie était agréable avant que la fatalité s'en mêle et choisisse d'élire domicile sous leur toit. Avant que ses propres démons en sommeil soient trop nombreux pour qu'il puisse les contenir. Regarder en arrière lui donne la nausée, ses yeux se brouillent et sa tension artérielle s'envole. Il farfouille dans la poche de son pantalon abandonné sur le sol la veille et en retire un petit caillou blanc glané sur un chemin. Il le soupèse, quelques dizaines de grammes tout au plus. Il ouvre la fenêtre, vise un pigeon paradant dans la cour et lance la pierre avec rage. Tir loupé.

Émile grommelle. L'oiseau s'est envolé dans un battement d'ailes. La jeune fille du songe aussi.

3

Une minuscule petite-fille

Mars 1999 – à Bruxelles

Gisèle s'était levée de bonne heure, se répétant que c'était le printemps. Une jolie date pour un ciel qui s'était mis au diapason de l'événement. Pas un nuage dans le ciel bruxellois, fait assez rare pour qu'elle le remarque en ouvrant ses tentures épaisses au réveil. La journée s'était écoulée selon un rythme habituel. Assez soutenu pour qu'elle couse à en avoir les yeux qui picotent et les doigts endoloris. Elle avait interrompu son ouvrage pour avaler en vitesse un reste de salade de riz devant le journal télévisé de treize heures. Elle avait écouté les nouvelles du monde d'une oreille distraite, ne levant les yeux que pour regarder les images d'un attentat en Ossétie du Nord. Une pensée pour les soixante morts et un carré de chocolat au lait en guise de dessert. Un second pour oublier la fureur du monde et elle avait repris, pour la dixième fois, les mesures de la robe d'une future mariée qui, après six jours de monodiète à la pomme, avait encore perdu une taille. Ses pensées virevoltaient sur la voix cassée d'Étienne Daho lorsqu'une sonnerie avait interrompu son geste.

Gisèle ne sait depuis combien de temps elle était immobile, devant sa table de couture, le téléphone à la main. Elle avait répondu par réflexe, certaine que sa dernière cliente s'était enfin aperçue qu'elle avait oublié trois pantalons aux ourlets surpiqués sur le pas de la porte. « Maman, Mila est née. » Une voix étranglée, lasse et vibrante à la fois. Une voix qui aurait pu être la sienne, elle l'était sans doute un peu. Un doigt sur la bouche, le cœur chaviré, transportée par la nouvelle pourtant attendue depuis de longs mois, la presque quinquagénaire avait blêmi : un jour de printemps ordinaire et elle était promue grand-mère.

Elle ne se rappelle pas ce qu'elle a répondu à Barbara. Un hoquet de surprise. Un silence plein de ce qui ne peut être traduit. Son cerveau s'enraye. Des inepties, sans doute. Des paroles convenues, certainement. D'autres plus proches de celles qu'elle aurait aimé entendre lorsqu'elle-même avait donné la vie, elle n'en est pas sûre. Les mots s'étaient brouillés en un monologue décousu. « Oh, ma chérie… prends soin de toi… je suis tellement heureuse… elle te ressemble ?… Tu as eu mal ?… N'allaite pas si tu ne le sens pas, c'est juste une mode… je préviens Sybille… je l'aime déjà, Mila… »

Une petite Mila. Une minuscule petite-fille. Elle ne dépassait en rien les normes des courbes de percentiles, mais déjà Gisèle se sentait investie d'une immense responsabilité face à ce nouvel être, maillon d'une chaîne invisible qu'elle perpétuait malgré elle.

L'envie lui prend d'ouvrir la porte de son pavillon et de claironner sa joie à tue-tête, mais sa bonne éducation et son sens des convenances l'empêchent de partager sa félicité avec ses voisins. Tant de choses sont tues, confinées, cadenassées dans son existence. Tout y est organisé avec une minutie raffinée, pour ne pas laisser de place à l'imprévu, pour bien répartir les rôles, pour ancrer dans la réalité sa propre vision du monde : carrée et pragmatique. Même ses coups de folie ont une date et des créneaux horaires. Il faudra désormais qu'elle ajoute le 21 mars à sa liste.

Lorsque Romain, son ami coiffeur, à ses heures aussi affublé du titre d'amant ou de compagnon de route, vient lui rendre visite tous les lundis soir après sa journée de labeur, il prend un plaisir fou à ouvrir chacune des boîtes à boutons empilées à une courte distance de la machine à coudre Singer. Il glousse devant les rangées de bobines et de fils classées par couleur, grandeur, matériau. Tout comme devant les Tupperware empilés en une colonne impeccable dans l'armoire de la cuisine, ou les paires de chaussures bien alignées dans le placard de l'ancienne chambre de sa fille. L'homme au rire carnassier et à la lâcheté attachante ne se lasse pas de lui envoyer des piques mi-tendres, mi-acides. Sa manière d'aimer sans s'engager, d'être présent à reculons, d'avoir toujours le sentiment de contrôler la distance entre eux. Cet amoureux des chaussettes disparates, des pochettes colorées assorties à ses chemises moulantes sur son corps athlétique, du champagne de qualité et des pâtes aux artichauts l'avait pourtant prévenue. « L'ordre n'a aucun sens dans une vie. Il est rassurant mais inutile. Une fausse impression de porter en permanence un gilet de sauvetage. Tu verras quand tu seras grand-mère, rien ne te sera plus doux que le bordel dans ta cuisine après le passage de ta petite-fille ! » Elle lui avait offert un sourire peu convaincu pour toute réponse.

Sa voix grave aux pointes d'accent wallon dont il s'évertue à nier l'existence lui revient en mémoire. « Depuis que je suis grand-père, je revisite la vie autrement. Même les souvenirs tristes ont pris un autre relief. La même vie pourtant, mais plus d'altitude. Ou un système lacrymal qui fonctionne différemment. Tu m'en reparleras, ma belle. » Depuis toujours, avant même que leur relation évolue du brushing à l'orgasme secret hebdomadaire et que l'expression se popularise, il l'a affublée de ce surnom populaire. Y penser lui donne le sourire. Elle aimerait que ce rictus s'imprime en elle et qu'il soit éternel. Un vœu pieux.

Gisèle a chaud. Une petite Mila est entrée dans son cœur. Comme souvent, Gisèle mesure sa joie à la zone d'ombre qui l'accompagne. Elle appelle les êtres qui lui sont chers, un à un, en ordre d'importance. Son amie Sybille et son mari Édouard, Romain, Cynthia, ses amies Claudia et Hélène. Il est trop tard pour aller rendre visite à sa fille et elle l'imagine, seule dans sa chambre trop chaude, avec ce bébé dont elle doit désormais prendre soin. Si sa mémoire est exacte, elle aussi avait accouché en fin d'après-midi, un jour d'hiver, entre chien et loup. Un long travail douloureux, comme une punition divine qui cachait son nom. Elle se rappelle la main bienveillante de Sybille posée sur son front trempé, l'odeur du sang et de la sueur, la blancheur des lèvres de ce petit d'elle posé sur sa poitrine. Elle n'avait eu personne à qui annoncer l'heureuse nouvelle, personne avec qui se réjouir et inventer un avenir radieux au nourrisson qui cherchait son sein avec avidité. Personne à qui confier sa peine de ne pas avoir d'époux, de père ou de grand-père à offrir en cadeau de naissance à sa fille. Personne, si ce n'est sa chère Sybille.

Alors que le passé vient égratigner son présent, la couturière tourne en rond dans son salon, soudain trop étroit pour contenir toutes ses émotions. Elle fourrage dans son sac à la recherche de pastilles au menthol qui n'y sont pas, elle suit des yeux le tracé des losanges du papier peint qui s'entremêlent, elle grommelle des injonctions au chien du voisin qui se plaît à uriner sur son côté du mur mitoyen avant de se laisser choir enfin dans un fauteuil en velours vert usé. Mue par une impulsion subite, elle rappelle Romain pour lui proposer de venir déboucher une bonne bouteille de vin italien à la santé de sa douce Mila. Avec un peu de chance, il trouvera un joli mensonge à offrir à son épouse et quittera le domicile conjugal pour la rejoindre. Un haussement d'épaules alors qu'il la raille à propos du fait que lundi est passé depuis trois jours déjà. Elle raccroche et se lève pour sauter dans la douche avant son arrivée. L'eau brûlante apaise ses tensions et elle entraîne dans une rigole mousseuse les souvenirs encombrants.

Mila est née, le ciel est d'un bleu phocéen, la future mariée est aussi pomme que sa monodiète. Les souvenirs devraient être légers. Gisèle constate qu'elle a beau se frictionner la peau à s'en faire mal, ces fragments du passé s'endorment parfois dans un silence rassurant au point qu'elle les oublie. Un oubli rassurant mais trompeur.

4

Un docile toutou

Août 2015 – dans l'Oise

Si à Bruxelles Mila se transforme en une merveilleuse jeune fille de seize ans, de l'autre côté de la frontière, Émile sent le poids des années et l'amertume le gagner. Sa propre jeunesse est si loin… Elle lui revient, par vagues, laissant en lui une écume salée dont il ne peut se défaire.

En 1950, Émile avait vingt ans et il était plutôt bel homme. De taille moyenne mais bien bâti, les épaules carrées et les abdominaux saillants, le menton en galoche et la pomme d'Adam proéminente. Le jeune homme blond avait des amis, la ferme de ses parents proche de Senlis en héritage, un avenir tout tracé. Il lui manquait une femme, une aide, une complice avec qui partager ses jours et ses nuits. Il s'était tout de suite attaché à Madeleine. Un amour raisonnable. Un amour fonctionnel. Non pas dévorant comme dans les films qu'il regardait en noir et blanc sur le poste de télévision de son ami Gérard le dimanche après-midi, mais une attirance suffisamment forte pour désirer revoir la jeune femme après leur premier rendez-vous.

Il s'était moqué de lui-même, se surprenant à vouloir lui faire plaisir, à désirer lui aménager un intérieur douillet aux voilages blancs. Il était disposé à travailler dur pour lui offrir une garde-robe digne d'une dame de la ville et il était même enclin à se laver après une journée de labeur avant de passer à table. Il appréciait son beau regard gris, son corps costaud, son organisation sans faille dans la maisonnée et sa façon de ne jamais rechigner à la tâche. Madeleine était solide, fidèle à elle-même et à ses convictions, bien campée sur ses jambes et sur ses principes moraux qui lui servaient d'ossature. Fervente croyante et fille d'enseignants, elle veillait à ne pas avoir de mauvaises pensées et préférait se taire quand sa parole pouvait offenser son prochain. Mais derrière cette cuirasse protectrice, elle avait un rire léger qui lui pinçait le cœur et une douceur pudique qu'elle lui réservait dans l'intimité de leur chambre à coucher.

Le hasard n'avait jamais eu de place dans leur vie et même leur rencontre avait été programmée de longue date. Son oncle Daniel, vicaire respecté de Bourgogne et meilleur agent matrimonial de la région, avait insisté pour présenter cette jeune fille issue de sa paroisse à Émile. Elle avait vingt ans depuis deux mois. Elle s'était avancée avec retenue dans son imposant bureau aux murs recouverts de peintures religieuses et lui avait offert un sourire inquiet. Émile avait été séduit par sa réserve, par ses hanches larges voilées par une jupe plissée et par les seins lourds qu'il devinait sous son gilet bleu pâle fermé par des boutons dorés. Il l'avait examinée sans fausse pudeur, habité par une chaleur entre les jambes et par la certitude qu'il fallait être fou pour refuser une telle union. Une demoiselle de bonne famille, vierge, travailleuse et élevée en bonne chrétienne. Un pedigree idéal. Un cadeau du ciel qu'il ne pouvait éconduire sans offusquer les dieux qu'il invoquait par habitude. Et peu importe si le travail de la ferme lui était inconnu ou si ses paumes de main étaient trop tendres, il était persuadé qu'elle apprendrait vite. Autour d'une tasse fumante de café noir dans lequel elle avait plongé un carré de sucre, elle lui avait appris l'essentiel. Elle ne fumait pas et elle détestait le bourbon. Elle était capable de repriser un trou dans un pantalon, de cuisiner un repas en trente minutes, de tenir un budget à dix francs près et de faire du bénévolat auprès de la bibliothèque de l'hôpital. Elle aspirait à une vie stable, un mari, deux chiens, trois enfants. Peut-être quatre. Un potager autour d'une grande demeure en pierre. Une gourmette en or 14 carats gravée de ses initiales. Une télévision dans le salon et un poste de radio dans la cuisine où elle régnerait en maître. Quatre mois plus tard, Émile l'épousait dans l'église de Senlis décorée de roses blanches, sous le regard approbateur et légèrement concupiscent de son oncle et celui, plus envieux, de ses amis de toujours. Elle s'était avancée d'un pas léger, les yeux creusés de cernes légers et attachants. Il l'avait même trouvée d'une beauté douce sous sa grande voilette rehaussée de fausses perles.

Avec les années, leurs rêves avoués ou non s'étaient fracassés sur les chemins de terre de la commune. En attestait la photographie trônant sur la table de chevet, du côté de Madeleine. Le jour où le cliché avait été pris, ils formaient déjà depuis longtemps un joli couple d'illusionnistes et Madeleine flirtait désormais uniquement avec le divin. La vie avait été moins clémente qu'ils l'avaient imaginé en se jurant fidélité. Leurs vœux s'étaient évanouis, leurs espérances aussi. Leur existence avait été très vite réglée comme du papier à musique, la mélodie en moins. Émile lui avait bien offert une gourmette en or pour célébrer leur premier Noël mais, le jour de son soixantième anniversaire, cela faisait déjà des décennies que Madeleine ne la portait plus.

Émile chasse le passé d'un geste de la main. L'octogénaire se redresse sur le lit et frictionne son crâne glabre, par habitude. Cette nuit encore, comme il y a sept ans, il a eu l'impression désagréable d'être habité par quelque chose de plus grand que lui. Elle est encore venue peupler son sommeil et il se sent toujours davantage possédé par la jeune fille du rêve. Une irrépressible envie de la revoir s'empare de lui et un tremblement parcourt son corps encore engourdi par la nuit. Feuilleter un album de photos jaunies ne lui suffit plus. Il ne connaît rien d'elle depuis si longtemps. L'a-t-il seulement vraiment connue un jour ? Il vieillit, sa mémoire s'étiole et les ans gomment même le tracé de son visage et la couleur de ses yeux. Au fil des années, elle est devenue le maillon manquant de son existence, une tendre fiction, un condensé de remords. Une apparition imprévisible dans une vision volatile.

D'un pas décidé, Émile se lève enfin et ouvre les volets bleus en bois peint. Pas d'oiseaux au chant irritant ce matin, mais la vue de quelques fientes fraîches sur la pierre bleue lui arrache un grognement hargneux. Il se laisse aveugler par le soleil brûlant alors que devant lui, jusqu'à la ligne d'horizon, s'étendent des champs et des forêts. Il a grandi dans la commune de Verberie, petite ville rurale de l'Oise, et il ne connaît plus beau spectacle que cette nature éphémère. Dans le ciel, un avion survole la ferme à basse altitude et il le suit des yeux un long moment. Il l'avait pris une fois, il y a bien longtemps, pour deux semaines de vacances à Benidorm et les rangées d'immeubles bien ordonnés lui avaient fait regretter son verger en hiver. Des bières au fût, des paellas aux calamars, du sable entre les orteils, des églises sans sous-titres. Il avait détesté chaque seconde de ce séjour dans un deux pièces avec vue sur la grande route menant à la plage. Il n'a jamais été touriste dans l'âme et préfère arpenter des terres mille fois foulées. À cet instant précis, une idée le traverse et le force à redresser le buste. Sa décision est prise et il s'étonne même de ne pas s'en être convaincu plus tôt. Il peste contre sa lâcheté naturelle, contre son penchant à se satisfaire de ce qui est, contre l'âge grignotant son assertivité d'antan. Et peu importe tout le mal qu'en pensera Madeleine. Le toutou docile en lui en a marre de croupir dans son panier. De toute manière, un jour, elle aussi crèvera et il espère ne jamais croiser sa route au paradis.

L'évidence le frappe et il pourrait presque sentir l'impact du coup porté entre ses omoplates décharnées. Une certitude le saisit et se répand en lui comme un baume bienfaisant. Dans les tréfonds de son être, il sait ce qu'il lui reste à accomplir pour pouvoir un jour affronter la mort avec dignité : la retrouver. Toucher son visage qui ne s'évanouira pas tel un mirage une fois qu'il ouvrira ses paupières gorgées de sommeil. Lui transmettre cette ferme habitée par ses aïeux et cette cour aux pavés mal jointoyés car Émile croit au droit de la terre plus qu'au droit du sang. Bien sûr, il sait qu'il lui faudra présenter ses excuses pour les paroles prononcées et, plus encore, pour celles tues. Mais il se convainc d'y arriver. Son futur a désormais un objectif : mettre des mots sur le silence les unissant, où qu'elle soit.

Il referme la fenêtre d'un geste sec. Le monde est vaste mais pas infini.

5

Des racines et des ailes

Août 2015 – à Londres

De l'autre côté de la Manche, Noémie fait le décompte.

Quinze jours. Il lui reste quinze minuscules journées avant le grand saut dans un vide abyssal. Avant que son petit monde se transforme et que ses rythmes et habitudes soient chamboulés à jamais. Quinze nuitées, et rien ne sera plus comme avant. Y penser lui donne chaud et Noémie pousse du pied la porte de l'ascenseur avec force pour l'ouvrir. Elle pénètre dans son appartement, les bras chargés de paquets qu'elle dépose sans ménagement sur le parquet luisant du hall d'entrée. Des paires de chaussettes s'en échappent et elle les regarde avec découragement. Si même elles se décident à quitter les lieux…

« Salut, mam ! T'as besoin d'aide ? » demande une voix grave provenant du salon.

L'attention de son fils l'émeut et, même s'il ne peut la voir, elle fait non de la tête.

« Euh… non, ça ira, Ethan. Merci. »

Noémie soupire. Elle s'en veut. La question anodine la confronte à ses propres contradictions. Bien sûr qu'elle a envie de bras pour ranger les courses du jour ! Elle donnerait beaucoup pour se glisser dans un bain chaud aromatisé à la lavande sans se soucier de la manière dont les vêtements achetés rejoindront la garde-robe de son fils. Mais elle préfère prendre sur elle, ne pas le déranger et accomplir son devoir jusqu'au bout. Seule. Il lui est impensable de se dérober à ce qu'elle estime être son rôle. Rien ne lui fait plus plaisir que d'assumer ses tâches de mère, même trop, même mal, tant que l'occasion lui en est encore donnée…

Tout en ôtant ses chaussures fatiguées d'avoir trop arpenté Oxford Street, elle regarde Ethan s'abrutir devant le poste de télévision. Cette manière de s'isoler du monde chaque fois qu'il rumine ou qu'il sent la pagaille naître en lui la fait sourire. Une bouffée de tendresse la saisit, et elle se retient de ne pas respirer l'odeur de ses cheveux soyeux. Si au fil des ans, les aventures de Dora l'Exploratrice ont cédé la place aux reportages de la National Geographic Channel, son attitude a peu changé. Même s'il a du mal à le reconnaître, l'enfance palpite encore en lui.

Un plaid enroulé autour de ses longues jambes musclées, Ethan est affalé de tout son long dans un large canapé blanc, les pieds nus posés sur la table basse en pierre grisée, un verre de lait chocolaté à la main. À cet instant, le jeune homme à la barbe de trois jours ressemble plus à un petit garçon épuisé après une journée à la maternelle qu'à un futur étudiant en droit prêt à quitter la maison. Devant les yeux de son fils, les paysages enneigés et majestueux de la cordillère des Andes défilent et, avec eux, un cortège d'émotions qu'elle aimerait décrypter, impuissante. Elle y devine l'impatience, l'excitation, les envies d'ailleurs et le cortège de craintes qui accompagnent tout changement. Fierté et mélancolie se nichent au creux de son ventre. Noémie sent son instinct de couveuse grandir et elle le bride à regret.

Bientôt, son petit dernier ne dormira plus dans l'appartement familial de St. John's Wood, quartier résidentiel luxueux de Londres où il a grandi. Il ne ramènera plus ses amis à l'improviste pour dévaliser le réfrigérateur en fin de soirée et entamer une partie de Risk jusqu'aux petites heures du matin. Il ne passera plus sa tête dans l'entrebâillement de la porte de sa chambre en lui promettant qu'ils ne feront pas trop de bruit, et elle ne pourra plus lui faire des gros yeux peu crédibles, tout en lui rappelant qu'elle a acheté de la glace artisanale à la pistache pour ses copains. Elle ne sourira plus devant sa mine chiffonnée le matin et ne fera plus semblant d'ignorer les mégots de cigarette planqués au fond de la poubelle.

Dans quinze jours, son fils partagera sa pizza surgelée avec trois autres colocataires dans une résidence pour étudiants de la Sorbonne. Il quittera l'appartement au petit matin, le sourire aux lèvres, après l'avoir serrée longuement contre lui. Il l'appellera pour la rassurer, lui dire qu'il est bien arrivé et que oui, elle a bien fait d'insister pour que le français reste sa langue maternelle. Il la rappellera plus tard, lorsqu'il découvrira cachées dans ses bagages une boîte de ses céréales préférées ainsi qu'une photo de famille dans un cadre en pin blanc. Au dos de celle-ci, Noémie aura écrit au stylo vert : « Savoure. Profite. Apprends. Aime et... reviens. » Il raccrochera pour lui masquer l'émotion qui déchiquettera son enthousiasme et lui enverra un message, bien plus tard, pour lui demander s'il doit séparer dans la machine à laver ses nouvelles chaussettes blanches de son jean noir. Il se couchera, bercé par toutes ses envies récentes auxquelles il aura hâte de goûter. De la fenêtre de sa chambre, il apercevra la cime des arbres, peut-être un bout de ciel ou de la tour Eiffel, et non plus les pelouses bien entretenues de Regent's Park où son père lui a appris à jouer au football. Il s'endormira ravi, bercé par cette mélancolie teintée d'attente, comptant les heures avant de découvrir les bancs de la faculté où il rejoindra l'une de ses sœurs aînées pour partager un café-crème. Durant la nuit, il se découvrira de chaleur, et pestera contre le Velux de cette mansarde minuscule sans air tout en savourant le luxe de cette liberté nouvelle. Et elle, elle ne pourra se dérober au vide. Elle aura beau faire monter le thermostat dans l'appartement et se blottir sous la couette contre Franck, Noémie le sait, elle aura froid.

Les caméras s'attardent sur le Machu Picchu et la nostalgie la gagne. Une vague déferlante, aucun barrage pour la retenir. Les émotions, comme les enfants, s'envolent toujours à leur guise. Le cœur battant, elle s'agrippe aux paysages d'un gris-vert pâle. Les images se troublent et la tristesse se mêle à ses larmes retenues. Elle s'assied à côté de son benjamin et lui enserre les mains. Ses pieds s'enfoncent dans le tapis écru tissé main et ses orteils se baladent avec lenteur entre les boucles moelleuses. Ses doigts se crispent un peu plus sur la peau douce du jeune homme. Ils s'attardent sur une cicatrice devenue blanche sur son genou droit, souvenir d'une tentative avortée de descente d'un escalier en skateboard. Ils avaient fini l'après-midi aux urgences, elle paniquée, lui trop impatient de recommencer alors qu'il venait à peine de comprendre la technique pour ne pas tomber. Elle serre ses paumes avec force, les tient quelques secondes contre sa poitrine. À défaut de pouvoir le retenir, elle grappille des minutes à ses côtés.

Noémie se dit qu'il faudrait inventer un porte-bébé pour adolescents et cette idée la fait sourire. Elle se blottit contre son épaule musclée et elle accepte, comme un baume, le baiser affectueux et rassurant qu'Ethan pose sur son front. Son amour maternel se heurte à l'évidence de son départ prochain et elle supplie sa mémoire de garder vivaces en elle tous ces instants. Elle ne sait qui des deux a le plus peur. Qui console qui.

Le syndrome du nid vide… un mal prévisible, inéluctable. Faussement docile. Ses amies lui en avaient déjà tant parlé qu'elle se sentait vaccinée contre cet ennemi insidieux. Leurs phrases lénifiantes comme des chants funèbres, si souvent répétées, avaient endormi sa vigilance et colmaté ses craintes : « Ne t'inquiète pas, c'est un passage obligé, un peu comme les poils naissants à l'adolescence ou les bouffées de chaleur à la ménopause… Oui, bien sûr que ça fait mal, mais rien de grave, un simple travail d'acceptation… Quelques larmes, quelques jours, tout au plus… Tu as toujours été douée pour t'occuper… Un peu comme un décalage horaire sans mélatonine, une comédie dramatique sans superhéros… Et puis, ce n'est pas la première fois, tes deux grandes sont déjà parties, non ?... Et toi et Franck, vous êtes un bon couple... »

Elle soupire et se mord la lèvre. Ses amies ont raison. Elle a été épargnée par les désagréments annoncés de la ménopause et Carla et Joy ont quitté Londres, il y a deux ans déjà, pour étudier à Paris et à Marseille. Elle adore son époux et, selon les critères communément admis, à savoir le niveau d'intimité de leurs conversations et la fréquence de leurs rapports sexuels, elle fait encore partie des « bons couples » de sa génération. Et pourtant, tout tangue en elle. Des bouffées d'émotions à en tituber et des jambes qui ne la portent plus. Noémie a beau tenter de se raisonner, elle aimerait ne rien ressentir, tandis que sa tête et ses tripes se livrent un combat inégal. Quinze petites journées et puis plus rien. Un départ un dimanche matin pour clore le chapitre d'une vie et en démarrer un autre. Plus palpitant, loin d'elle. Un nid vide.

« Allez, mam, arrête de faire cette tête. Je ne suis pas mort et je reviens dans un mois seulement pour l'opération de Papi. Et puis, c'est top que je parte. Pense à tout ce temps que tu vas gagner en ne jouant plus au taxi... tu vas même pouvoir regarder Jamie Oliver jusqu'au bout sans devoir t'arrêter pour préparer le souper...

— T'as raison, je n'y avais pas pensé. Ça vaut vraiment le coup que tu partes ! »

Noémie se détend enfin et s'accorde quelques instants de quiétude avant de penser au poulet qui marine dans le frigo. Franck ne devrait pas tarder à rentrer, et il est toujours affamé lorsqu'il quitte sa consultation de pédiatrie au sein du service qu'il dirige dans un hôpital londonien. Noémie jette un œil sur sa montre et ce simple geste la rassure. Prendre soin des siens est une seconde nature, un sacerdoce assumé qui la remplit de joie. Son langage pour exprimer en mets savoureux l'amour qu'elle leur porte. De petites attentions rehaussées de sucre et de sauce épaisse. Elle ne peut imaginer accueillir son époux sans une table mise et un plat mijoté dont les odeurs lui éveilleraient les sens avant même qu'il franchisse la porte de l'appartement. Le générique de fin d'émission s'éternise et les images du bout du monde lui font ressentir plus encore le privilège de vivre dans ce lieu. Elle aime ces pièces lumineuses au mobilier contemporain cosy et au parquet huilé. Elle s'y sent protégée, à l'abri des fureurs des hommes et des impondérables de l'existence. L'infortune n'a jamais franchi le seuil de la double porte blindée et elle a l'audace de croire qu'il pourrait toujours en être ainsi. Quitter son havre de paix, même pour quelques jours, lui est difficile. Boucler une valise la rend livide. Durant des années, Noémie a eu l'impression de concentrer les bonheurs possibles de l'existence dans ce duplex élégant et chaleureux. Jusqu'à ce que son fils lui annonce son intention d'étudier à l'étranger et que l'impermanence des choses, bonnes ou mauvaises, la rattrape. Sentiment tenace qu'un jour il faudrait bien qu'elle paie ce bonheur engrangé en toute impunité. Les larmes lui jaillissent des yeux et elle tente de les masquer en se recroquevillant plus encore contre lui.

Ethan n'est pas dupe et cherche les mots adéquats pour alléger la peine de sa mère. Ses yeux se posent sur une photographie de son grand-père maternel, Papi Eli. Comme souvent, son regard rassurant l'inspire. Il s'étire comme un chat au réveil et lui répète, d'un air mutin et ouvertement provocateur, un proverbe juif. Celui si souvent répété durant son enfance par son mentor, alors qu'il l'obligeait à l'accompagner à l'office du Shabbat le vendredi soir. « Ethanouch, mille fois je dois te dire ? On peut donner que deux choses à ses enfants : des racines et des ailes. Les racines, c'est mon boulot, alors tu m'accompagnes à la synagogue. Les ailes, c'est pour tes parents. »

Le visage de Noémie s'éclaire et l'évocation de ce souvenir suffit à faire pétiller son cœur. Chaque semaine, un même scénario et d'immuables répliques. Son père, Eli Abitan, s'était autoproclamé garant des traditions et assommait ses petits-enfants de monologues teintés d'humour et de dérision. Son petit dernier, elle le soupçonnait d'ailleurs d'être son préféré, l'écoutait en rasant les murs et en traînant les pieds, prêt à tous les sacrifices pour éviter cette corvée, mais plein de la certitude délectable qu'il ne pourrait y échapper. Chaque semaine, Ethan s'inventait un nouveau mal incurable pour faire chavirer l'enthousiasme d'Eli : une grippe asiatique, un lumbago chronique ou une gastro-entérite fulgurante. Fier et peu enclin à négocier, son grand-père lui tapait dans le dos avec une mimique amusée. Ses yeux brillaient alors d'un feu indulgent. Il louait avec sincérité l'imagination fertile et les talents d'acteur de son petit-fils avant de l'inviter à se brosser les cheveux et à enfiler une chemise propre.

Heureux de distraire sa mère, Ethan prolonge le plaisir. Un long monologue improvisé, pas si éloigné de la réalité. Il roule les *r* et imite son aïeul avec tant de talent que Noémie éclate d'un rire joyeux. Elle s'empare d'un coussin du divan et le lui jette à la figure. Émue, sa gorge se serre et tout en écoutant son improvisation, elle ne peut s'empêcher de reconnaître en Ethan son père jeune. La même chevelure noire et épaisse, le même visage allongé, les yeux un peu enfoncés sous des sourcils en broussaille, et cette même fossette caractéristique sur le menton dans laquelle quelques petits poils discrets ont élu domicile. Un corps puissant sans être lourd et un regard respirant la bonté. Un lien fort unissait les deux hommes et elle devait bien admettre qu'elle en était parfois jalouse.

« Viens, on s'en fout si tu ne crois pas en Dieu, il ne le saura pas. Et est-ce que je sais s'il existe ou pas ? Mais quelle importance, fiston ? On s'en fout ! Je veux que tu m'accompagnes car tu dois savoir d'où tu viens, Ethan. C'est essentiel. C'est la seule chose que je peux te léguer, un peu de ton histoire. Ma mère m'a appris ça. Oui, je sais, je pourrais te donner de l'argent ou t'offrir des places pour aller voir Chelsea… et tu en feras quoi après ? Rien, rien du tout, *nada*, *nothing* ! Ethanouch, dans un cercueil, on ne part avec rien, sauf avec son histoire… alors, tu viens avec moi. Quand je ne serai plus là, tu feras ce que tu voudras… et si tu préfères voir un match de foot avec tes gosses au lieu de faire Shabbat, ce sera ton choix. Mais moi, j'aurai fait mon job. Car n'oublie pas, fiston, on ne peut donner que deux choses à ses enfants : des racines et des ailes… »

Noémie rit sans retenue et le quitte enfin. Légère et apaisée. Il a raison et elle le sait.

« Merci, chéri. Message bien reçu. Bon, faut que je me bouge, là. Des racines et des ailes, je vais t'en donner, tiens… ce sera légumes racines au four et poulet rôti ce soir. »

6

L'orage approche

Quelques semaines plus tard,
en octobre 2015 – dans l'Oise

« Je m'suis fait tout p'tit devant une poupée qui ferme les yeux quand on la couche... »

Émile fredonne une chanson de Georges Brassens, la seule dont il se souvient des paroles et, tout en enfilant une chemise amidonnée sur un singlet au blanc jauni sous les aisselles, il évite de croiser le regard noir de son épouse. Qu'il est loin le temps des soirées au coin du feu et des rêves partagés ! L'époque où, intimidée par sa seule présence, sa jeune promise mangeait ses mots et lui offrait à la place de doux sourires. La vie et ses vicissitudes avaient eu raison de sa jovialité naturelle et Émile peinait à lui en vouloir. Madeleine était devenue une femme amère, depuis trop longtemps. Amertume contagieuse de surcroît.

Il regarde avec lassitude le pli profond barrant son front ridé que la crème de jour teintée accentue, témoin charnel de la rancœur dont elle n'a jamais réussi à se défaire. Il aimerait lui signaler que cette couleur orange la vieillit plus encore, mais que dire à une femme de près de quatre-vingt-dix ans qui pèche par coquetterie ? Certains matins, la rigidité de son épouse le heurte tant que son propre corps en perd de la souplesse. Vieillir au côté d'une femme revêche n'était pas dans la liste des punitions divines apprises au catéchisme, mais d'ordinaire Émile acceptait ce fait avec philosophie. Il était convaincu qu'il y avait un prix à payer pour toute chose dans cette existence et, vu la liste de ses péchés non assumés, il estimait ne pas trop mal s'en sortir. Mais aujourd'hui, il aimerait rêver, donner de la légèreté à ses mouvements, s'inventer jeune, gommer les heures noires de son passé ou y glisser plus de tendresse. Ses espoirs se heurtent à la mine fermée de Madeleine. Des yeux presque clos et une bouche sans sourire. Plus l'heure avance, plus il se sent à l'étroit dans cette grande maison vide. Il y est né, il y mourra sans doute, et ils y vivent depuis trop longtemps. Ou plutôt, ils y cohabitent comme de vieux meubles dont aucune brocante ne s'embarrasserait. L'âge a érodé leurs charmes d'antan. Même pas vintage. Ils ne sont plus grand-chose. Un fauteuil au tissu élimé et une table basse aux pieds bancals.

« Je pars en ville, je serai là pour le souper. J'espère que le notaire pourra m'aider à la retrouver. Tu penses qu'il aura une idée ? »

Cette question posée à lui-même n'aurait pas dû franchir le mur du son. Pas de sentence moralisatrice ou de hurlements. Madeleine est plus intelligente que cela. Juste un regard glacial. Une journée ordinaire. Dans les yeux de son épouse, l'homme décèle de la pitié, une pointe de mépris aussi. Madeleine, encore sèche et droite pour son âge avancé, hausse les épaules d'un air réprobateur et se sangle dans son orgueil. Un corset ferré sur mesure, émotions et paroles muselées. Elle n'ajoute rien, déçue par les propos de son époux. Décidément, jusqu'à la mort, elle ne pourra jamais rien attendre de ce bouseux. La terre donnait des roses ou des ronces. Elle avait engrangé les épines et les orties. Durant tant de saisons que son capital d'endurance était épuisé. Son époux ne se souvenait-il donc pas des heures sombres traversées à cause de cette autre dont le prénom lui écorchait les lèvres ? Des larmes et des nuits sans sommeil ? Des demains qui n'avaient jamais pu fleurir ? Vivante ou en rêve, elle était et serait toujours le diable incarné. Sans elle, ils avaient tenté de commencer une nouvelle vie. Une vie de pénitence. Meurtris et honteux. Ils avaient échoué, par manque de foi, elle en était certaine. Et le voilà devant elle, vieillard endimanché comme un pauvre diable rabougri, dégoulinant de bons sentiments et pétri d'envie de se racheter une conscience. Alors qu'elle assumait pleinement ses actes, même les manqués. Même ceux qui lui faisaient mal au plus profond de son être. Même devant le Christ, Marie et tous les saints. Pauvre naïf ! Revenir en arrière ne lui rendrait pas les êtres aimés et, pire, cela ne lui accorderait même pas l'absolution. La souffrance n'était-elle pas la voie unique pour atteindre le bonheur, ici ou ailleurs ? Le seul lien tangible entre le Ciel et la Terre ? Madeleine s'obstine à soutenir le regard mou d'Émile dans un silence buté, convaincue de la bassesse de son mari. Son homme était incapable de résignation. Incapable de vivre fidèle à ses croyances, dans la paix du Seigneur. Incapable tout court.

Émile secoue la tête et, d'un geste de la main, balaie la discorde latente. Plus de temps à perdre en vaines broutilles. Pas envie de ternir sa quête ou de remettre son projet à plus tard. À son âge, seul aujourd'hui compte, demain est illusoire. Irrité, il tente de boutonner les poignets de sa chemise blanche cartonnée avant d'enfiler son costume du dimanche. On est mardi pourtant. Un veston brun à fines lignes en surimpression. Sa main tremble et ses doigts noueux se font douloureux lorsqu'il doit enfiler ses chaussures en cuir. Il peste encore contre ces codes stupides qui inhibent tout confort au profit d'une élégance relative. L'homme qu'il découvre dans le miroir du hall d'entrée le fait grimacer et il se sent ridicule dans cet apparat de convenance. Un regard vers la couleur du ciel suffit à le prévenir : l'orage approche et la journée sera harassante.

Émile est un homme de la terre. Fils d'une lignée de maraîchers, il s'était passionné, au fil des ans, pour l'apiculture et, bien au-delà des marchés de la région, les connaisseurs s'arrachaient son miel de tilleul. Un homme aux bras musclés à force de lutter contre les éléments, un homme de sueur, de labeur et de récoltes. Un homme de certitudes qui n'avait jamais eu besoin de l'assentiment de sa femme pour avancer. Un homme qui aurait pu être droit si les chagrins l'avaient épargné. « Va égrainer tes chapelets ailleurs et fous-moi la paix ! », murmure-t-il avant de tirer sur le col de sa chemise qui le démange. Tout en se sentant épié du coin de l'œil par le crucifix en fonte émaillée blanche trônant sur le vaisselier, il prend l'air dégagé de celui qui n'attend pas de réponse et quitte la pièce. « Quel imbécile je fais ! Depuis quand je lui demande son avis, à celle-là ! » L'homme s'en veut d'avoir fait preuve de sensiblerie inutile, un effet secondaire de l'âge qu'il n'arrive pas à juguler aussi bien que sa tension artérielle. Au fur et à mesure que ses chairs mollissent, son cœur s'attendrit. Ses pensées s'arrondissent et ses mots se font moins tranchants.

Il soupire encore en quittant le salon coquet aux tissus fleuris de style anglais et aux meubles en bois de chêne massif. Besoin d'air frais pour se rafraîchir les neurones. Besoin de poser ses pas sur cette terre qui l'a bercé. Le vent le pique et le console. « Je deviens vieux et je dois mettre mes affaires en ordre. Je ne peux pas partir avant. Un jour, peut-être, elle comprendra », se dit-il sans vraiment y croire. Son seuil de tolérance est atteint et l'air courroucé de Madeleine l'épuise. Sa manière de compter les péchés comme les piécettes dans son porte-monnaie le fatigue. Son monde n'a qu'une frontière et deux pays : le bien et le mal. Depuis qu'il lui a parlé de son envie de régler sa succession, les époux se livrent en silence une guerre larvée. L'ennemi est introuvable. L'ennemi n'a jamais porté de nom.

Émile ressent l'excitation se répandre dans son corps à l'instant même où il franchit le seuil de sa demeure et il inspire autant que son corps fourbu le lui permet. Convaincu de la justesse de sa décision, il laisse ce sentiment le porter, le cerveau en rade, les poumons gonflés d'optimisme. À perte de vue, la forêt de Senlis et les champs prêts pour l'hiver s'étalent. La beauté de ce paysage connu l'émeut toujours. Les effluves de fumier l'apaisent, elles lui rappellent l'essentiel : il est indissociable de tout ce qu'il voit, un simple maillon d'une chaîne qu'il ne peut rompre. La terre, comme une famille, porte en elle les germes de demain. Elle doit être nourrie, veillée, ensemencée, célébrée. Les récoltes ne sont pas dues, elles se méritent. Et lui, pauvre fou, il avait failli, commis l'irréparable.

Émile s'installe dans sa voiture et claque la portière avec force. Il n'a rendez-vous que dans une heure chez le notaire et pourtant il sent l'urgence vibrer en lui. Son impatience est teintée d'une irritation diffuse dont les causes lui échappent. Sont-ce ses propres errements d'hier qu'il tente de réparer ou est-il troublé par l'attitude intransigeante de Madeleine ? Il n'en est pas certain. De toute façon, le salut de son âme lui importe peu. Le Saint-Sauveur n'était-il pas déjà mort pour nos péchés ? Jamais il n'aurait dû partager ses questionnements avec sa femme dont le cœur trop rêche ne pouvait approuver sa démarche. Alors qu'il passe la deuxième vitesse, il la remercie en secret de lui avoir évité l'une des tirades bibliques qui ponctuent d'ordinaire ses discours. Dieu merci, l'âge aidant, elle se fait moins vive. Un bon sens enrobé de fiel et de fatalisme. « Il est bon d'attendre en silence le secours de l'Éternel. » Il a attendu trop longtemps. Il imite la voix aiguë de sa femme. Son trait d'esprit résonne dans l'habitacle et cela le fait sourire.

Il longe le rucher et imagine ses occupantes, contraintes d'ici peu de rester nichées l'une contre l'autre, seul moyen de braver le froid et de survivre aux rigueurs de l'hiver. Ce miracle de solidarité lui arrache un soupir admiratif. « Pas besoin de sermon moralisateur pour que mes abeilles se tiennent les coudes… » Madeleine est toujours à ses côtés. Il la devine derrière la vitre de la cuisine, suivant le Combo blanc jusqu'à ce qu'il emprunte la nationale. Il l'imagine encore fulminer durant son absence, tapoter avec colère les coussins du fauteuil où elle se laissera tomber de tout son poids avant de se relever pour lui préparer des galettes de pommes de terre à la sauce aigre et un ragoût de bœuf à la bière. Par devoir, et non plus par amour. Pour se conformer en tout point au manuel scolaire catholique d'économie domestique. La brique reçue en cadeau de fiançailles précise, en son article 4, qu'une bonne épouse se doit de préparer un délicieux repas pour son époux afin qu'il se sente accueilli à son retour. Cette pensée le réjouit. Vivre avec Madeleine lui octroie encore certains avantages non négligeables.

Leur histoire aurait pu être autre. Ils ont été heureux, ou du moins, ils se sont approchés du bonheur, et leur vie était agréable avant que le Malin ne s'en mêle. Regarder en arrière lui donne la nausée et, sans s'en rendre compte, il appuie sur l'accélérateur.

Un coup d'œil sur sa montre et Émile hésite à faire un détour par le cimetière pour se recueillir sur la tombe de son fils. Deux jours qu'il ne s'y est pas rendu, mais poursuivre sa route lui paraît plus judicieux. Il devrait être soulagé de se rendre chez le notaire et de tenter de comprendre les arcanes d'un système juridique qui lui échappe, mais il peine à trouver la quiétude. Ses yeux ne quittent pas les nuages noirs et, la mâchoire crispée, il se répète pour la millième fois qu'il aurait tant aimé que Madeleine partage sa quête. Qu'elle le soutienne et qu'elle revisite leurs archives à ses côtés. Car oui, il s'agissait bien de leur histoire commune et non pas uniquement de la sienne. De leur culpabilité. Pouvait-il être seul tenu responsable des ombres jalonnant leur parcours ? Son refus égoïste d'assumer leur erreur l'insupporte. Sa femme l'insupporte, le fait de vieillir l'insupporte, la perspective de mourir sous peu l'insupporte, l'idée de ne jamais revoir la jeune fille du rêve l'insupporte. Si encore le trépas pouvait être brutal et rapide... Il sait qu'il n'aura même pas cette chance. Chaque chose a un prix. Son corps est fatigué et cabossé mais le paradis éternel ne semble pas pour demain.

Vingt minutes avant l'heure prévue, Émile atteint Chantilly et il gare le véhicule devant une villa aux quatre façades cossue de l'avenue Maréchal-Joffre. La plaque en laiton gravée lui paraît d'une taille disproportionnée pour les quelques mots qu'elle protège : Pierre de Naël, notaire. Il la regarde d'un air suspicieux et tente de rassembler ses pensées éparses, de se convaincre qu'il a fait le bon choix, une fois au moins dans sa vie. Depuis qu'il a décidé de rechercher sa fille disparue et de mandater cet officier public pour l'y aider, l'air lui paraît moins astringent. Il est temps qu'il mette de l'ordre dans ses affaires.

Une sonnerie le fait sursauter. Soucieux de l'heure, Émile avait glissé dans sa poche un réveil qu'il secoue pour le faire taire. Il vérifie que sa chemise n'est pas trop froissée et fait pivoter entre ses doigts un médaillon qui ne le quitte jamais : une médaille de saint Michel en argent lourd que portait son père. Le visage fermé de son épouse s'impose à lui et il s'immobilise soudain. Elle lui a souvent seriné que les humains n'étaient pas qu'un simple accident de la matière, que c'était dans la vie avant la mort que l'homme devait trouver sa grandeur. Si elle a raison, il ne lui reste que bien peu de temps. Cette évidence le galvanise et, pressé d'en savoir plus, il appuie avec force sur la sonnette, le cœur battant.

Un quinquagénaire grand et chauve à la poignée de main solide le fait entrer dans son large bureau. Ses chaussures en cuir trop serrées s'enfoncent dans la moquette épaisse comme avalées par un sol boueux. Émile prend place et abandonne son dos contre le siège en cuir mou, l'estomac noué. Un sourire de convenance, assorti à son costume. Recoller une page arrachée de sa vie est plus compliqué qu'il ne l'avait imaginé. Dehors, un premier orage crève le ciel, assez proche pour que la déflagration le surprenne et, avec lui, les souvenirs se libèrent. Cruels et sombres. La route du retour sera incertaine. Le bruit métallique d'un tiroir qu'on ouvre le fait sursauter et le notaire dépose sur la table en verre une farde à son nom et un bloc de feuilles blanches. Sa voix est chaude et enjouée. Ses mots le sont tout autant.

« Prenez place, monsieur Dussolier, je suis ravi de vous recevoir. Alors, racontez-moi. Que puis-je faire pour vous ? »

7

Des étés enchantés

Été 2019 – en Belgique

Gisèle a enfilé sur sa robe estivale son éternel imperméable beige à col à carreaux. Celui porté pour rendre visite à son amie Sybille, à sa fille Barbara ou à son médecin. Celui des grandes occasions, peu importe la couleur du ciel. Endormie sur le siège passager de la voiture, elle a chaud malgré la climatisation et son front est luisant. Quelques mèches blanches sont collées à sa peau fine et sa respiration se fait lourde. Mila, du haut de ses vingt ans, ne peut retenir un soupir attendri en regardant son aïeule. Un teint pâle et un nez aquilin, témoins de son charme d'antan. Des lèvres si fines qu'elles se fondent dans ce visage ovale aux joues autrefois rebondies. Des traits affaissés, des ridules si profondes et régulières qu'elles semblent taillées au canif dans la chair tendre. Pourtant, à plus de soixante-cinq ans, sa grand-mère a encore beaucoup d'allure et elle accorde une attention toute particulière à son apparence. Mila a eu beau lui montrer les prévisions météorologiques du jour, la vieille dame est restée fidèle à elle-même : coquette comme une jeune première et têtue comme une mule.

Bruxelles s'éloigne. Les paysages vallonnés se succèdent depuis plus d'une heure et pas un souffle de vent pour animer cette nature trop sèche. Gisèle sommeille, Mila est perdue dans ses pensées, ravie à l'idée de passer la journée en famille et de pouvoir profiter des siens. Sans crier gare, Freddie Mercury s'invite dans son périple et lui serine le refrain de *Bohemian Rhapsody*. La mélodie tourne en boucle dans sa tête, avec l'insistance de celle qui craint de ne pas être entendue. Une rêverie méditative pour gommer ses pensées du jour : trouver un cadeau d'anniversaire original pour Marc, changer la litière du chat, aménager les horaires éreintants de sa dernière année d'études d'infirmière, payer l'abonnement aux cours de krav maga… Ses préoccupations pragmatiques sont dissoutes par quelques notes haut perchées et le ronronnement régulier du moteur. La jeune femme pianote des doigts sur le volant et sourit d'aise. Son père lui avait offert cette Polo d'occasion pour son dernier anniversaire et, de joie, elle s'était réveillée à deux reprises durant la nuit pour aller toucher la carrosserie bleutée.

Elle conduit depuis peu de temps et, les yeux rivés sur le bitume, déguste cette sensation délicieuse. L'indépendance. Une liberté nouvelle et son lot de privilèges. Choisir sa route, accélérer, saisir l'opportunité de dévier du droit chemin à tout moment, ne serait-ce que quelques secondes. À cet instant, elle savoure surtout la quiétude en elle. Douce et reposante comme un plaid en mohair un soir d'hiver. Fougueuse, enthousiaste et pleine de vie, Mila aspire à cette légèreté d'être, à ces moments fugaces où le silence l'enveloppe et où son essentiel se résume à suivre le pointillé hasardeux d'une ligne blanche sur du macadam brûlant. Une petite moue de contentement et sa bouche s'entrouvre pour fredonner quelques mesures avec son chanteur préféré.

Soudain, son cœur se serre et le bruit sec de ses battements fait taire Freddie Mercury. Un sourire. L'impression que ses ventricules implosent et que ses vaisseaux sanguins fondent en une mare informe. Son pouls s'accélère, impossible pour lui de retrouver le bon rythme. « Purée, calme-toi ! T'es trop jeune pour mourir et pitié, pas sur une route de campagne », se dit-elle en ralentissant le véhicule et en ouvrant grand la fenêtre. L'air chaud fouette ses tempes et fait danser ses longs cheveux châtain clair retenus par une grosse pince en plastique. Ses yeux marron aux longs cils pétillent et ses pommettes saillantes se colorent de rougeurs inhabituelles.

Un décor de carte postale. Il a surgi devant elle et, avec lui, des morceaux d'enfance et une euphorie enfouie. Mila se surprend à chercher le regard délavé de sa voisine. Par habitude ou pour partager son émotion, elle n'en est pas sûre. Elle a beau avoir vingt ans, sa grand-mère fait partie intégrante de son quotidien. La pierre angulaire de sa tribu. L'ancre de son navire, qu'il soit à flot ou en perdition. Sa boussole, bien qu'elle doive admettre que Gisèle perd parfois le nord. Mais celle-ci l'ignore avec superbe et ronflotte encore, les mains agrippées sur la poignée de son sac en croco qui contient ses essentiels : une trousse de couture, un jeu de clés, un rouge à lèvres Chanel, un mouchoir en tissu brodé de ses initiales, des photos de Mila et une carte bancaire. Prête à partir, au cas où la vie lui jouerait un sale tour. Il est bientôt midi et le soleil est agressif. Gisèle grommelle quelques mots, remue la tête et replonge dans sa sieste improvisée. Au loin, les élégantes ruines du château fort découpent l'horizon. Mila hésite un instant mais l'envie est trop forte. Elle gare la Polo le long du bas-côté de la route, regarde par-dessus son épaule et sort faire quelques pas en direction de l'édifice. Fidèle à son souvenir de fillette, il surplombe avec majesté la bourgade et il l'impressionne encore, même s'il lui paraît moins imposant qu'alors. Émue, elle avance à petits pas en veillant à ne pas piétiner les coquelicots, les mains humides dans les poches de sa minijupe en jean.

Quatre ans qu'elle n'est pas revenue sur ces terres foulées tant d'étés. Pas le temps. Pas utile. À quoi bon… Sybille ne venait-elle pas la rejoindre tous les mercredis pour partager du poulet sauté à la cacahuète dans leur restaurant préféré du Parvis de la Trinité ? Quatre ans de bonnes excuses pour échapper au pèlerinage estival annuel à La Roche-en-Ardenne et se construire une vie de jeune citadine aux tonalités qui lui ressemblent. La couleur des champs de blé bordant la nationale et l'odeur des vaches dans le pré la ramènent vers hier, avec force. Inutile de lutter. Au loin, les cloches de l'église retentissent et elle se surprend à vibrer avec elles. Les réminiscences de l'âge tendre la bousculent et confèrent au lieu une atmosphère particulière. Une douce écharpe mémorielle. Sans résistance, Mila se laisse emprisonner par celle-ci et le passé revisité se fait tendre et douloureux à la fois. Spectatrice de sa propre histoire, elle regarde les bulles de souvenirs éclore à la surface de sa conscience avant de s'évanouir, laissant derrière elles une mer de nostalgie dont elle ne mesurait pas l'ampleur.

Elle a sept ans, peut-être huit. Vêtue de sa robe préférée, blanche à pois verts, elle est couchée dans les herbes hautes du jardin de tantine Sybille, les yeux rivés vers cette bâtisse digne d'un conte de fées dont les tours chatouillent les nuages. L'espace d'un instant, cette vision est si réelle qu'elle aimerait remonter la décennie, retrouver la saveur des parties de cache-cache dans la forteresse, les baignades improvisées dans l'Ourthe, les courses avec les enfants du village sur les chemins caillouteux. Les bocaux de confiture remplis de chenilles récoltées avec ses amies Sarah et Salomé. L'innocence des premières fois. La douceur des bras de Sybille et la rondeur des gros mots appris en cachette. La première cigarette et le premier baiser maladroit avec la langue. De délicieuses parenthèses estivales au parfum de pêches jaunes et de cerises juteuses dégustées dans le jardin en compagnie des femmes de sa vie : sa mère, sa grand-mère et la meilleure amie de celle-ci, affublée du titre honorifique de tantine Sybille.

Dans ce curieux cocon matriarcal, les hommes assument avec talent les seconds rôles. Édouard, l'adorable mari de Sybille, un expert-comptable habité par ses fonctions qui s'évade très souvent titiller la truite avec ses copains du club de pêche local ; Romain, ou le bon ami de Gisèle comme elle aime le nommer, son coiffeur durant trente ans mais aussi à ses heures perdues plombier, ramoneur ou carreleur lorsque Gisèle le lui demande. Mila a compris très récemment que cet ami fidèle au corps bien bâti et aux ongles manucurés a également longtemps partagé la couche de sa grand-mère un soir par semaine. Et puis, il y a son père : Frédéric Frère. Des années durant, Mila a appelé par son prénom ce gentil monsieur qui faisait rire sa mère et lui apportait un mercredi par mois un éclair au chocolat enveloppé dans un carton blanc. Son géniteur mettait alors sa vie de famille entre parenthèses pour rejoindre son ancienne maîtresse et le fruit de son infidélité. Il se voulait moral, malgré les apparences trompeuses, prêt à assumer ses actes, à payer des factures ou à acheter un nouveau fer à repasser tant que le silence envelopperait ses gestes. Un pacte élégant qui semblait convenir aux adultes. Le temps et la discrétion de Barbara ont apaisé la peur de Frédéric d'être dénoncé auprès des siens de faits qu'il aurait vraisemblablement niés. Des moments choisis, des lieux sélectionnés avec soin. Cette petite fille à la bouche boudeuse et à la fossette au menton était adorable, elle avait fait fondre ses réticences. À l'abri des regards se sont tissés entre eux des liens d'affection. Un amour probatoire. Une proximité floue qui leur est devenue indispensable. Des coups de griffe et des câlins. Bien longtemps, ils ont dû tâtonner pour trouver la juste distance entre eux. Assez proche pour qu'il subvienne à son éducation et qu'il la couve de ses conseils avisés. Assez loin pour qu'elle n'interfère jamais dans sa vie privée et qu'elle accepte d'avoir un père intermittent au numéro de téléphone connu d'elle seule.

Mila s'éponge le front. Des souvenirs encore devant les tours du château aux fondations trop solides pour être détruites. Elle n'était alors qu'une collégienne de la ville à la peau trop blanche et aux genoux saillants. Elle sursautait à la vue du moindre moucheron et elle était incapable de distinguer un hêtre d'un marronnier. Elle aimait l'odeur des routes humides, les rêves bradés dans les centres commerciaux, la symphonie des klaxons au petit matin. Les passants pressés et l'air saturé de particules fines. Le collège, les soirées pyjama entre copines, les grands yeux bleus du professeur de mathématiques. Sa vie. Elle adorait Sybille et Édouard mais chaque été, elle avait un mal fou à quitter Bruxelles, à parcourir les deux cents kilomètres la propulsant dans un monde où le béton faisait place à une nature verdoyante et où la télévision était réservée aux jours de fête. Alors que la capitale et ses promesses alléchantes s'éloignaient, son regard gris se posait sur les arbres, les prairies, les vallons. Un curieux sas de décompression. À perte de vue, du vert. Du vert tendre, du vert foncé, du vert laid, du vert acidulé, du vert pin… mille nuances d'un océan de verdure dont elle ne devinait pas la fin. Quelques moutons couchés dans l'herbe, des ânes, des moucherons suicidaires sur le pare-brise. L'horizon lui semblait si loin. Inatteignable. Devant son air morne, et malgré les efforts de sa mère pour la dérider, s'étalait un monde vierge, trop vaste pour être appréhendé par un seul regard. Elle se sentait perdue, petit point infime dans cette vaste campagne. Cet infini lui donnait le bourdon et l'envie pressante de revenir à la case départ, 292 avenue du Roi, dans le petit appartement avec deux chambres qu'elle partageait avec Barbara. « Tout va bien se passer, ma chérie. Comme d'habitude, tu vas t'amuser et puis, je reviens te chercher dans deux semaines. Je dois travailler, ma grande. Gisèle, Sybille et Édouard prendront bien soin de toi et tes amies arrivent dans quelques jours. »

Les mots résonnaient dans l'habitacle sans l'atteindre. Les paroles de réconfort glissaient sur son corps recroquevillé sur la banquette arrière et son sac à dos lui semblait lourd d'amertume. Indifférente aux encouragements maternels, Mila ruminait jusqu'à ce que la vieille berline familiale se gare devant une fermette en pierre du pays et aux murs couverts de roses. La Villa Aurora. Sa mère klaxonnait alors trois fois comme pour lancer le début officiel des vacances d'été, et son beau visage s'éclairait d'un sourire d'autant plus précieux qu'il était rare. Mila se relevait avec lenteur, son regard butait contre la balançoire confectionnée par Édouard et le temps des métamorphoses débutait. La grisaille urbaine qu'elle affectionnait tant lui paraissait soudain d'une inénarrable fadeur face à ce jardin mal entretenu, phagocyté par les pâquerettes.

Si la Villa Aurora n'a de villa que le nom, Mila connaît chaque recoin de cette demeure du siècle passé au mobilier en chêne sombre et aux boiseries d'époque. Au rez-de-chaussée, la cuisine, le salon, la toilette des invités et la bibliothèque, véritable capharnaüm où s'amoncellent à même le sol des piles instables de livres. Sybille et son époux occupent le premier étage et, au second, trois chambres accueillent les invités de passage. Mila a toujours préféré la plus petite, celle au papier peint orange à fleurs et au lit à baldaquin. Un escalier en colimaçon mène au troisième étage. Dans son univers d'enfant, le grenier abritait les réunions de famille estivales des monstres et des fantômes de la région. L'idée d'y monter la faisait frémir de peur et lançait son cœur à toute allure. Sur le parquet usé étaient consignés des caisses ficelées recouvertes de poussière, quelques fauteuils démodés, des valises et des malles d'un autre âge, de vieilles casseroles et des tringles sur lesquelles pendaient des vêtements démodés. Un bazar organisé. Mila y mettait rarement les pieds, peu rassurée par les bruits de la tuyauterie et les craquements de plancher, et toujours accompagnée de Sybille qui ne lui lâchait pas la main alors qu'elle l'interrogeait sur le contenu des malles. « Toi aussi, tu as tes petits secrets, ma choupinette. Des trésors que tu ne veux partager avec personne et que tu gardes dans un tiroir, dans une poche ou dans ton cahier avec cadenas, celui que tu as reçu pour tes huit ans. Eh bien, c'est pareil pour une maison. Elle aussi a droit à un espace pour garder ce qu'elle ne veut pas jeter ou partager. Tu comprends ? »

Mila faisait mine de saisir en hochant la tête et elle se demandait secrètement si sa mère ne s'était pas transformée en grenier au fil des ans.

Devant la Villa Aurora, alors que Barbara déchargeait le coffre tout en affichant une mine réjouie, une grande femme rousse à la mâchoire chevaline et aux rondeurs moelleuses patientait. Assise dans un fauteuil en osier couvert de coussins colorés aux motifs indiens, elle restait immobile, l'œil malicieux, attendant que sa préférée accoure vers elle pour la serrer contre sa poitrine molle. Contre son cœur si gonflé d'amour que

Mila avait longtemps pensé qu'elle portait toujours des décolletés plongeants pour lui donner plus d'espace.

« Ça t'a manqué, n'est-ce pas… »

Mila ferme les yeux pour ne pas perdre le fil de ses pensées. Le voyage dans les méandres de son enfance était doux et l'atterrissage lui paraît brutal. Gisèle a prononcé cette phrase de sa voix grave et un peu éraillée, et ce constat la touche. Ce n'était pas une question et sans doute sa grand-mère n'attend-elle pas de réponse. Certains lieux font partie de nous, même lorsque nous les désertons. Il y coule la même énergie que dans nos veines, les sols y résonnent encore de nos pas et les murs y ont absorbé nos rires et nos pleurs. Mila hoche la tête d'un air entendu alors que Gisèle la rejoint, le sac marron toujours serré contre elle.

« Oui. »

Les mots la fuient. Inutile de faire semblant, de bredouiller, d'esquiver ou de tenter de cacher son trouble. Durant quatre ans, Mila a préféré déserter cette douce enclave féminine pour se griser d'émotions nouvelles. Elle s'est dédouanée avec facilité, porteuse d'un chapelet de bonnes raisons : des études, des petits amis, des amitiés. Marc. Des erreurs et des errements. Le désir farouche de vivre intensément chaque instant et de plonger dans l'inconnu. Une envie boulimique de mordre dans la vie, celle qu'elle se façonne jour après jour. Mila aime se sentir survoltée, vivante, pleine de projets futiles ou ambitieux. Elle a expérimenté la peur, la solitude, les illusions. Mais aussi la joie ou la fébrilité qu'elles génèrent lorsque l'on s'en approche. Au fil de ses années d'apprentissage, l'adolescente s'est muée en une charmante jeune femme dynamique et volontaire. Le temps est une denrée trop rare pour être dilapidée. Ce bien précieux, elle le chérit avec force et La Roche-en-Ardenne ne fait pas le poids face à un voyage à New Delhi entre copines ou à un *road trip* en Albanie avec son amoureux du moment. Elle a toujours préféré engranger les expériences plutôt qu'égrainer les réminiscences d'hier. Mila vit, aime et respire au présent. Elle agit par instinct, portée par ses envies.

À regret, elle laisse s'échapper d'elle la petite fille à la robe blanche à pois verts et sourit à sa grand-mère, avant de plonger dans son regard insistant.

Face à ce château fort coulé dans la terre depuis des siècles, à ces souvenirs si réels qu'elle pourrait presque les toucher, elle a froid malgré le soleil qui caresse ses épaules nues. Sa bouche est sèche et ses paumes sont moites. Gisèle à ses côtés, Mila est frappée par l'évidence. Elle se demande même comment elle n'y avait jamais pensé plus tôt. Aujourd'hui, elles célèbrent l'anniversaire de Sybille. Mais demain… Un coin mal éclairé de sa conscience s'illumine et une douleur fugace lui traverse la poitrine. Un jour, ces lieux auront le charme suranné des lendemains maussades. Ils seront contaminés par l'absence de Sybille, de Gisèle et de ces étés enchantés. Phagocytés par la perte et le manque. « Ces femmes sont comme ce paysage. Immuables et changeantes ; éphémères et pourtant éternelles », se dit-elle avant de serrer sa grand-mère fort contre elle.

Aussi droite que son dos fatigué lui permet de l'être, Gisèle patiente, le col de son imperméable relevé sur un foulard blanc où batifolent des flamants roses, le visage serein de celle qui n'attend plus rien de l'existence. Mila emprisonne sa main chaude dans la sienne et ses doigts font tourner la bague en rubis qu'elle ne quitte jamais. Dans ses yeux se dessinent bien plus que deux pupilles malicieuses.

« Bon, on ferait mieux d'y aller, déclare Gisèle avec un mouvement de la main en direction de la voiture. Mon pot de fleurs va bientôt se transformer en laitue desséchée et tu connais Édouard… l'heure, c'est l'heure…

— Tu as raison. En plus, j'ai un truc sympa à vous annoncer, confie Mila d'un air mystérieux, tout en pensant à l'enveloppe blanche rangée dans son sac.

— Mon Dieu, ma chérie, tu es enceinte !

— Mais non, mamie, n'importe quoi ! Pire que ça… », ajoute-t-elle dans un éclat de rire avant de claquer la portière avec force.

8

Toujours est un leurre

Trois ans plus tôt – à Londres

Des pas pressés, des visages impatients devant des panneaux d'affichage. Des promesses d'avenir. Un temps décousu, troublé par une voix métallique à l'éloquence douteuse. La date du départ d'Ethan vers Paris s'affiche en lettres capitales sur tous les écrans. 3 septembre 2015.

Noémie aimerait être loin d'ici, mais une force d'inertie la colle à sa chaise et l'empêche de quitter les lieux. Sa gorge se desserre pour avaler quelques gorgées de *latte* brûlant à la cannelle. Elle est là depuis de longues minutes, seule, attablée au Pain quotidien de la gare St. Pancras. Ses yeux suivent les doigts entrelacés d'un couple d'âge mûr sur un banc, les adieux rugueux d'un amoureux à sa belle pleurant dans son cou, la colère d'une petite fille aux nattes serrées s'agrippant aux jambes de son père. Elle s'attarde sur un adolescent aux traits ingrats dont le visage s'illumine lorsqu'il s'assied derrière le piano installé dans le hall d'entrée du bâtiment. Ils échangent un regard et elle se demande s'il peut y lire son chagrin. Elle lui sourit, par politesse. N'est-ce pas comme cela que ses parents l'ont éduquée ? Faire semblant que tout va bien, avancer, tracer, même les jours sombres ; ne pas envahir l'autre d'une émotion qui ne lui appartient pas et colorer la sienne d'une douce pudeur. Feindre que tout va bien jusqu'à y croire.

Quelques notes fendent l'air. Noémie les attrape au vol et elle pense reconnaître *Smile* de Nat King Cole. Ses yeux deviennent humides, le jeune homme lui paraît moins laid, presque sympathique. Lui aussi a-t-il déjà laissé au pied d'un train un être aimé ? Perdue au milieu de ces anonymes, étrangère au monde dans lequel ils évoluent, elle aimerait lui crier que la vie est courte. Hurler aux voyageurs qu'il est arrogant de croire que le seul but est d'arriver à destination. Cela ne peut pas être cela, le sens d'une belle journée de septembre : regarder sa montre et prier pour ne pas louper la rame.

Le lait chaud tremblote au fond de son mug. Ethan est parti depuis quelques minutes et, déjà, la nostalgie l'étouffe.

Son train s'est élancé sur la voie 9 à l'heure dite. Pas une seconde de retard ou le moindre caprice du rail pour permettre à Noémie de savourer la présence de son fils plus longtemps. Il a sauté sur le marchepied le sourire aux lèvres, les joues rouges d'excitation, soulevant avec facilité deux valises pleines tendues par son père. Fidèle à sa réputation de roc insubmersible, Franck l'a longtemps serré contre lui avant de faire semblant de le bourrer de coups dans le dos. Des rires partagés pour masquer leur émotion derrière une camaraderie bien masculine, et cette fausse hilarité a touché Noémie plus encore.

Elle a tant redouté ce moment. La violence des au revoir l'a toujours précipitée, sans qu'elle sache pourquoi, dans un profond désarroi. Pour une raison qui lui échappe, embrasser Franck le matin, déposer ses enfants au départ d'un camp d'été ou conduire ses parents à l'aéroport lui fait ressentir violemment la précarité des instants heureux. La crainte qu'ils disparaissent avec brutalité était nichée au fond de son être et ce matin, elle n'a trouvé que la méthode Coué et la saveur d'un brownie au chocolat et noix de pécan pour neutraliser ses pensées grises. La main de son époux a enserré sa taille fine et Noémie a enlacé Ethan avec douceur. « Une mère juive cinglée, bonne à être coffrée », s'est-elle répété en l'étreignant avec force. Des larmes chaudes entre les sourires, une main dans ses cheveux noirs emmêlés et l'odeur de sa lotion après-rasage inhalée, comme un antidote peu efficace.

Un grincement de locomotive, des sifflets stridents et la chaleur du corps de Franck contre le sien. Et cette même voix argentique lui annonçant que le train numéro 2712 pour Paris allait quitter le quai. Un « je t'aime, prends soin de toi… » murmuré, et un baiser long et appuyé sur son front de jeune adulte.

L'enfance s'est éloignée dans un tintamarre assourdissant de ferraille. Mal au cœur. Mal aux tripes. Mal à cette existence dont les plus beaux cadeaux ont toujours une date de péremption.

Une autre gorgée de *latte* cannelle et Noémie se sent abandonnée. Puérile aussi. Elle devrait être fière, heureuse des velléités d'indépendance de ses trois petits devenus grands. Ravie de cette liberté nouvelle louée par tant de parents ayant parcouru le même chemin sans pour autant se sentir « désenfantés ». Ethan parti, elle était orpheline. « Tu verras, tu auras du temps pour toi. C'est génial ! », lui avait-on si souvent répété. À cet instant, elle serait capable de remplir un cahier entier d'insultes et de les éructer avec grossièreté au visage des conseilleurs aux discours fumeux.

Du temps pour soi. Autant mouliner l'air et s'adonner au macramé ! Alors qu'elle paie ses consommations et s'engouffre dans la Jubilee line, Noémie tente de saisir la signification de ces mots. Rien ne lui avait jamais semblé plus naturel que de s'investir dans le quotidien de ses proches. Ni abnégation ni renoncement dans son attitude, mais un sentiment d'évidence interne qui l'avait poussée à interrompre sa carrière d'architecte pour celle de femme au foyer. « Femme de. Femme soumise. Femme de l'ombre. Femme écrasée. Femme rétrograde… » Elle écoutait avec une indulgence teintée d'ironie les commentaires acerbes de ses amies féministes, convaincue de n'être en rien la perdante de la partie. En s'engouffrant dans la rame de métro, elle hausse les épaules et un sourire d'amertume éclaire son visage rond. Elle cède sa place à une femme enceinte poussant un landau dans lequel dort un petit blondinet et se dévisage dans la vitre. Derrière la mère triste, elle aperçoit une presque quinquagénaire encore séduisante aux cheveux noirs mi-longs teintés de reflets auburn. Quelques rides d'expression autour de ses yeux foncés et des pommettes hautes rehaussées par un teint de pêche. Elle s'observe, droite et fière, malgré le balancier incertain du métro dans le tunnel.

Elle se surprend à aimer son double qui se dessine dans la glace. Non, les siens n'avaient pas fait d'elle une esclave enchaînée aux plaques vitrocéramiques ou une ménagère bonne à aller promener son basset entre les gouttes. Ils n'avaient jamais été un boulet ou un étouffoir d'ambitions personnelles. Être mère au foyer n'avait pas été synonyme de frustrations et de dégénérescence intellectuelle. Elle n'avait pas eu l'impression de vieillir aux crochets de son homme, acculée à remplir le frigo et à attendre que le temps s'écoule avec une désespérante lenteur. Elle s'était nourrie de leurs partages, abreuvée de leur tendresse, soignée par leurs rires. Elle avait grandi parmi eux, grâce à eux.

Swiss Cottage. Le métro ralentit et Noémie se rappelle qu'elle a promis à son père de passer l'embrasser. Elle enjambe la poussette avec grâce pour se frayer un passage jusqu'à la porte du wagon. Un regard fugace pour la femme enceinte caressant avec douceur la frimousse de son fils. Le sien doit déjà avoir passé la Manche et elle imagine sa chambre vide et trop bien rangée dans leur appartement. L'inconnue lui sourit. L'envie lui prend de lui souffler qu'un jour viendra où elle aussi connaîtra la peine qui l'habite. Qu'accompagner l'enfance n'est qu'une permission de sortie à durée chronologiquement programmée. Que toujours est un leurre avilissant, que même les meilleures séries télévisées ont un dernier épisode et qu'un long silence suit le générique de fin. Que le nid vide est un mal nécessaire, plus douloureux que l'accouchement. De perpétuelles contractions.

Une légère bousculade à l'ouverture des portes. Noémie se fraie un passage et l'air frais sur sa peau la revigore. Septembre est encore ensoleillé et les Londoniens en bras de chemise savourent leur sandwich de pain mou au thon-mayonnaise sur les pelouses. Elle se sent soudain étourdie, libérée de ses repères effacés et des mots criés en elle. Les gens marchent, les pneus crissent, les feux de signalisation deviennent verts. Ses pas l'entraînent et elle se laisse prendre par la main, petite fille docile. L'agitation ambiante la grise. Le mouvement perpétuel de la vie dissout un temps sa tristesse et la fatigue accumulée des derniers jours irradie dans tout son corps. Son quotidien aura désormais une autre couleur, vive et teintée de nostalgie, qu'elle est pour l'heure incapable de définir. Ses pensées volent vers Ethan. Elle réfrène l'envie de lui envoyer un message et cherche ses clés dans son sac mais déjà, une porte s'ouvre. Elle tourne la tête et découvre son père dans l'encadrement, une bouteille de whisky à la main. Un bourbon japonais d'exception rapporté de son dernier voyage. Vêtu d'un jean noir et d'un tee-shirt assorti Hugo Boss, l'homme est fidèle à lui-même. Jeune d'esprit dans un corps fatigué, plus trapu, plus voûté. Mais toujours cette même lumière volontaire dans les yeux et ce désir de vivre si puissant qu'il n'a pas encore été terrassé par les ans et les déconvenues. D'un geste, Eli l'encourage à tenter un petit remontant. « Il est dingue ! », se dit-elle avant d'avaler d'un trait le shot d'alcool qu'il lui tend. Un goût exquis lui enflamme le palais. Une chaleur étourdissante se diffuse dans son thorax et elle éclate de rire, le dos collé contre la cage d'ascenseur. Si le paradis n'était pas de ce monde, elle a souvent l'impression de s'y promener lorsqu'elle est en compagnie de son père.

« Entre. Tu sais, lorsque tu as quitté la maison, ta mère et moi, on s'était sifflé une bouteille en un après-midi ! » Par habitude, Noémie ôte ses sandales. Elle les laisse traîner sur le paillasson, comme lorsqu'elle était adolescente et qu'elle ignorait avec superbe les injonctions maternelles à les ranger dans le placard adéquat. D'autres lieux, mais les mêmes automatismes. Être fille ne se désapprend pas. Son père la regarde avec intensité, cherchant les mots à prononcer en cas de jours tristes. Ils ne viennent pas et il préfère s'éclipser dans la cuisine pour en revenir avec une assiette de biscuits salés à l'avoine achetés chez Marks&Spencer, ses préférés. Une bonne poignée engloutie sous un regard paternel satisfait, et Noémie s'essuie la bouche d'un revers de la main, apaisée. La bouche chargée d'arômes artificiels et de glutamate, le cœur nourri par la tendresse de cet homme.

Une même sève, une sensibilité commune. Un même langage où les regards et les émotions supplantent les palabres. Depuis son plus jeune âge, sa présence rassurante et son humeur égale et enjouée en ont fait un indispensable phare. Cet homme lui a légué bien plus qu'un physique avantageux et un sens de la dérision. L'art d'aimer les livres et de ne jamais en écorner les pages. Le goût d'apprendre, de se tromper, de recommencer un ouvrage sans jamais se plaindre. Le don de choisir toujours le chemin du milieu, celui de l'équilibre. Une exigence de travailler dur qui laisse peu de place au repos. Un amour pour les rythmes brésiliens et les danses chaloupées. Une manière parfois inadéquate de gérer les relations humaines, en flânant sur le fil des choses et des confidences, et en n'accordant sa confiance qu'aux seuls membres de sa tribu. Une générosité de biens et de cœur. Mais l'ancien avocat brillant est aussi entêté et de mauvaise foi. Un beau parleur qui sait user de ses charmes pour obtenir ce qu'il désire.

Le canapé est moelleux et les spots au plafond sont allumés malgré la luminosité pénétrant par les baies vitrées. Inutile de lui demander de les éteindre. Même dans une chambre d'hôtel, Eli appréhende le noir et laisse une lampe allumée dans la salle de bains la nuit. Sa manière de chasser les ombres et d'amadouer les fantômes. L'appartement situé au dix-huitième étage d'un immeuble moderne en verre ne ressemble en rien au décor de ses vingt ans et pourtant Noémie a l'impression d'y avoir toujours vécu. Des meubles modernes aux tons neutres ont remplacé les fauteuils Louis XVI et les tables basses anciennes qu'affectionnait sa mère. Dans l'air flotte une odeur de fatigue et de boulettes de viande réchauffées. Sur les murs sont affichées des photos de famille, et un dessin de Dalí est encadré au-dessus de la cheminée. Elle n'a jamais su s'il s'agissait d'une œuvre authentique ou d'une pâle reproduction. Au loin, elle aperçoit la Tour de Londres en bordure de la Tamise. Ses parents les emmenaient se promener, elle et sa sœur Karen, le dimanche midi avant de s'arrêter manger des *dim sums* dans le quartier chinois. Le souvenir des goûts des bouchées à la vapeur farcies la faisait saliver jusqu'à la semaine suivante. Depuis le décès de sa mère il y a plus de vingt ans d'une pneumonie mal soignée, leur relation avait encore évolué. Eli avait choisi de vendre leur cottage de Golders Green pour se rapprocher des siens. Karen a suivi son époux en Afrique du Sud et ne revient qu'une fois l'an accompagnée de ses enfants. Noémie s'est autoproclamée bâton de vieillesse de son père et tout le monde s'est satisfait de ce rôle tacitement attribué. Elle passe souvent le voir à l'improviste, quelques instants ou le temps d'un lunch, pour partager sur un bout de table les nouvelles du monde et un morceau de gâteau aux pommes caramélisées, péché mignon paternel. Au fil des ans, les rôles se sont inexorablement inversés et Noémie veille désormais sur Eli sans jamais l'avoir porté.

Aujourd'hui, plus encore que d'habitude, il semble heureux de la voir.

« Ethan va bien. Il vient d'arriver à Paris et il m'a envoyé un selfie de Joy et lui.

— Oui, je sais, je l'ai reçu aussi. »

Noémie ouvre le frigo et ne peut s'empêcher de jouer les inspectrices en chef. Des yaourts sucrés, des donuts chocolatés et des barquettes de compote de pomme. Quelques fruits et une salade fanée entre deux plats préparés industriels. Son regard agacé n'échappe pas à Eli qui fait semblant de ne pas entendre ses remontrances. « Des produits sains, Franck te l'a répété mille fois. Pour vieillir bien, faut manger bien. C'est comestible, mais ce ne sont pas des aliments, tout ça !

— Ton mari, il est pédiatre ou gérontologue ? »

Les yeux malicieux invitent Noémie à laisser tomber un combat perdu d'avance et à venir prendre place à côté de son père près de la table ovale de la salle à manger, seule rescapée de leur ancienne demeure. Sa mère l'avait fait construire sur mesure chez un ébéniste il y a plus de trente ans et, depuis, elle est toujours recouverte d'une longue nappe blanche dentelée achetée à Bruges lors de leur voyage de noces.

Sur la toile brodée, un patchwork de photos étalées. Des visages connus, d'autres qui ne lui parlent guère. Des airs de famille et de temps qui passe. D'années qui s'étirent comme des liens sur un métier à tisser. « Chérie, tu peux me scanner ça ? Maintenant que tu as du temps… » Elle lève les yeux au ciel et ne relève pas la boutade alors que ses mains caressent les photos. Elle en pioche une au hasard et s'en émeut. Sa mère Anna, vingt-cinq ans peut-être. Les cheveux au vent retenus par un fichu, le sourire délicieux, des taches de rousseur lui mangeant le visage. Noémie aimerait se blottir contre son corps chaud et enrouler son doigt dans les bigoudis qu'elle posait tous les matins. Une douce chaleur l'envahit et elle prend quelques secondes pour déposer le cliché, l'abandonner à l'oubli et en saisir un autre. La vie en quelques repères. Des instants abandonnés au temps, figés sur du papier rigide. Son Franck en smoking noir et nœud papillon rose, le soir de leur mariage. Sa sœur et ses quatre fils. Sa grand-mère Rosa qu'elle adorait. Ethan, Joy, Carla, en tenue de corsaire ou de princesse. Des oncles, des tantes, des amis proches de ses parents. Ils étaient loin, eux aussi, emportés par l'âge ou les coups du sort. Partis vers d'autres cieux, se réchauffaient-ils ensemble ? Les mots sont trop étriqués pour exprimer son émotion et Noémie reste de longues minutes sans parler, dans un recueillement intime. Elle en oublie le départ d'Ethan et la présence de son père à ses côtés. Certains disparus avaient fixé l'objectif avec l'intensité de ceux qui souhaitent immortaliser leur incarnation. D'autres avaient éludé la situation et laissé l'instant les traverser, sans tenter de se mettre en valeur ou de quémander de l'attention. Des visages aimés, des visages sans nom. Mais tous étaient siens, peu importe comment. Ils avaient en commun du sang et des croyances, une histoire à laquelle se rattacher quand la vie devenait tempête. Son père rompt enfin le silence d'une voix qu'il désire enjouée.

« C'est pour Ethan. Avant de partir, il m'a demandé de compléter son arbre généalogique par des photos. Je lui ai promis de le faire vite. Tu veux bien m'aider ?

— Pas de souci, je ferai ça. Et elle, c'est qui ? La fille de ton cousin Paul ?

— Mais, non… Suzy, elle était petite et ronde comme sa mère… Elle, tu ne la connais pas. Personne ne la connaît. »

Les doigts d'Eli caressent le cliché et Noémie a l'étrange impression qu'il n'est pas heureux de devoir le partager.

« C'est qui ?

— Tu ne la connais pas. »

Des mots prononcés avec douceur et des yeux brillant d'une lumière intense.

« J'aimerais que tu ajoutes cette femme dans l'arbre généalogique. Mais je ne sais pas comment ça marche, ces trucs-là... c'est ton fils qui jouait l'informaticien.

— Euh, si tu veux... je veux bien essayer, ça ne doit pas être sorcier... mais c'est qui ? Si tu ne me dis rien, je ne peux pas deviner où la mettre... »

L'avocat réfléchit quelques instants. Comme souvent, les réalités humaines lui paraissent étroites et formatées. Grises sans être tristes. Usées avant même d'avoir été utilisées. Pourquoi les arbres généalogiques ne comportent-ils pas une case pour les amis de toujours, les amours défuntes et les amants, les personnes qu'on aurait adoré avoir dans sa lignée, les maîtres à penser, les sauveurs ? Les rencontres providentielles. Les complices choisis, peu importe qu'ils soient du premier ou du quinzième degré. Aucune place dans un tronc familial pour les choix du cœur. Les cadeaux de l'existence. Les oubliés de l'arbre. Pourtant, cette femme l'avait marqué bien plus que des oncles ou cousins connus ni d'Ève ni d'Adam et croisés par hasard, lors d'une circoncision ou d'un enterrement. Eli lâche un soupir d'agacement. Même dans la mort, les choses ont un ordre établi et ces conventions l'étouffent.

« Scanne la photo et puis on verra bien où la mettre, intime-t-il à sa fille d'une voix posée, même si elle perçoit son souffle devenu plus court. Faudra qu'on rajoute une branche. »

Noémie l'observe à la dérobée et acquiesce. Le silence entre eux a la douceur d'une fin d'après-midi d'été, mais il est rompu par les gargouillements de son ventre. L'enfant en elle a oublié, ou n'a pas voulu voir. Derrière le père aimant, le gentleman élégant, l'avocat altruiste, le grand-père protecteur, elle a effacé l'homme. Détenteur d'un jardin secret, d'émotions surannées et de paradis abandonnés qui finiraient bientôt en cendres. « Okay, je te rapporte ça demain, et tu m'expliqueras alors… » Son ton est faussement enjoué, le sens de la repartie lui manque. Ethan aussi.

Lorsqu'elle quitte enfin l'appartement paternel, Noémie serre contre elle l'enveloppe dans laquelle son père a glissé tous ces visages d'antan. Les avoir si près d'elle, à portée de cœur, la réchauffe. Des musiques, des images, des goûts, des fulgurances d'hier l'habitent alors qu'elle marche avec lenteur vers sa demeure. Ces souvenirs se balancent au gré de ses foulées dans son sac à main, mais tous ne lui appartiennent pas. À leur façon, chacun de ces êtres l'accompagne dans cette balade estivale, par la simple présence de leur absence, par leur silence. Noémie sourit à une passante et poursuit sa route à pas mesurés, consciente d'être porteuse d'un précieux privilège. D'un indiscutable héritage.

9

Résidente temporaire

Été 2019 – en Belgique

Barbara contemple la porte et elle hésite quelques secondes avant de pénétrer dans la chambre de Paul Loisel. La main sur la poignée, elle tente de se convaincre que ce n'est pas raisonnable. Il est déjà près de seize heures, il lui reste des dossiers en attente et peu de temps pour rejoindre la gare de Wavre. Impensable d'arriver en retard à l'anniversaire de Sybille. Sa mère et sa fille Mila sont déjà sans doute arrivées sur place depuis longtemps.

Son sens du devoir et des conventions est mis à mal par une envie soudaine de franchir le seuil de la pièce et de prendre des nouvelles du pensionnaire. Pour beaucoup, ce choix n'en serait pas un. Une broutille, un détail insignifiant. Quelques secondes grappillées sur un emploi du temps chargé, un non-événement. Mais pour Barbara, enjamber la ligne blanche de sa conscience et se défaire du cadre dans lequel elle s'emprisonne n'est pas une chose aisée. « Quelques instants seulement… », se persuade-t-elle en ouvrant la porte du studio occupé par Paul. Elle y retrouve avec plaisir l'odeur familière des cadavres de bières trappistes cachés sous le lit, meilleur somnifère au monde selon cet octogénaire au regard intelligent. À sa vue, il lui adresse un petit signe de la main.

Une mauvaise fracture du bassin a conduit le vieil homme à séjourner à la clinique des Saules durant quelques semaines. Il est arrivé un vendredi matin, un jour d'été où de nombreux pensionnaires se reposaient dans l'enceinte du parc entourant le bâtiment. Les regards curieux ont glissé sur ses cheveux gris hirsutes et sur la cage posée en équilibre sur ses cuisses. Un canari jaune y voletait, et il semblait bien plus intéressé que son propriétaire par la découverte de leur nouveau lieu de vie. Droit comme un *i* dans une chaise roulante poussée par son fils, le visage marqué par les ans et les os saillants, l'homme a gardé le silence en tendant à Barbara l'enveloppe épaisse contenant tous ses documents administratifs. « Enchanté, Samuel Loisel, et voici mon père, Paul », l'a apostrophée le quinquagénaire souriant aux sourcils fournis et à la carrure de joueur de rugby. Barbara a offert aux visiteurs un sourire bienveillant et chaleureux que Paul ne lui a pas rendu. Le nouvel arrivant s'était enfermé dans un mutisme poli, véritable périmètre de sécurité à ne pas franchir. Un silence encombrant. Il lui a épargné les demandes habituelles concernant la location d'un poste de télévision ou d'un coffre et il avait rangé dans sa poche, sans le regarder, le programme des ateliers proposés. Son fils a bien tenté de détendre l'atmosphère en posant de multiples questions sur le fonctionnement de l'institution mais Paul est resté imperturbable, peu concerné par les paroles dont il était l'objet, les mains gonflées aux articulations déposées sur ses genoux. Seul son regard semblait en éveil et il parcourait la pièce avec intérêt.

Un œil moins attentif que celui de Barbara aurait pu le juger absent, sénile, voire dédaigneux. Son intuition, ou peut-être la manière dont il a fixé avec curiosité sa collection de boules à neige déposées sur les étagères de son bureau, l'a convaincue du contraire. Cet homme ne cherchait pas à attirer la compassion ou à susciter de la sympathie en racontant des anecdotes amusantes. Il semblait dépourvu d'attentes et de vanité. Les horaires des repas, les services en chambre, les séances de kinésithérapie, le code wi-fi. Qui prévenir en cas de chasse d'eau qui coule. L'atelier d'écriture et la bibliothèque. Les prestations des bénévoles. Il écoutait le discours bien huilé de Barbara sans intérêt et elle n'a pu s'empêcher d'admirer en secret son détachement. Il osait rester silencieux et manifester par ses prunelles immobiles son indifférence en toute impunité. Quelque chose en elle a protesté, trop vite enfoui par l'habitude pour être entendu.

À sa place, elle se serait sentie contrainte d'écouter chaque consigne, de hocher la tête, de ponctuer le monologue par de petites exclamations de surprise. De jouer le bonheur sans jamais y avoir goûté. Elle aurait feint, tenté de faire illusion. Elle se serait encombrée de mille détails inutiles et éphémères. Elle aurait manié les sourires et les battements de paupières. Cet homme ne fuyait pas son désintérêt et il le portait avec une élégante simplicité.

« Vous êtes vraiment une perle ! Quelle chance ! Je pensais que ces formalités nous prendraient un temps dingue. Merci. Ça fait longtemps que vous travaillez ici ? », lui a demandé Samuel en récupérant l'enveloppe brune et la télécommande de la télévision. L'homme avait un certain charme, une bouche bien dessinée à défaut d'avoir des traits fins et une coiffure conventionnelle.

Barbara a hésité un instant avant de répondre. Le temps d'une respiration, un moment infime. Assez pour que les yeux de Paul s'allument et se posent enfin sur elle. Une douce caresse. Conscient de la curiosité de son maître, le canari a interrompu son chant mélodieux, suspendu lui aussi à la réponse. « Oh, longtemps, oui. Plus de vingt ans… j'ai arrêté de compter… »

Prononcer ces mots lui a donné le vertige, l'étrange sensation d'avoir abandonné une partie d'elle-même en chemin. De libérer des fantômes enfouis, trop heureux de pouvoir enfin s'adonner à l'école buissonnière. Un regard admiratif décoché par Samuel et la désagréable impression d'être une actrice bon marché louée à la journée sur un stand de boudin blanc au Salon de l'agriculture. Samuel a semblé rassuré par sa fausse quiétude. « Avec un personnel d'expérience, tu seras bien ici, papa. » L'homme à la chevelure aussi hirsute que celle de son père lui a lancé un autre compliment, et elle aurait aimé disparaître sous le bureau en pin blanc. Ses joues se sont empourprées et, par habitude, elle a relevé ses longs cheveux noirs en un chignon improvisé retenu par un crayon noir mal taillé avant de lui répondre par un faible rictus. Simuler était un art parfois inconfortable. Se sentir illégitime et faire illusion l'étaient plus encore.

Barbara a ignoré sa mine réjouie et s'est plongée tout entière dans le dossier ouvert devant elle. Un éternel sourire pour une promenade en solitaire dans l'existence. Feindre encore plutôt qu'avouer que jeune fille, ses ambitions étaient bien plus vastes qu'un poste d'adjointe administrative dans une clinique du Brabant wallon au parc centenaire. Ses rêves étaient trop larges pour sa fine carrure. Adolescente, elle se voyait juriste d'entreprise, infirmière urgentiste ou gérante d'un hôtel de luxe dans une contrée lointaine et ensoleillée. Fière, indépendante, amoureuse. Rebelle. Sa voie semblait toute tracée, et rien ou personne n'aurait pu la faire dévier de ses chimères enfantines. N'était-elle pas la plus jolie élève du collège ? La première de la classe à qui aucun garçon ou aucune équation de mathématiques ne résistait. Des illusions en bandoulière. Elle avançait légère dans l'existence en égrainant les succès et les félicitations des professeurs. Elle grandissait sous l'œil affectueux et peu complaisant de sa mère. Devant elle, une vie à oser s'offrait.

Pourtant, cette image de carte postale s'était érodée au fil des ans. À tel point qu'aujourd'hui, il lui serait difficile d'y apposer un timbre-poste. À tel point qu'elle a du mal à supporter le regard aimant et déçu de Gisèle posé sur elle. Sans qu'elle comprenne comment, elle a enchaîné les défaites et les déconvenues. Des jours tristes et grisâtres. Des échecs. Sa vie se résume à une série d'insupportables frôlements. Un parcours inachevé. Après des études de droit, elle a frôlé une carrière passionnante en échouant à l'examen d'entrée au barreau. Elle a frôlé l'amour auprès d'un homme irrésistible, sans toutefois réussir à le harponner plus de quelques mois. Elle a frôlé la femme qu'elle aurait rêvé d'être, sans jamais l'atteindre. Une existence à semer des fruits qu'elle n'a pas été apte à recueillir. Une vie à danser sur place, sans rythme ni élan. Dans les coulisses d'elle-même. « Je suis une loseuse professionnelle », se dit-elle souvent le matin en regardant la quinquagénaire fanée dans le miroir. Elle préfère donner une connotation anglaise à son mal-être. Un élément d'extranéité folklorique. Être une ratée lui paraît infiniment plus cruel à entendre.

Barbara s'est crispée davantage encore lorsque le regard de Samuel s'est posé sur une photographie en plexiglas accrochée au mur. Le cliché a été pris il y a près de vingt ans. Elle y marche sur une plage espagnole de la Costa Brava, souriante, un chapeau de paille sur sa chevelure épaisse, une longue robe orange flottant au vent laissant entrevoir ses bras bien dessinés. Ce jour-là avec Samuel, comme tous les autres jours de la semaine, elle portait une jupe bleue et un corsage blanc. Seule la couleur de son gilet varie en fonction de son humeur. Un uniforme terne qu'elle s'impose elle-même. Une tenue à son image, pour se rappeler qu'elle s'est trahie et ne mérite pas d'être mise en valeur. « Tu n'es pas assez douce avec toi-même ! » Sa marraine Sybille le lui répète souvent mais elle répond par un haussement d'épaules. Pourquoi sortir du lot lorsqu'on y est englué ? « Waouh, quelle magnifique photo ! », a décrété Samuel, la mine réjouie, en l'encourageant à l'appeler par son prénom.

En ce matin de juillet, elle a suivi son regard vers cet instant d'éternité figé sur un rectangle de plastique. Une curieuse ressemblance impossible à nier avec cette inconnue qui la fixait. Elle y a vu une belle femme aux traits fins, aux pommettes hautes et aux yeux clairs bordés de longs cils noirs. Cette piqûre de rappel lui a fait mal, un mal de chien, et sa gorge s'est nouée. D'instinct, elle a passé sa main dans sa chevelure désormais parsemée de quelques fils blancs. Dans son bureau, les visiteurs ne manquent pas de s'arrêter devant le portrait et ils s'extasient devant sa beauté passée. Des cheveux épais qui retombaient en boucles harmonieuses autour du visage, un nez fin, un sourire désarmant et autour de la bouche, des plis qui se formaient dès qu'elle parlait. Le tout lui donnait un air candide. Une beauté solaire, a-t-elle souvent entendu dire à son sujet. Un bien maigre butin. Elle n'a que faire de ces compliments. Quelle escroquerie, la beauté ! Être jolie est un don d'une vaine inutilité. Une blague dépourvue de drôlerie. Certes, son charme lui a ouvert bien des portes, mais elle n'a jamais été capable de les franchir ou de les garder grandes ouvertes. Sur le cliché, Barbara est entourée de sa mère Gisèle et de Mila, protégée par ces deux êtres comme par des murailles infranchissables. Sa fille porte ses cheveux couleur miel en nattes serrées et ses yeux pétillent tant qu'ils semblent s'animer sur la pellicule. Barbara a eu l'étrange sensation d'être invitée dans le corps d'une autre. Et pourtant, une partie d'elle ne peut se résoudre à ôter le cadre et à le remplacer par une aquarelle achetée chez Ikea. Elle n'est plus cette femme qui ne la quitte pas des yeux. Même pas une pâle doublure. Cette photo est un leurre, un objet décoratif. Une morsure.

Dehors, au fond du parc, des résidents se reposent à l'ombre des grands arbres. Il y a vingt-cinq ans, elle a franchi le portail de cette institution... et elle est toujours là. Vaillante, efficace, fidèle au poste, disponible, alors que tous ces grabataires ou souffreteux repartent d'ici avant elle. Les os ressoudés et le cœur léger. Leur escale est devenue son mouroir.

Un sentiment d'injustice dans la poitrine et l'envie de crier des mots restés tus trop longtemps. Son sourire a disparu. Barbara a évité les prunelles de Paul et Samuel posées sur elle et a feint de devoir remplir de nouveaux documents. Une petite saynète rejouée tant de fois. Cocher des cases d'un formulaire et y apposer une signature d'une écriture policée. Comment aurait-elle pu leur expliquer que la beauté, cela ne servait à rien ! Un cadeau des dieux futile et encombrant. Elle aimerait tant la troquer contre la force de caractère de sa mère ou l'insatiable énergie positive de sa fille. Contre des envies, des réussites, un fol amour, des monts enneigés à escalader. Des projets, des levers de soleil, des provocations, des décalages horaires. Des pulls fuchsia à grosses mailles sur des leggings verts. Des sorties de route. Elle n'a même pas eu le courage de tomber en dépression. À peine un léger mal de vivre, un vague à l'âme, une lourdeur qui accompagne chacun de ses pas. Dans cette clinique de revalidation où les hommes réapprennent à tenir debout, elle a creusé sa tombe, chaque jour un peu plus. Elle y a enterré ses rêves et s'est accommodée de la tiédeur des choses.

Le chant strident de Cui-Cui a tiré Barbara de ses rêveries et, d'un geste rapide, elle s'est levée pour guider ses visiteurs vers le studio B19. Un long couloir plus tard, ils ont découvert une grande pièce d'un blanc immaculé avec vue sur le parc. Un lit, un coin salon et une étagère en formica sur laquelle les pensionnaires sont invités à colorer leur nouvel univers d'objets personnels. Des sourires, des remerciements et une dernière parole de bienvenue. Le regard de Paul s'est adouci et un clin d'œil de connivence de son fils l'a touchée. En refermant la porte de la chambre derrière elle, Barbara a soupiré avec philosophie avant de s'éclipser dans son bureau pour accueillir d'autres arrivants. Sa vie est étroite et terne, d'une banalité désarmante, mais elle est sienne.

Pourtant, le soir même, elle n'a pas réussi à finir son sudoku niveau 6 à moitié entamé et elle a senti son corps s'abandonner à une douce torpeur. Seule dans cette chambre au papier peint suranné, dans une nuisette en coton blanc aux bords dentelés, elle a eu envie de passer avec tendresse sa main dans la chevelure désordonnée de Paul, et la flatterie de Samuel l'a fait rougir. Elle s'est surprise à s'endormir avec un sourire au cœur. Un sourire vrai. La flamme vacillante au fond d'elle n'est donc pas encore tout à fait éteinte. Peut-être que la femme non plus, alors…

Depuis, Barbara vient tous les jours s'enquérir de la santé de Paul qui semble accepter son statut de résident temporaire avec facilité. Dans cette résignation tacite face à son corps morcelé et à la douleur, Barbara a décelé une élégance peu commune. Contrairement à ses collègues, elle apprécie sa réserve. N'est-elle pas, elle aussi, résidente temporaire de sa propre existence ? Parmi tous les pensionnaires de la maison de convalescence, Paul est son préféré du moment et Barbara aime clôturer son service en allant le saluer. Une manière implicite de se reconnecter à la quiétude fugace ressentie après son installation. Aujourd'hui encore, elle n'est pas prête à manquer leur petit rituel et elle fait taire sa raison en parlant d'une voix trop forte.

« Bonjour Paul, belle journée ? »

Assis sur un large fauteuil en cuir noir, un stylo à plume dorée à la main, l'homme à la chevelure en pagaille hésite un temps avant de lui répondre comme si, tout compte fait, sa parole avait bien peu d'importance. Touché par les marques de sympathie de Barbara plus qu'il ne voudrait l'avouer, il hoche la tête dans un demi-sourire.

Des feuilles griffonnées et des livres ouverts s'empilent sur la table basse du salon. Lunettes sur le front, l'ancien ingénieur des postes semble absorbé par sa tâche et ses sourcils fournis se touchent tant il se concentre. L'oiseau volette dans sa cage, Paul ayant dû âprement négocier avec le directeur de l'établissement qui se refusait à accueillir ce résident volatile et bruyant.

« C'était comment l'atelier d'écriture, ce matin ? Milena m'a dit que vous noircissez des pages entières, c'est magnifique ! Vous ne voulez pas en faire profiter les autres, c'est dommage. Je suis certaine qu'ils adoreraient lire vos textes. En tout cas, moi, ça me plairait bien. »

Paul plonge la main dans un sachet de bonbons à la violette et suçote une pastille avec gourmandise avant d'en proposer à sa visiteuse. Ses prunelles s'amusent et le canari émet des sons étranges dignes d'une cantatrice aphone. L'homme fixe Barbara, les membres agités par une curiosité soudaine. Fidèle à son habitude, il élude la question posée et lui répond par une autre, plus incongrue.

« Barbara, j'ai besoin de vous. Pouvez-vous m'expliquer pourquoi cet endroit se nomme la clinique des Saules alors que je n'ai vu que des marronniers dans le parc ?

— Bien vu ! J'y ai déjà pensé mais je n'ai jamais creusé plus loin. Harold le jardinier ou le docteur Walbaum pourront vous répondre mieux que moi. Mais je vous laisse… j'ai une réunion de famille et je suis en retard. Stéphanie est de garde si vous avez le moindre souci.

— Une réunion de famille ?

— Oui, dans les Ardennes, c'est l'anniversaire de ma marraine. Un endroit magnifique. Je vous raconterai tout cela après le week-end.

— Et vous en pensez quoi, vous, de la famille… lieu de guérison ou lieu de souffrance ? »

Surprise, Barbara suspend son geste alors qu'elle s'était penchée pour recouvrir les jambes de Paul d'un drap frais. Elle est si proche du patient qu'elle sent son souffle chaud lui chatouiller la nuque. Elle fait des efforts pour trouver la réponse adéquate, sans vraiment savoir si elle existe. Elle se raidit et, avant qu'elle ait le temps de répliquer, il poursuit leur échange d'un ton taquin.

« Je ne vous pose pas une colle ! C'est le thème du jour de l'atelier d'écriture… et ça m'a inspiré. Allez, filez… et profitez bien des vôtres.

— Merci, je vais essayer. Je suis curieuse, ma fille a quelque chose d'important à m'annoncer », conclut-elle en refermant la porte derrière elle et en lui faisant un petit geste d'adieu de la main.

Barbara sort avec hâte sur le parking et son visage s'éclaire alors qu'elle passe devant les grands marronniers au feuillage dense. De fameux imposteurs, eux aussi. Elle ne s'était jamais imaginé à quel point l'illégitimité était un mal répandu.

10

Une rencontre providentielle

Les yeux rivés sur les moulures du plafond, Sybille respire à pleins poumons l'odeur de l'herbe tout juste coupée dont les effluves lui chatouillent les narines. La seule touche de fantaisie apportée à cette chambre d'une sobriété monacale consiste en un immense miroir vénitien en verre biseauté. Allongée sur le lit dans un peignoir en coton blanc assorti à ses draps, Sybille reste là, placide, immobile, attentive aux bruits provenant de la fenêtre ouverte. Spectatrice invisible des liens unissant ses proches, témoin silencieux de la vie qui coule quoi que l'on fasse pour stopper sa course. Les poings serrés, Sybille a beau tenter de la retenir, elle la déserte avec lenteur.

Sa sieste a été écourtée par des cavalcades dans les escaliers, des grincements de portières claquées, des rires, des effusions. Ces sons prennent toute la place en elle et elle s'amuse à les identifier : la voix rauque d'Édouard, le pas léger de Mila, les vociférations de Joachim ou les jappements plaintifs d'Émile. L'envie la prend de se lever avec empressement, de courir les rejoindre et de jouir de ces moments bénis en leur compagnie. Elle le sait, ils sont comptés. Elle a beau tenter de faire semblant, d'ignorer ce passage des ans, de feindre l'indifférence et de jouer à l'immortelle, l'âge lui pèse. Il précède le moindre de ses pas, il alourdit sa démarche et il est devenu un inséparable compagnon de route dont elle ne peut se défaire. Il écorche ses jours et instaure une barrière invisible entre elle et le quotidien. Il l'invite à l'urgence alors que son corps n'est plus en mesure de suivre la cadence et qu'il aspire à un tempo plus lent. Il est dans son sac de voyage, dans le beurre salé qu'elle étale sur son pain grillé, dans chacune de ses habitudes. Dans les moindres gestes du quotidien, dans son agenda ouvert sur des pages blanches, dans les silences boudeurs de sa petite voix intérieure. L'âge est une arme fatale qu'elle ne peut esquiver. Un couteau tranchant destiné à blesser les chairs les plus tendres. Il la projette dans hier en l'empêchant de pouvoir imaginer demain.

Elle découvre avec effarement l'effet boomerang du temps qui passe. Un pouvoir presque surnaturel. Plus il s'écoule, plus sa jeunesse revient l'assaillir et plus elle y plonge, résignée, jusqu'à y boire la tasse. Des images, des émotions, des sons, des couleurs. Des voix. Comme dotés d'un pouvoir magique, ces éléments s'imposent dans ses pensées depuis quelques semaines et elle ne peut contrôler ce téléfilm intime joué en elle. Elle qui a tant de mal à se souvenir des détails du quotidien peut restituer avec précision une scène vécue il y a quelques décennies. Ce paradoxe l'épuise. Un éclat de rire de Mila l'incite à sortir de ses rêveries. Elle bouge son pied engourdi et se redresse sur les coudes, partagée entre la joie et la frustration. La légèreté ne peut s'acheter. Elle aimerait tant courir, sautiller, exprimer par le corps cette excitation qui pétille en elle, mais ses soixante-dix-sept printemps freinent ses élans. Ou peut-être est-ce elle qui s'impose cette retenue, elle ne sait plus bien.

« Ils sont tous là pour moi. »

Cette prise de conscience l'émeut et la réchauffe à la fois. Il serait si bon de disparaître en un clin d'œil, accompagnée d'une telle mélodie. Peut-on rêver plus doux chant funèbre, plus joyeuse homélie ? Quitter l'existence le sourire aux lèvres, pleine de ces autres dont la présence a illuminé ses jours. S'éviter les lentes agonies, les nuits d'incertitude ou les décrépitudes programmées d'un organisme fatigué. Ne pas revoir le fil de sa vie en accéléré avant de sombrer dans le néant qu'elle peine à imaginer. Même aux portes de la mort, elle n'est pas prête à revivre certains épisodes passés. Sybille aimerait pouvoir appuyer sur la touche pause de la télécommande de son existence, faire un arrêt sur image et rejoindre l'au-delà et ses mystères en un instant. Elle y pense lorsque le soleil est bas et que ses forces déclinent, de plus en plus souvent, partagée entre une peur viscérale de mourir et une irrépressible envie de lutter encore un peu pour jouir du temps qu'il lui reste. Partir avant de s'éteindre.

« Je t'ai connue plus joyeuse ! Je ne te comprends pas. T'es bien vivante, et moi aussi. T'as une santé de fer, une vraie Jeanne Calment ! C'est juste un goûter d'anniversaire, Syb ! Une date sur un calendrier, rien de plus. C'est bon ! J'ai eu droit à la crise de la quarantaine, à la déprime de la cinquantaine, à la nostalgie de la soixantaine… et tu me refais ton cinéma ! Allez, viens, Sybille, on rentre à la maison boire une coupe au temps qui nous est donné. Et puis, je préparerai la table, repose-toi un peu avant l'arrivée de Gisèle. Cynthia m'aidera », l'a sermonnée Édouard ce matin lors de leur promenade quotidienne. Un dernier regard impuissant vers le château fort n'a pas ôté ce froid glaçant en elle. Sybille a tapoté l'épaule de son mari avec tendresse, avant de s'accrocher à son bras et de tirer sur la laisse d'Émile. Le vieux beagle aux poils plus gris que sa propre chevelure est venu se frotter contre ses mollets. Depuis deux mois, il fait partie de la famille, au grand dam de Gisèle. « Tu es folle à lier ! Adopter un chien, maintenant ! », s'était écriée son amie au téléphone, lorsque Sybille lui avait annoncé leur décision d'accueillir le petit compagnon de sa voisine partie vivre chez ses enfants en Italie. « Maintenant ? À mon âge, tu veux dire ?

— En effet, avait renchéri Gisèle d'un ton sans appel. Je me demande qui va sortir qui ! Tu te rends compte de la contrainte que c'est, un chien ? Pire qu'un gosse ! Je me tais, tu feras quand même comme tu veux, mais tu m'étonneras toujours… en plus, n'imagine même pas que je vais l'aimer, ton Émile. Déjà, c'est mal parti, ton clebs porte un prénom que je déteste… »

Sybille a souri en pensant à Gisèle ce matin. La main dans celle de l'homme dont elle porte le nom depuis près de quarante ans, elle a remis en place, par coquetterie, ses cheveux désormais coupés aux épaules derrière l'oreille et a rebroussé chemin vers la Villa Aurora. Elle aurait pu y aller les yeux fermés, mais elle a veillé à les garder grands ouverts, consciente qu'à son âge, chaque promenade peut bien être la dernière. Rien que d'y penser, son corps s'est crispé, mais la sensation de la paume chaude d'Édouard contre la sienne l'a apaisée. « Un jour à la fois, un pas après l'autre... », s'est-elle dit pour faire reculer ses craintes et se motiver à avancer.

Elle ne sait combien de fois, au fil des décennies, elle a traversé l'allée en gravillons menant au porche de sa demeure. Seule, accompagnée de Barbara, de Mila, de Cynthia la fille d'Édouard ou de son fils Joachim. De ses souvenirs, de ses envies, de ses attentes. De Gisèle. De ce passé commun qui la lie à son amie au-delà de leur ADN et de ce futur qu'elles ont toujours composé ensemble, peu importe leurs désaccords ou le niveau d'acidité de leurs conversations. Depuis leur première rencontre, peu de fausses notes entre elles. Elle les balaie d'un haussement d'épaules, d'un regard suppliant et d'un sourire résigné. Sybille a aussi appris à aimer profondément cette terre d'accueil. Les pierres, les paysages, les bocages, les ruisseaux. Les arbres au fond du jardin et les limaces se prélassant sur la terrasse en bois aux lattes verdies par les pluies. Loin du tumulte de la ville, elle se sent protégée par cette nature changeante, par ce silence habité de vie qu'elle peut deviner derrière le bruissement des feuilles ou le craquement d'une branche la nuit. Même sa peur du noir s'est estompée depuis qu'elle vit ici.

Lorsqu'elle avait rencontré Édouard, elle aurait été incapable de situer La Roche-en-Ardenne sur une carte. L'homme y avait un oncle maternel auquel il était très attaché et il prenait un curieux plaisir à venir lui rendre visite à chaque solstice. Jules avait perdu une jambe et deux fils à la guerre. Il manifestait beaucoup d'affection envers son neveu, seul descendant capable désormais de perpétuer la lignée familiale. Peu après leur mariage, les jeunes époux avaient choisi de quitter la France pour venir s'installer près de l'oncle Jules, dans les Ardennes belges. Hélas, pas le temps d'organiser leur pendaison de crémaillère que déjà leur ancêtre disparaissait à la suite d'une embolie pulmonaire aussi subite que foudroyante.

Dès leur arrivée, Sybille et Édouard étaient tombés sous le charme de cette jolie demeure aux murs de pierre entourée d'une haie haute et bien taillée. En découvrant le salon, Sybille s'était arrêtée devant la cheminée ancienne en marbre blanc rehaussée d'un ange moulé dans la pierre. Elle avait compris que revenir dans certains lieux nous ramène au plus près de nous-mêmes. À la maison. À la partie qui se niche au creux de nous, immuable, celle qui ne s'embarrasse pas d'états d'âme ou de convenances, celle qui sent plus qu'elle ne sait. Un regard tacite de connivence à Édouard, un large sourire comblé à l'agent immobilier. Elle n'avait pas eu besoin de visiter les étages supérieurs pour comprendre qu'elle désirait y poser ses valises et y vieillir en toute quiétude. Cette demeure était son double. De larges baies vitrées ouvertes sur le soleil et des recoins improbables où se nichait une poussière tenace. Un refuge apaisant où elle pouvait espérer tenir à distance le passé et peut-être même oublier ses saveurs amères. Depuis leur installation dans les lieux, ils y forment un trio harmonieux, la Villa Aurora faisant partie de leur équilibre. Si elle a toujours pris grand soin de sa maison, Sybille n'est pas dupe. Certes, elle l'a entretenue, elle a veillé à lustrer les parquets et à briquer les boiseries, à aérer les pièces chaque jour et à repeindre les murs tous les cinq ans. Mais la Villa Aurora l'a reconstruite.

« Pff... tu n'as pas honte de jouer la diva paresseuse ? Allez, bouge ! On est déjà tous en bas ! On n'a pas idée de rester sous la couette à une heure pareille ! Tu as épousé un homme qui a une montre à la place du cerveau et tu nous fais attendre... »

Le visage de Sybille s'éclaire et elle élude la pointe de sarcasme dans la voix de son amie. « Je pensais justement à toi », dit-elle à Gisèle venue s'installer sur le bord du lit. Deux bises sonores.

Les deux femmes n'ont a priori pas grand-chose en commun. Porteuse du même carré court depuis trente ans, Gisèle semble toujours sortir de chez le coiffeur, ce qui n'est pas tout à fait faux, et elle ne trouve pire hérésie que de s'afficher en pantalon. Même lorsqu'elle peine à boucler ses fins de mois, elle n'en laisse jamais rien paraître et veille à ce que sa mise soit toujours parfaite. Habillée comme une bourgeoise avant même d'avoir atteint l'âge de l'être, Gisèle a une ossature fine, une peau claire et elle porte en elle une rigidité et une force qui affectent son corps et son esprit. Cette ancienne couturière de talent affiche souvent un air renfrogné d'adolescente mal lunée et possède l'art d'éluder les discussions désagréables par quelques répliques cinglantes. Une femme de caractère à l'esprit vivace. Elle a élevé seule Barbara et goûté au prix salé de l'indépendance dans un milieu et à une époque où il n'y avait pire immoralité qu'être fille-mère. D'une indomptable exigence, avec elle-même et avec les autres, et peu importe l'interlocuteur, elle ne pratique pas la langue de bois. Athée convaincue, elle a déserté l'Église et ses saints depuis longtemps. Elle ne croit ni en la résurrection ni au hasard, pas même en la nature humaine. À l'amour peut-être, et encore. À celui de quelques personnes triées sur le volet qu'elle couve avec soin aussi. Les dieux l'horripilent presque autant que les petites lâchetés ordinaires de l'existence et son esprit cartésien se nourrit de faits et d'actions. Elle ne cherche pas à éluder le malheur ou à lui donner un sens puisqu'il fait immanquablement partie de la vie. Un mouvement perpétuel composé de réjouissances et de moments plus difficiles. Sa dureté de façade masque un cœur tendre et une générosité sans faille pour ses quelques proches. Son seul péché mignon avoué et avouable : Mila, son irrésistible petite-fille à laquelle elle n'a jamais rien pu refuser.

De quatorze ans son aînée, Sybille en impose par sa taille, sa large carrure, le roux lumineux des cheveux ondulés qui ont si longtemps encadré son visage et ses tenues vestimentaires qui privilégient le sarouel au tailleur. Les yeux en amande et les pommettes hautes, elle attire les regards mais y est toujours restée insensible. Pudique et secrète, elle aime la quiétude des petits matins où, lovée dans un fauteuil, elle peut lire et préparer son prochain voyage avec Édouard. Rien ne lui donne plus de plaisir que la liberté de parcourir le monde, anonyme dans une chambre d'hôtel ou parmi ces autres aux mœurs différentes. De ces périples en Inde ou en Birmanie, elle rapporte des trésors chinés qui finissent leur vie sur les rayonnages de la cuisine et de la salle à manger. Ironie de l'existence, Sybille a été sage-femme mais n'a jamais enfanté. Elle porte cette vacuité en elle comme une blessure indélébile, masquée par des pulls et des tuniques amples et colorées. Si elle a certes élevé Cynthia, la fille d'Édouard, leur relation est émaillée d'amour tendre et de grincements de dents. Des rires, des moments partagés et des coups de griffe dont Sybille a du mal à cicatriser.

Sa mère décédée, Cynthia n'a jamais concédé à Sybille la place de belle-mère que celle-ci aurait aimé avoir, cantonnée à un second rôle, indispensable et accessoire à la fois. Lorsque la tristesse la gagne, Sybille se console par l'affection que lui porte son petit-fils Joachim. Bambin déjà, il a cette légèreté qui manque tant à sa mère et ses prunelles s'agrandissent de plaisir à la moindre pluie. Zigzaguer entre les flaques, sa petite main bien calée dans celle de Sybille, et sauter à pieds joints dans l'eau boueuse a été longtemps leur jeu favori. Arrivée en Belgique, Sybille avait choisi de seconder son mari dans ses tâches d'expert-comptable, et il n'était pas rare de la voir partager un thé au jasmin avec des clients patientant dans la salle d'attente de ses bureaux. Contrairement à Gisèle, Sybille peine à exprimer ses émotions et préfère les sentir vivre en elle, loin de la fureur de ce monde qu'elle regarde avec distance. Il serait faux de dire qu'elle parle peu. Elle parle juste, se cantonnant à exprimer l'essentiel, sans mots grossiers grommelés en douce ni détails insignifiants destinés à meubler les blancs. Elle a fait du silence son allié le plus précieux.

Poussée par le regard culpabilisateur de son amie et l'envie de rejoindre ses proches, Sybille se décide enfin à quitter le lit. Elle hésite un instant devant la mine faussement horrifiée de Gisèle mais se résout à choisir dans sa penderie un pantalon en lin beige et un tee-shirt orange. Pour échapper aux sarcasmes de sa complice, elle enfile en maugréant des sandales à talon. Tant pis, elle aura les pieds en bouillie, mais l'occasion mérite bien ce petit sacrifice. Tout en se repoudrant les joues, elle écoute Gisèle qui prend plaisir à lui raconter en détail sa semaine écoulée. La fuite dans la salle de bains de son voisin de gauche, la nouvelle étole en soie bleutée qu'elle a cousue pour Barbara, la grippe estivale de l'épouse de Romain, son aversion pour ce chien qui aurait dû finir dans des lasagnes surgelées… Sybille esquive une réponse et applique avec soin du gloss sur ses lèvres entrouvertes, comme le lui a appris Mila. « Comme ça, tu n'auras pas l'air d'une bobonne peinturlurée », lui a-t-elle assené avec tendresse lors d'un cours improvisé de maquillage l'hiver dernier. Gisèle poursuit son monologue animé et Sybille sourit, par habitude. Elle hésite entre un collier de perles et une broche en pierres colorées achetée sur un marché dans une ville indienne dont elle a oublié le nom. Gisèle enchaîne sur un reportage sur le jardin des Tuileries. Sybille opine de la tête et elle opte pour la broche et ses coloris chauds. Ce papotage incessant la rassure, les mots l'enveloppent et cela depuis des décennies.

Dans le miroir, elle suit du regard les mains qui ponctuent les propos assertifs de son amie. Qu'il est loin le jour où elle a croisé la route de cette adolescente à la dérive et aux yeux rougis dans un hôpital de province ! Comment aurait-elle pu imaginer, un seul instant, fêter ses anniversaires à ses côtés ? Dans le dédale de l'existence, elles ne s'étaient jamais quittées. Entre elles, une sororité ressentie au plus profond de leur chair. Un filin invisible que les agacements et les haussements de ton n'avaient pu rompre. Certains liens du cœur peinent à être définis et feuilleter le dictionnaire ne l'aiderait en rien. Sybille a longtemps tenté de donner un nom à leur relation, de spécifier le lien fort qui la lie à cette inconnue. Elle a essayé de la ranger dans une case. Nommer les choses, n'était-ce pas le meilleur moyen de les ancrer dans la réalité, de leur donner corps ? D'éviter qu'elles disparaissent comme les gouttes de pluie dans le caniveau par un ciel d'orage ?

Une tendresse lucide et des décennies entremêlées que les mots semblaient trop étriqués pour contenir. Un cadeau céleste. Un heureux hasard. Une franche affection. Une rencontre providentielle. Une amitié qui a résisté aux coups de gueule et aux coups du sort. Sybille en est convaincue : certaines personnes permettent d'accoucher de soi-même et de faire éclore, au-delà des apparences, l'intime qui se tapit sous les couches de convenances et se refuse à naître. Gisèle lui a appris l'essentiel, Sybille lui en est si reconnaissante. La non-pérennité des choses et la complexité des êtres derrière leur uniformité apparente, les multiples teintes qui donnaient du relief à leurs actes, au-delà du bien et du mal. Elle est la preuve vivante qu'un pommier peut fleurir sur une terre aride, que l'histoire a toujours un sens, que la douleur et la perte peuvent être de fidèles compagnes de route.

Depuis ce matin gris de janvier 1969 où elles ont échangé leurs premiers mots, pas un jour ne s'est écoulé sans que les deux femmes ne se parlent. Quelques secondes ou juste le temps de savourer une tisane brûlante de verveine du jardin. Un rituel plus qu'une habitude. Même durant ses voyages au long cours, Sybille prend des nouvelles de Gisèle et de sa fille, et ne manque jamais de rapporter à cette dernière son cadeau préféré : une boule à neige.

Alors que Gisèle la houspille d'accélérer sa mise en beauté, Sybille repose soudain le pinceau de maquillage et son amie réprime une moue d'agacement : « J'aimerais que mes cendres soient dispersées dans ce jardin, entre mes rosiers et le pommier. »

Une voix ferme et un regard vibrant. Une demande lâchée comme un tir mal ajusté dans une fête foraine. Sybille délaisse le miroir et se retourne vers son amie, avec autant d'empressement que son corps le lui permet. Elle lui attrape le bras et ses prunelles s'agrandissent. Les mots ont jailli avant même qu'elle réalise les avoir prononcés et une bouffée d'émotion s'empare d'elle. D'instinct, elle pose une main moite sur sa poitrine et fixe Gisèle qui accuse le coup, le visage tendu. Sybille sait qu'elle a heurté son amie, pour qui la mort est un sujet tabou. Elle devient odieuse lorsque la conversation glisse sur ce thème et tente toujours d'y échapper par quelques boutades maladroites. Mais le besoin de se déposséder de cette requête est trop fort et jamais Édouard ne l'entendrait, lui qui a fait ériger à grands frais un caveau de famille à leur intention derrière l'église. Impensable que ses dernières volontés soient escamotées et qu'elle finisse dans un mémorial en marbre entre l'oncle Jules et de sinistres inconnus. Elle n'a pas toujours eu le courage de vivre comme elle l'entendait mais elle désire mourir libre, sans attache. Peu importe que son nom ne soit pas gravé dans la pierre, peu importe qu'il s'envole ou qu'il ne soit pas fleuri. L'oubli ne lui fait pas peur. Et sait-on jamais... si la mort lui donne la possibilité de choisir ses compagnons d'éternité, elle préfère y arriver seule. Tout recommencer, sous d'autres cieux.

Gisèle fixe ses ongles nacrés et des plis amers lui barrent le front. Elle semble transformée en statue de sel, muette et réticente à plonger son regard triste dans celui de son amie. Sybille aimerait lui insuffler son amour et sa reconnaissance. Lui raconter, se raconter. Peut-être n'aura-t-elle jamais de meilleure occasion... Elle a toujours préféré se taire. L'invisible se transmet sans testament, même si c'est lui qui forge nos existences. « Gisèle, réponds-moi, dis-moi quelque chose !

— Tu veux peut-être que je rédige déjà le faire-part ? Tant qu'on y est... liseré jaune ou argenté ? Syb, fous-moi la paix avec tes bêtises ! Je suis là pour ton anniversaire aujourd'hui, pas pour tes funérailles... Édouard m'avait prévenue que tu n'étais pas joyeuse, mais là... une fête mortifère... pfff...

— Gisèle, je sais que tu m'as entendue. »

Tétanisée par le ton sans appel de sa complice, Gisèle hoche la tête en guise d'assentiment et lâche un profond soupir. Contemplant le plancher griffé par les ans, elle refuse de glisser dans la mélancolie. Elle n'a pas le temps de trouver une réponse adéquate que déjà, un chien pénètre dans la pièce, une liasse de papiers dans la gueule, poursuivi par Mila et quelques invectives bien salées. « Sybille, retiens ton sale clebs ! Il a fouillé dans mon sac, il a bousillé mon rouge à lèvres et là, il bouffe ma surprise ! »

Émile tourne autour de Gisèle en bondissant de joie. Elle se baisse en grommelant, autant sur son dos douloureux que sur ce chien dont il ne faut décidément rien attendre de bon. Elle tire avec colère sur l'enveloppe blanche coincée dans la gueule de l'animal et parierait bien avoir perçu une lueur de défi dans ses iris jaunes lorsqu'elle en sort une feuille gluante. Un timbre suisse. Son regard est attiré par les lettres capitales dactylographiées sur le papier et sur des traits rouges entourant quelques chiffres. Son cœur galope avant même qu'elle ne comprenne. Du bas de l'escalier, elle entend la voix de Joachim, ses cris pour attirer le cabot désobéissant. Elle relit trois fois l'intitulé du document, plante ses yeux dans ceux de Sybille et ne peut retenir le cri étouffé qui s'échappe de sa bouche. Son amie pourra bien aller se faire pendre du haut de l'Atomium ou se faire incinérer à Tombouctou, elle l'avait prévenue. Avec un tel nom, ce chien ne pouvait être porteur que de mauvaises nouvelles. Le rythme cardiaque de Gisèle s'accélère encore alors que Sybille suit son regard et blêmit à son tour. Le pot de terracotta tombe sur le parquet en un bruit sourd et un nuage rose enveloppe le chien.

Insensible aux craintes de ses maîtres, Émile remue la queue et couine de contentement, trop fier d'être venu leur apporter les résultats du test ADN de Mila Frère.

11

Les couteaux ont des bouts ronds

« Qui veut un café ?

— Une tisane si tu veux bien, ma chérie. Je viens t'aider. »

Soulagée, Sybille suit Mila dans la cuisine, reconnaissante envers sa protégée de lui avoir offert un prétexte pour quitter la pièce et son air irrespirable. La soirée avait pourtant bien commencé. Un soir d'été à la chaleur douce et rassurante.

Comme à son habitude, Édouard avait dressé la table avec soin et semblait ravi de l'effet obtenu. Pour l'occasion, il avait sorti les couverts en argent et le service en porcelaine cerclé d'or Villeroy et Boch, cadeaux de mariage de ses parents. Il avait allumé deux bougies parfumées au jasmin et invité ses hôtes à prendre place dans la petite salle à manger aux murs surchargés de peintures abstraites. Un plan de table aurait été inutile. Mû par l'habitude, chacun s'est dirigé vers sa place, la même depuis toujours. Un réflexe routinier. Et peu importe que leur vie soit en vrac, leur emplacement à table, lui, reste immuable. Ce mouvement naturel des êtres vers le juste siège de manière tacite a attendri

Sybille. Même dans une salle à manger, l'homme a besoin, pour marquer son territoire et se sentir en confiance, d'un emplacement qui lui est dédié. Les habitudes sont un magnifique rempart contre l'imprévu. Elle s'est approchée avec sérénité de sa chaise, celle en bout de table, la plus proche de la cuisine, avant de s'y asseoir le sourire aux lèvres, soulagée que l'incident causé par le chien se soit conclu par une tape sur son derrière et un jappement désabusé. Mila a récupéré les feuilles en bredouillant des insultes non autorisées par la SPA et a préféré les ranger dans son sac sans en évoquer le contenu. Un mouchoir sur les yeux, Gisèle a repris contenance et s'est efforcée d'afficher une mine réjouie de circonstance, tout en espérant de toutes ses forces qu'un incendie spontané viendrait détruire l'enveloppe blanche. Les conversations ponctuées de rires ont fusé, les questions pas toujours suivies de réponses ont volé au-dessus des mets. Sybille a réfléchi aux mots qu'on ne manquerait pas de lui demander de prononcer pour baptiser les bulles de champagne. L'exercice lui est chaque année plus difficile. À sa droite, Édouard s'est employé à jouer le maître de maison, un rôle à la hauteur de l'homme charmant qu'il est. Des années après leur première rencontre, sa rondeur rassurante et son humeur tranquille ont toujours sur elle des vertus apaisantes. Pour l'occasion, son époux a accepté de troquer son sacro-saint costume pour une tenue plus sportive qu'elle affectionne. Vêtu d'un pantalon en coton blanc et d'un polo Lacoste bleu nuit, l'homme a encore fière allure. À sa gauche, Mila a bavardé sans discontinuer avec qui voulait bien l'entendre, et même si elle n'a pas tout compris à ses propos animés, le contact de sa main sur son bras et son doux babil l'ont ravie. Fidèle à son habitude, Gisèle s'est installée à côté d'Édouard. Leurs débats d'idées sont souvent enflammés et teintés de mauvaise foi, l'exercice étant d'obtenir le dernier mot dans un sourire victorieux. Sybille a toujours aimé les entendre discourir, peu importe le sujet abordé. Aujourd'hui, la chanson belge à l'Eurovision et les derniers travaux inutiles opérés sur l'autoroute A4 se sont attiré leurs foudres. Grâce à leurs joutes verbales, les bricoles de l'existence deviennent passionnantes. Barbara a pris place en face de Sybille et a mangé avec lenteur, tout en ponctuant les conversations de ses sourires sincères. Les trois places restantes ont été occupées par la fille d'Édouard, son compagnon Philippe et leur fils Joachim.

Sybille apprécie beaucoup Philippe et ses silences chaleureux. Elle a tout de suite été séduite par la sympathie que dégage ce grand homme athlétique. Rédacteur en chef d'un magazine dédié aux voyages, il passe plus de temps en mer qu'à quai, au grand dam de Cynthia qui s'en plaint souvent. « Je suis certaine qu'il préfère affronter une tempête de force 4 sur un canoë en plastique en mer d'Aral plutôt que de rentrer chez lui et de voir l'autre rayon de soleil ! », persifle souvent Gisèle, lorsque Sybille évoque les absences répétées du journaliste. Quant à Joachim, étudiant en deuxième année d'informatique, il a la dégaine d'un jeune bien dans son époque. AirPods collés aux oreilles, jean slim et sweat large, il a hérité du physique de son père et des yeux bleus de sa mère. Il adore Sybille et est très proche de Mila avec qui il partage une passion pour le football. Il n'est pas rare de les retrouver lovés dans le canapé, une canette de bière à la main, discutant âprement des derniers potins du Mercato.

Et puis, il y a Cynthia. Un cœur tendre sous une carapace trop grande pour elle. La bonne copine, la bonne mère. La belle-fille.

À cinquante-trois ans, la fille d'Édouard, professeure d'éducation physique dans un collège, peut encore se targuer d'être une femme séduisante qui prend grand soin d'elle. Bâtie tout en longueur et en muscles, elle ne ressemble en rien à son père, si ce n'est le grain de beauté sur la joue droite qu'ils ont en commun. Ses longs cheveux blonds dégradés et sa dégaine sportive lui donnent l'air d'une adolescente rebelle, et il n'est pas rare que dans un couloir, on la confonde de dos avec une élève. Une frange épaisse masque son front et met en valeur ses yeux de biche. Cynthia est pétillante et instinctive. Désordonnée et impétueuse. Imprévisible. Elle peut être légère, souriante et ouverte, des pics de bonne humeur qui durent parfois des jours entiers. Sybille savoure ces parenthèses enchantées comme de délicieux cupcakes aux myrtilles, par petites bouchées, dégustées avec lenteur. Des bouffées de tendresse pour celle qu'elle a connue petite fille lui retournent alors l'estomac. Elle donnerait tant pour prolonger ces instants fugaces. Ces embellies avant des clairs-obscurs. En effet, sans que Sybille en comprenne le détonateur, Cynthia peut aussi devenir lunatique, anxieuse et sujette à des bouffées d'agacement. Tranchante et d'une implacable dureté. Si Cynthia préserve son père de ses sautes d'humeur, Sybille encaisse ces petites turbulences avec résignation, préférant le silence à la confrontation. Elle a toutefois appris à rester lucide et à ne jamais baisser la garde car sa poulette, comme elle la surnomme avec affection, peut se transformer en dragon. Cela fait longtemps qu'elle se sent moins vaillante au combat et elle préfère s'esquiver à la moindre attaque.

Cynthia avait trois ans lorsque Sybille a rencontré son père. Une banale consultation dans le centre hospitalier où elle travaillait. La petite toussait sans discontinuer et son corps frêle était secoué par des frissons de fièvre. Veuf depuis peu, Édouard buvait un verre de whisky toutes les heures pour donner du sens à ses jours et relisait en boucle les œuvres de Marcel Proust et d'Emil Cioran. Si la petite avait vite guéri, son père avait été plus difficile à soigner. Le souvenir des souffrances de son épouse malade l'avait longtemps hanté. Un curieux ménage à quatre dans lequel Sybille avait cherché avec patience sa place entre l'oubli et les lendemains heureux. Lorsque Édouard avait décidé de quitter la France et ses fantômes pour s'installer dans les Ardennes près de son oncle Jules, Cynthia avait fait de la résistance. Sybille savait combien il est difficile d'être arrachée à ses racines et elle percevait la douleur enfantine de la petite dans sa propre chair. Elle lui avait vanté les oiseaux virevoltant hors des cages, le jardin plus vaste que le square municipal, les marrons grillés dans la cheminée. Ce château, non loin de la maison, où il ferait bon rêver en regardant le ciel. Cependant, indifférente aux promesses censées adoucir sa peine,

Cynthia ne désirait pas de cabane dans les arbres construite pour elle ni de donjon sans fée. Elle ne participerait pas aux cours de poney ni aux courses de vélo entre voisins. Ce scénario écrit pour l'amadouer lui paraissait pathétique et sordide. Rebrousser chemin était devenu son obsession et chaque agression contre cette étrangère était déjà une petite victoire en soi. Cette nouvelle vie n'était pas la sienne, cette femme n'était pas sa mère. Elle avait beau essayer, une partie d'elle ne pouvait s'y résoudre.

Durant des années, Sybille avait choyé Cynthia, convaincue que l'amour était un antidote à la rage puissant et salvateur. Peu importait son statut, peu importait la génétique, peu importaient les sautes d'humeur et les silences piquants de sa belle-fille. La vie n'était-elle pas une mascarade où chacun essayait le costume d'un autre dans l'espoir d'un jour, peut-être, trouver le sien ? À ce jeu cruel, elle était excellente, et endosser les habits de mère suffisait à la combler, quand bien même ils n'étaient pas et ne seraient jamais les siens. Faire comme si, tout compte fait, ne devait pas être si éloigné de la réalité. Sa naïveté l'avait souvent rattrapée.

Sybille avait conduit Cynthia à l'école, elle avait assisté aux réunions de parents, avait recousu ses culottes trouées, avait pansé ses plaies. Des gestes anodins empreints de tendresse et d'affection. Elle l'avait veillée lorsque son front était brûlant et elles avaient ri ensemble à en pleurer autour de sa première gorgée de bière recrachée en un hoquet violent. Elle l'avait consolée quand le souvenir de sa maman l'empêchait de respirer et la réveillait en pleine nuit, le visage mouillé de larmes. Des moments de partage comme autant d'oasis perdues dans le Sahara. Si sa belle-fille lui manifestait de la reconnaissance, Cynthia avait toujours veillé à ce qu'une insurmontable distance entre elles ne soit jamais franchie. Un vide sans nom. Fillette, Cynthia ronronnait de plaisir dès que son père approchait, mais s'irritait contre Sybille pour un rien. Celle-ci n'était que sa belle-mère, une mère de circonstance. Un lot de consolation, reçu par défaut pour meubler l'absence. Elle ne manque d'ailleurs jamais la moindre occasion de le lui rappeler et, ce soir encore, elle n'a pas fait exception à la règle.

Il a suffi d'une simple petite phrase de la jeune femme pour que Sybille sente un froid familier se raviver au creux de ses reins. Une simple boutade et d'instinct, Sybille a posé ses mains sur son ventre.

La remarque l'a tant affectée qu'elle en a oublié la fraîcheur de la salade du jardin, la saveur du tajine de poulet aux abricots (version tofu pour Joachim, devenu végétarien depuis quelques mois), le moelleux du tiramisu aux spéculoos. De ce dîner d'anniversaire, il lui restait en bouche un goût de cendres.

« À notre chère Sybille ! Longue vie à toi ! », s'est écriée Cynthia en levant son verre de bordeaux à la cantonade.

Sybille a souri de contentement, remerciant en silence ce ciel sans nuage. Jouir de la présence de ses proches était un merveilleux cadeau et elle en était presque arrivée à oublier son âge et l'enveloppe blanche abîmée par son chien. Avant de sentir le sol se dérober sous ses pieds, à peine quelques secondes plus tard par la flèche verbale enrobée de miel que lui a envoyée Cynthia avec talent. Sybille l'a reçue en plein cœur.

« Merci, papa, pour cette belle soirée. C'était délicieux.

— Merci, chérie. Je suis heureux de vous avoir tous ici. Et comme d'habitude, le poulet de ma Sybille était divin. »

Édouard a tapoté la main de sa fille. Son bonheur était contagieux.

« C'est curieux, on n'est pas une famille, mais un vrai melting-pot ! Et toi, Sybille, tu cumules ! T'es notre mamie, notre tantine et notre sœur alors que t'as de liens de sang avec personne ici.

— Qu'est-ce qu'elle a dit ? » a demandé Gisèle en se penchant vers Édouard, pas certaine d'avoir bien entendu.

Un silence embarrassé a envahi la pièce. Un regard noir à sa fille qui, fidèle à elle-même, a feint l'étonnement. Blême de colère, Édouard a posé ses mains sur les épaules de Sybille avec fermeté, jusqu'à ce que sa respiration s'apaise enfin. Sa manière de lui signifier qu'il est à ses côtés, qu'elle y a sa place. Bien plus symbolique que celle qu'elle tient en bout de table, près de la cuisine. Une fois de plus, le patriarche devenait pacificateur.

« C'est con ce que tu racontes, maman, a répondu Joachim en s'emportant. Depuis quand il faut faire un test sanguin pour décréter qui est ma grand-mère ? Mamie est ma mamie, point barre. Tu psychotes, là !

— Et elle est ma tantine, a renchéri Mila d'un ton vindicatif.

— C'est ma marraine, a ajouté Barbara, la mine sévère.

— C'est bon, c'est bon... je ne disais rien de mal, faut pas vous énerver pour si peu... vous prenez toujours tout au premier degré... »

Sybille a préféré ne pas répondre. Elle a dégluti avec difficulté la dernière bouchée de dessert pour éviter le gaspillage. Par réflexe, elle s'est tue, préférant courber l'échine afin d'éviter les remous stériles. Les polémiques et les scandales lui ont toujours semblé vulgaires et inutiles. Si convaincre qui que ce soit lui importe peu, les mots contenus dansent en elle. Une sarabande folle et endiablée. Elle a eu envie de les vomir dans le courant de la rivière proche, d'en faire des ricochets qui se seraient brisés sur les pierres humides.

Elle aurait aimé rétorquer à Cynthia qu'elle faisait fausse route. La vraie liberté n'est pas de balancer des phrases comme des Scuds, sans penser à l'empreinte laissée sur les autres ni aux dégâts collatéraux. La vraie liberté est intérieure. Un rayonnement muet qui gomme les angles droits et les goulags dans lesquels les humains, tous un peu éclopés de la vie, s'enferment de leur plein gré. La vraie liberté est d'aimer l'autre par choix, peu importe le degré de parenté éventuelle que l'on a avec lui ou son histoire. S'offre alors un espace dénué d'agitation ou de bouderies inutiles. Une terre où les joies, les coups de blues et les colères se rencontrent parfois avec violence, mais toujours pour laisser place à une poésie de l'instant. À des rencontres nourrissantes. À une douceur tranquille, à laquelle

Sybille aspire tant. Elle-même n'arrive à l'effleurer que trop rarement.

Dans la cuisine, Mila serre Sybille contre elle et s'évertue à lui changer les idées en lui racontant sa semaine. « Pipelette comme sa grand-mère... », ne peut s'empêcher de penser Sybille, submergée par une foule d'informations. Elle ouvre la fenêtre et respire à pleins poumons. Dans la nuit noire, elle peine à distinguer le pommier au bout du jardin et il lui semble que les ombres s'adonnent à une danse macabre. C'est là qu'elle souhaite finir ses jours, si proche et si loin des êtres qu'elle affectionne tant. Une impression étrange l'envahit : sa famille est son oxygène et l'étouffe à la fois. Ses réflexions sont noyées sous le flot de paroles de Mila, intarissable lorsqu'il s'agit de parler de son nouvel amoureux, Marc, un homme de quinze ans son aîné, calme et tempéré, une large mèche de cheveux bruns lui mangeant la moitié du visage. Sybille se concentre sur ses propos et sent l'apaisement la gagner, muscle après muscle. Fatiguée, elle regarde la pièce avec découragement. Sur le plan de travail, les plats sales s'empilent et les assiettes forment des îlots instables.

« Mais qu'est-ce qui lui a pris ? demande soudain Mila.

— Je ne sais pas, ma jolie. Oublions ça, peu importe. Prépare un déca pour ta mère, tu veux bien ? Tu ne m'avais pas parlé d'une surprise au téléphone ?

— T'inquiète, tantine, on en reparlera, je ne pense pas que ce soit le bon moment. »

Rassurée, Sybille opine de la tête et tente de se concentrer sur le babil de Mila. Deux tempêtes en une soirée, cela aurait mis sa tension à dure épreuve. Alors qu'elles s'activent en cuisine pour y apporter un semblant d'ordre, la voix de Gisèle résonne avec force dans la pièce voisine et elles ne peuvent réprimer un large sourire entendu.

« Au fait, vous savez pourquoi on a créé les couteaux avec des bouts ronds ?

— Euh... non, mais j'aimerais bien le savoir, répond Cynthia.

— C'est pour éviter les meurtres à table. »

12

Repriser des trous

Une semaine plus tard...

Gisèle prend une profonde inspiration et frotte ses yeux cernés d'une main lasse. Elle lâche par terre le programme télé acheté la semaine précédente et grimace d'ennui. Rien d'intéressant, rien d'enthousiasmant. D'une platitude à faire hululer les chouettes. Des histoires sans chute. Des potins navrants de bêtise sur des étoiles filantes dont elle ne retient pas les noms et des conseils mode qui lui font lever les yeux au ciel. « Du serpent sur des carreaux, du léopard sur un pantalon vert pomme, mais où vont-ils bien chercher tout ça ! »

Elle se rafraîchit le visage avec une lingette humide achetée en grande surface et décide de se préparer des sandwiches aux œufs. Parce qu'il est l'heure de passer à table et que manger lui permet de grappiller quelques minutes sur ce temps si long que les aiguilles de sa montre semblent faire du surplace. Elle bougonne encore et aimerait prendre quelqu'un à témoin. Mais sa voix s'est altérée. Personne dans la maison silencieuse pour lui répondre. Alors elle retient les mots, pour que la solitude soit plus douce à assumer. Elle hésite quelques instants à contacter Romain, mais le dimanche auprès de son épouse est aussi sacré pour lui que le poulet à la compote de pommes qui l'accompagne. Elle le maudit en silence et admire son festin improvisé. « Du pain de mie spécialement conçu pour les dents fragiles. Beaucoup de mayonnaise transgénique et quelques brins de ciboulette hachée. C'est la fête, ma chérie ! », marmonne-t-elle en écrasant sur les tranches molles deux œufs durs. Le frigidaire est vide depuis l'avant-veille et elle doit faire preuve d'imagination pour se concocter un repas décent.

Une semaine qu'elle est rentrée de son week-end ardennais. Depuis, elle n'a pas quitté sa petite maison de plain-pied située dans le quartier de l'Abbaye de Forest. Elle y vit depuis le jour où elle a quitté l'Oise pour venir s'installer à Bruxelles. Elle avait déserté un charmant patelin aux toits inégaux entouré de forêt qu'elle détestait pour un pavillon rectangulaire avec vue imprenable sur l'usine Audi et son parking de véhicules tout juste assemblés. Édouard et Sybille lui avaient prêté la somme nécessaire pour acquérir le bien et elle avait mis quarante ans à leur rembourser la mise de fonds sans intérêt. Son univers se résumait depuis à deux chambres, à un garage reconverti en atelier de couture, à une salle de bains avec douche italienne au pommeau à jet réglable car elle déteste les bains, à un salon mal orienté où le soleil ne pénètre jamais et à des murs habillés de lambris de bois blanc pour lui faire oublier la ville. Les lieux sont cosy à défaut d'être luxueux et elle s'y sent bien. Comme dans sa vie d'ailleurs, qu'elle estime avoir réussi. Pour rien au monde, elle ne souhaiterait remonter le temps et faire la route en sens inverse. Plutôt faire escale au bout du monde que de s'aventurer dans les terres de son enfance. Même la nuit, elle ferme les yeux en espérant ne jamais rêver d'hier. Jusqu'à ce repas d'anniversaire. Jusqu'à ce que ses souvenirs, protégés des intempéries et des ressentiments passés, se sentent à l'étroit dans son intérieur douillet. Y penser fait monter sa température et Gisèle ouvre un bouton supplémentaire de son chemisier crème. Son rythme cardiaque s'affole, ses pensées tournent en boucle dans sa tête. Elle recrache un morceau de coquille d'œuf et ce manque de coquetterie lui arrache un sourire triste.

Oublier.

Cela lui arrive parfois, de brefs instants ou durant de longues journées. Quelques semaines d'insouciance. Des mois. Elle se réchauffe alors les doigts devant le poêle à bois et reprend son ouvrage en cours, le cœur léger. La vie est simple pour ceux qui l'accueillent sans attente. Elle trempe alors ses lèvres dans un verre de champagne acheté en promotion au supermarché et savoure son quotidien cousu de fil blanc. Et puis, sans qu'elle sache pourquoi, son équilibre vacille. Il suffit que ses yeux se posent sur la chevelure soyeuse de Barbara, sur le sourire qui illumine ses traits fins pour que le passé la rattrape. Une culpabilité l'envahit alors. Tout comme un amour immense. Elle peut presque éprouver alors de la reconnaissance pour cet homme qui lui a légué, à son insu, le plus précieux des présents.

En 1969, elle était une jeune fille effrontée et pétillante. Il était un peu excentrique et doté d'un humour ravageur. Il lui promettait de l'aimer longtemps et pour toute réponse, elle déposait un baiser dans son épaisse chevelure. Un oui teinté de peut-être, de cette jeunesse folle où tous les rêves semblaient pouvoir être accomplis. Un oui sans engagement, un oui au présent, un oui aux paillettes qu'il mettait dans sa vie. Gisèle aurait adoré faire un bout de chemin avec lui. Une longue route même. Qui sait, pourquoi pas une vie entière, elle ne s'était pas posé la question. L'existence ne lui avait accordé que quelques mois de bonheur, quelques années de mélancolie et des décennies de rémission. Durant celles-ci, le mal avait pris diverses formes : de la colère, de l'incompréhension, de la résignation. De la gratitude aussi, un certain détachement. Sa mère, bigote assumée, lui aurait certainement répété : « Patience, tu retrouveras ceux que tu as aimés au Ciel. » Rien que d'y penser, cette idée de tête-à-tête céleste lui faisait monter le rouge aux joues et sa tension d'un cran. « Dommage de te retrouver mort… j'aurais adoré te tuer de mes propres mains, te saigner et te faire souffrir comme un bœuf », avait-elle souvent pensé lorsque le jeune homme s'invitait dans ses rêveries.

Jeune femme, Gisèle aurait voulu laver à jamais son corps des désirs qui l'avaient submergée, le purifier de cet amour qui s'était ancré en chacune de ses cellules et qui lui avait laissé en héritage une fille adorable.

C'était il y a si longtemps. La retraitée regarde par la fenêtre pour aérer ses pensées maussades. Elle a du mal à retrouver son calme. Une fois lâchés, les souvenirs peinent à regagner la cage dorée où elle les congédie d'ordinaire et elle ne peut s'empêcher de pester contre le ciel bleu dont la couleur est si peu adaptée à ses états d'âme du jour. Laver la vaisselle, passer le balai Swiffer sur le sol de la cuisine, ôter le calcaire incrusté entre les joints de la salle de bains avec une vieille brosse à dents. Du mouvement pour assommer son mental. Des gestes anodins pour noyer l'exceptionnel. Elle oublie ses contractures dorsales et enchaîne les activités pour tenter de mettre son esprit au repos. Frédéric François accompagne ces grandes manœuvres, qu'elle n'abandonne que lorsque son nerf sciatique lui impose de déposer les armes. Elle le sait : il y a toujours un temps où se rendre à l'ennemi est la seule solution envisageable. Elle espère mourir avant.

Sur le fauteuil deux places du salon en velours vert sapin, son téléphone portable vibre. Son intuition et sa raison la poussent à répondre aux nombreux messages de Barbara, mais elle ne peut s'y résoudre. Le bip d'un nouveau WhatsApp la glace. Sa fille, Sybille ou Mila... peu importe d'où fusent les questions, elle n'a pas de réponse à leur offrir. Leurs interrogations viennent s'agglutiner à celles, plus nombreuses encore, qu'elle ne peut s'empêcher de laisser s'accumuler en elle.

Mentir par amour, est-ce punissable ? Faut-il toujours remonter aux racines de l'arbre ? Nos fondations sont-elles plus solides si elles sont marquées du sceau de la vérité ? Quelle est l'heure opportune pour que nos enfants puissent entendre nos errances ? Un mensonge par omission est-il une vérité partielle ? Toute vérité est-elle bonne à dire ? La prescription existe pour les viols et les crimes de guerre. Pourquoi devrait-il en être autrement pour les fourvoiements d'une jeune fille ?

Des questions auxquelles elle n'aurait jamais pensé devoir répondre un jour. À force de vivre dans une apparente normalité, celle-ci était devenue sienne. Gisèle soupire avec exaspération et suit des yeux les manœuvres maladroites d'un camion devant le portail de l'usine automobile. « La vérité, ça n'existe quand même pas puisque chacun a la sienne... », rumine-t-elle encore, sans arriver à s'en convaincre.

Gisèle caresse le coussin avec douceur et son regard embrasse la pièce. Un décor de pacotille. Du faux, du toc, de la poudre aux yeux. Elle s'est construite sur un mensonge, sur des morceaux de vie dont elle ne s'enorgueillissait pas et qu'elle avait tâché d'endormir à jamais. Elle a bâti son existence sur le futur, avec l'assurance tranquille de ne plus devoir être confrontée à hier. Une vie simple et confortable, à l'image de cette maison où elle aime travailler et se reposer. Ce passé silencieux, elle ne l'évoque qu'en de très rares occasions. Même avec Sybille. Il y a si longtemps qu'elle a changé de pays et de famille qu'elle l'oublie presque. Le visage de ses parents a perdu ses contours nets, leurs voix sont devenues atones. Leur peau a perdu toute odeur. Il lui reste en mémoire leurs insultes et leurs regards assassins. Leurs gestes dénués de tendresse et la froideur de leurs étreintes. Elle a eu l'impression de ne trahir personne en mettant certains épisodes de sa jeunesse en hibernation. Au contraire, elle se sentait fidèle à elle-même et à ses principes. À la femme d'âge mûr qu'elle est devenue.

L'image de Barbara se faufile dans son esprit. Gisèle serre les dents. Et sa fille dans tout cela ? Se pouvait-il que son mensonge fasse partie de son héritage, au même titre que sa machine à coudre et ses maigres économies ? Au point qu'elle doive le partager avec elle...

Le camion manœuvre encore et peine à trouver la trajectoire adaptée pour pénétrer dans l'usine. Elle s'en est sortie. Mieux, elle est devenue une autre. Plus dure, moins naïve, une adulte capable de toucher la joie sans pour autant approcher le bonheur. Couturière et non enseignante comme dans ses rêves d'enfant. Athée convaincue et non pas catholique pratiquante par fidélité à sa lignée. Mère-fille et non pas maman à temps plein d'une ribambelle de petites têtes blondes. Célibataire adepte de l'ami-amant lâche et précieux et non épouse épanouie d'un homme formidable qui aurait adoré lui sentir les cheveux au petit matin. Et pourtant, même si ses aspirations d'adolescente ont pris une trajectoire inattendue, elle reste satisfaite. Gâtée par la vie et reconnaissante pour ses bienfaits. Elle a eu l'essentiel : une petite fille. Des questions encore lui embrouillent l'esprit. Pourquoi son univers secret devrait-il être défloré ? Pourquoi faut-il toujours que les êtres se racontent ? Un périple sans zone d'ombre a-t-il plus de valeur qu'un autre ?

Tout ne peut être expliqué et le passé ne peut être changé. À quoi bon ressasser de vieilles histoires en espérant transformer leur cours ? La vérité n'est pas une science exacte, mais une histoire aux multiples dimensions, et la sienne lui intime de garder le silence. Une enveloppe protectrice et salvatrice dans laquelle

elle se love depuis un temps infini. Un nouveau bip la fait sursauter et elle regarde son téléphone vibrer sur le coussin sans oser esquisser un geste.

Mal à l'aise dans sa cuirasse de protection fendillée. Depuis des jours, sa petite voix intérieure hausse le ton et lui hurle des injonctions maladroites et déroutantes : faire marche arrière, parler à Barbara de son père, se justifier, demander pardon. Rattraper le temps perdu et offrir à sa fille des fondations stables. Faire siennes ses inévitables doléances et accepter ses yeux noirs mouillés de reproches. Tenter de recoudre ce qui peut l'être encore. L'exercice lui semble au-dessus de ses forces. Elle déteste perdre et ne voit pas comment échapper à cette guerre programmée. L'écho de sa propre voix ne la quitte plus, et son sommeil s'est fait rare et d'une piètre qualité.

Depuis l'anniversaire de Sybille, dans l'air confiné de son atelier, elle reprise des trous pour s'apaiser. Coudre un écusson sur le genou d'un pantalon comme on noie un secret sous une couche de normalité. Un secret de naissance, un secret de famille. Mort et vivant à la fois. D'une telle démesure qu'une vie entière ne pourrait le contenir. L'expression lui paraît triviale, presque grossière. Il ne s'agit que de simples mesquineries rencontrées aux détours de l'existence. Pas besoin d'en faire un plat ! Gisèle s'enfonce avec lenteur dans un fatras de sentiments contradictoires, avec l'impression que le carrelage blanc du salon s'est transformé en sables mouvants en l'espace de quelques jours à peine. Chaque pas l'emporte un peu plus vers des terres inconnues aux lumières éteintes.

Cela aurait dû être une soirée agréable. Un dîner d'anniversaire où chacun aurait tenu son rôle avec cœur. Une réunion de famille ordinaire. L'affection et la tendresse y auraient pris le pas sur les inévitables discordes et les petites irritations. C'était sans compter sur Mila. Sa douce et vive Mila. Sa merveilleuse Mila qui, lors d'une soirée entre amis, s'était laissé convaincre de se soumettre à un test ADN. C'était gratuit, il suffisait de poster une photo de soi sur Facebook, une pipette vide à la main. Sans qu'elle s'en rende compte, Gisèle jette un regard noir sur la photographie de sa petite-fille. Cerclée d'un cadre en bois doré, elle sourit à la vie, la nuque légèrement penchée en arrière. Mila avait réussi à détruire en quelques secondes l'édifice d'une vie. Par jeu, par inadvertance. Pour faire comme tout le monde. Sans ces quelques phrases prononcées d'un ton enjoué sur une aire d'autoroute, la soirée aurait glissé sur les boutades de Cynthia, sur les blagues pas toujours drôles de Joachim ou sur les pitreries canines d'Émile. Gisèle en aurait gardé le souvenir ému du sourire de Sybille soufflant ses bougies en plusieurs fois pour ne pas postillonner sur le gâteau, les yeux brillants d'émotion.

Le séisme avait eu lieu dans une station-service, entre Namur et Wavre. Elles s'étaient arrêtées pour boire un café et Barbara, perdue dans son silence tranquille, jouait avec la cuillère en plastique contre son mug chaud. « Tu n'avais pas une surprise pour nous, chérie ? » Gisèle s'était redressée sur le dossier du siège et avait secrètement prié, étonnée de la facilité avec laquelle ses mots d'un autre temps s'imposaient à elle. Une prière à sainte

Rita, sainte de l'impossible, pour la délivrer du mal. Gisèle l'avait sans doute trop longtemps boudée car son appel était resté sans réponse. Le café lui avait brûlé la gorge.

« C'est vrai, mam. Tu te rappelles, l'enterrement de vie de jeune fille de Salomé… eh bien, on a toutes fait un test ADN pour un concours organisé par un laboratoire en Suisse et j'ai reçu les résultats. C'est très curieux… vous voulez savoir ?

— Raconte ! avait réagi Barbara tout en dessinant de grands cercles sur la table du bout de sa cuillère et en regardant Mila sortir une enveloppe blanche déchiquetée de son sac.

— Je ne sais pas si c'est correct, mais d'après mes caractéristiques génétiques, je serais d'origine juive par ma lignée maternelle. Ashkénaze même.

— Je ne comprends pas…

— Maman, tu vois cette ligne-là, celle que j'ai entourée… c'est étrange, j'ai près de vingt-cinq pour cent de mon ADN qui… »

Mila avait poursuivi ses explications d'un ton égal, à mille lieues de percevoir le tsunami déclenché malgré elle. Ce n'était qu'une blague de potaches, un clin d'œil à la science. De la salive, de la bave. Un jeu coupant comme un couteau suisse.

Déjà, Barbara ne l'écoutait plus. Gisèle avait lu la stupeur et l'effroi dans les yeux de sa fille. Une myriade de points d'interrogation et une condamnation implicite. Démasquée à pas d'âge. Coupable de haute trahison, la chaleur du bûcher raréfiait l'air autour de la septuagénaire. Gisèle avait tenté de garder la tête haute et le regard impassible, ne serait-ce que quelques instants. De défier cette porte verrouillée de l'intérieur qu'elle se devait d'ouvrir par amour pour sa fille, elle seule en détenait la clé. Autour des trois femmes, les clients de la station-service avaient continué à déambuler, étrangers au séisme qui les secouait.

Des mines effondrées et un silence mortel. Mila avait enfin pressenti l'ampleur du drame annoncé et, fidèle à elle-même, avait tenté de réparer ce qui pouvait l'être. De colmater les brèches ouvertes par sa faute. Elle leur avait proposé de reprendre la route, il était tard, Marc l'attendait depuis trop longtemps déjà. Pleine d'une culpabilité dont elle ne savait que faire, la jeune femme avait serré le volant en veillant à ne pas quitter des yeux la voiture devant elle. La fatigue et l'émotion irradiaient le corps de Gisèle, qui luttait contre une nausée soudaine, la fenêtre grande ouverte. Quant à Barbara, assise à l'arrière du véhicule, elle semblait assommée par un uppercut décisif et ses pupilles humides fixaient le cou de sa mère comme pour y lire des souvenirs tatoués à l'encre invisible. Comme pour l'étreindre, jusqu'à l'étouffer.

« De l'autre côté du silence, il y a quoi ? », s'était demandé Gisèle en se forçant à respirer l'air frais. Il y avait des mensonges, des petitesses, de sinistres accords tacites avec la réalité. Une distorsion du réel pour le rendre supportable. Une légèreté acquise au prix de mille sacrifices. Il y avait une famille qui l'avait rejetée par souci des convenances, pour plaire à un Dieu qu'elle n'espérait plus croiser. Il y avait un homme, Charles Abitan. Un merveilleux jeune homme à la chevelure noire et épaisse, aux sourcils bien dessinés et aux lèvres ourlées. Il y avait un silence protecteur, une bulle de résilience qui allait éclater en milliers de particules fines et éclabousser tous les membres d'une famille. Il y avait Barbara, Mila, Sybille, Édouard. Son ossature.

Lorsque Mila avait déposé les documents sur la table, Barbara les avait glissés dans son sac sans mot dire. Un geste d'autorité qui ne lui ressemblait pas. Résignée, Gisèle avait fermé les yeux en espérant ne jamais les rouvrir et avait gardé le silence jusqu'à ce que Mila la dépose devant chez elle. Elle était sortie de la voiture sans oser croiser le regard brûlant de sa fille et, dévorée par des contradictions stériles, n'avait répondu à aucun de ses appels depuis.

Une dernière bouchée de sandwich mou mastiquée et avalée avec difficulté. Quelques gorgées d'eau froide. Le silence, une fois de plus, pour tenter de faire illusion. Aujourd'hui, son salon lui semble plus étriqué que d'habitude et elle ressent l'envie de partir sous d'autres cieux. Le Périgord peut-être, car elle raffole du monbazillac. La puérilité de son attitude lui arrache un sourire triste et le constat qu'elle en fait la bouleverse. Son mensonge d'amour avait tout d'une fuite.

Gisèle fixe son téléphone portable avec horreur, tel un arachnophobe scrutant une tarentule, et elle se sent, pour la première fois, responsable d'un immense gâchis. Dans sa messagerie personnelle, comme dans sa propre histoire, gisent de nombreux messages laissés depuis trop longtemps sans réponse.

13

Les ronces de son jardin

Une douce pluie d'automne. À cet instant, c'est le vœu que Sybille formule dans le brouhaha de son être.

De l'eau pour apaiser ses pensées et dissoudre les tensions logées dans sa nuque. De l'eau pour laver les derniers jours de ses aigreurs et troquer ses ombres noires pour de légères traces de mascara sur un chemisier blanc.

Depuis son anniversaire, Sybille a beau implorer le ciel, son vœu ne s'exauce pas. L'amertume est sans doute *waterproof*. Elle aimerait que les invités partent. Elle soupçonne son époux d'avoir demandé à sa fille et à Mila de venir leur rendre visite pour lui mettre du baume au cœur. L'attention est charitable mais elle n'en veut pas. La solitude lui sied, ils sont déjà trop dans sa tête. Elle reste plantée là, derrière la fenêtre de la cuisine, le regard rivé sur un point imaginaire au fond du jardin, tout en émiettant d'une main un cookie au chocolat blanc et aux noix. Les préférés de Cynthia. Debout, les pieds gonflés, un morceau de biscuit à la commissure des lèvres, une tache de sauce sur sa manche. Absente aux conversations qui s'éternisent dans la pièce voisine, indifférente aux regards appuyés d'Édouard et aux mâchoires serrées de Philippe, blessée par le sourire faussement enjoué de Cynthia. Les rires de Mila et Joachim la réchauffent un peu. Elle ignore les tentatives d'Émile pour attraper un pilon de poulet égaré sur une assiette et tente de retenir la tristesse qui se répand en elle. D'empêcher ses tissus de s'imbiber de lourdeurs dont ils auraient du mal à se détacher ensuite.

Comment aimer ce qui nous est nécessaire et nous blesse à la fois ? Comment trouver la juste distance pour se donner sans être prise ? Ces questions prennent tant de place en elle qu'elle ôte ses chaussures d'un geste brusque et déboutonne son pantalon. Une profonde inspiration plus tard, elle se penche pour blottir son nez dans le poil soyeux du chien. Un doux placebo.

En ce soir de fin d'été, sa mère lui manque. La fumée de sa cigarette, ses grands yeux tristes, le parfum fade et floral de la crème bon marché dont elle s'enduisait les mains. Le bruit étouffé de ses quintes de toux. Elle donnerait tant pour sentir ses bras autour de son épaule, nicher sa tête contre son cou et l'entendre répéter de sa voix rauque et fatiguée : « Je sais, nous ne sommes pas les meilleurs parents au monde mais nous t'aimons. Une famille, ça pique toujours quelque part. » Sybille regarde le ciel ordinaire. Elle souhaiterait s'y abandonner et se sentir accueillie. Laisser derrière elle les aigreurs du monde pour ne voir que ses beautés.

La voix lui semble si proche qu'elle tourne la tête et son regard humide se pose sur un cadre en argent décoré de feuilles ciselées. Sa mère est bien là. Immobile et souriante, la joue déposée dans la paume de sa main. Un rare instant de quiétude immortalisé auquel Sybille se raccroche pour se réconforter. Elle pourrait passer des heures à fixer ce portait, à tenter de sonder l'âme de la disparue. Un dialogue muet et réconfortant. Ce visage lui rappelle que l'éternité n'est jamais acquise et, à cet instant, elle désire se plonger dans hier pour comprendre demain.

Elle devait avoir onze ans, peut-être douze, lorsqu'elle avait compris que les familles ne poussaient pas toutes sur le même terreau. Son père Gérard, un homme long et fin à la barbe rousse et épaisse, était ce qu'on nommait avec une pudeur maladroite un « blessé de guerre ». Il aurait pu rentrer estropié à la maison ou avec un œil en moins. Son mal était plus sournois, ses cicatrices moins visibles. Il se réfugiait dans un silence morbide où il pouvait disparaître des jours entiers pour revenir soudain, blême et mutique, incapable de conserver un emploi de carreleur et d'assumer son rôle de père ou d'époux. Les combats avaient pris fin depuis longtemps, mais la guerre semblait ne s'être jamais arrêtée pour lui. Il s'étiolait, survivait, un jour après l'autre. Sa souffrance était palpable, ses silences épais comme ses souvenirs. Tant et si bien qu'un soir, alors que Sybille avait seize ans, l'homme avait disparu pour ne jamais revenir. Les deux femmes de la famille avaient dû faire face. Astrid, la mère de Sybille, partait travailler tard le soir et rentrait au petit matin, les yeux rouges cerclés de traînées noires, la bouche pâteuse, le corps épuisé d'avoir tenté de garder son âme innocente. Malgré tout cela, elle entourait Sybille d'amour. Leur douce connivence avait duré jusqu'à ce que celle-ci comprenne que sa mère vendait ses charmes pour remplir le frigo et payer ses études. Elle avait senti le sol se dérober sous ses pieds et son cœur se scinder en des milliers de particules de rage.

Une prostituée, une catin, une péripatéticienne, une poule. Une pute. Les mots ne manquaient pas et pourtant ils ne furent jamais prononcés à voix haute. Cette découverte fortuite lui avait fait tellement mal qu'elle en avait pleuré des soirées entières. Elle l'avait laissée fragmentée, partagée entre le dégoût et la reconnaissance. Son innocence saccagée avait fait place à une volonté farouche de s'en sortir et d'offrir à sa mère un métier décent. Elle avait appris à porter des masques et ils avaient fini par faire corps avec elle. Pour ses amies d'école et la planète tout entière, excepté quelques hommes sans doute pas triés sur le volet, sa mère était infirmière de nuit. L'imaginer écarter les jambes et monnayer ses faveurs à des inconnus la répugnait tant que souvent, elle partait au lycée sans l'embrasser, incapable de toucher ce corps souillé. Elle avait longtemps porté seule ce secret teinté de honte, souhaitant une bonne nuit de garde à sa mère et veillant à ce qu'un café chaud et une grosse tartine beurrée l'attendent à son retour. Elle avait mis des années à oser en parler à Édouard et à Gisèle, et avait traversé l'adolescence avec des bosses au cœur, pleine d'une responsabilité surhumaine, du sentiment de devoir changer le cours des choses.

Sybille aurait aimé présenter ses excuses à sa mère pour l'avoir si mal jugée, la remercier de cette sagesse qui ne l'avait jamais quittée, et l'habitait encore aujourd'hui : « La famille est un parterre de ronces dans un magnifique jardin d'hiver. »

Cette image l'accompagne au gré des saisons alors que les paysages et les cieux changent. Elle disparaît parfois de son esprit durant de longs mois avant de revenir, travestie par les convenances et le miracle de ses attentes. Sybille aime tant se promener dans ce jardin, ses pieds nus foulant l'herbe tendre. Sans vérifier où poser ses orteils, elle déambule en toute quiétude, mais au fond d'elle, elle sait. Tout est question de moments, d'instants. Parfois si infimes qu'on en oublie qu'ils existent. Il lui est souvent arrivé et il lui arrive encore de regarder ailleurs, distraite par le vol d'un colibri ou le brame d'un cerf, de rire d'une boutade, de sourire au vent doux emportant le gazouillis d'un enfant, et de se sentir piquée. Par un chardon égaré, par une épine sur un rosier en fleur, par une branche d'ortie qu'elle n'a pu éviter. Par une remarque de Cynthia ou par la vue d'un père aimant riant avec sa fille dans la rue. La famille fait mal, immanquablement. De ces douleurs vivaces qui lacèrent le cœur et le font battre à la fois. Son derme gonflé lui rappelle alors les stigmates de sa déception, l'immensité de sa naïveté. Quelques heures ou quelques jours. Une minuscule piqûre, un simple bouton de rappel sur sa peau claire de rousse. Il l'accompagne quand elle glisse dans le sommeil puis disparaît, jusqu'à la prochaine fois. Évanescence des émotions. Il laisse alors en elle une cicatrice imperceptible qu'elle contemple les yeux rougis et puis, sans s'en rendre compte, elle finit par l'oublier. Et voilà qu'elle est une vieille femme…

Sybille sourit à sa mère et se passe un peu d'eau fraîche dans le cou. Ce soir, elle réalise encore à quel point Astrid avait vu juste, et elle voudrait tant en rire avec elle. Festoyer à l'enfance et à ses démons. Honorer la vie et ses paradoxes.

Dimanche dernier, les ronces de son jardin imaginaire ont été plantées par Cynthia. Sa douce, son adorable Cynthia. Certains jours, les remarques de la fille d'Édouard glissaient sur elle ; d'autres, elles transperçaient sa carapace et venaient s'enfoncer en elle, guidées par une main invisible, juste à l'endroit où la chair est tendre et vulnérable. Un sixième sens infaillible.

Durant le dîner d'anniversaire, Sybille a tenté de se composer une mine souriante et sereine, d'éviter avec soin les sujets fâcheux et de profiter de tous ces êtres aimés réunis autour d'une table bien dressée. Elle ne peut s'empêcher de rembobiner en pensée le fil de cette soirée. La main d'Édouard sur son épaule lorsqu'il a déclamé un poème écrit en son honneur. Les vœux fougueux de Mila pour les vingt prochaines années, les boutades teintées de tendresse de Gisèle, le regard bienveillant et parfois absent de Barbara, les mimiques drôles de Joachim. Les grognements d'Émile.

Elle aurait tant voulu présenter chacun des siens à Astrid. Oui, sa famille est un bien beau jardin. Une terre sauvage aux herbes folles et odorantes, pas toutes taillées à la même hauteur. Sybille aimerait sentir sa mère à ses côtés, lui tenir le bras et lui offrir une promenade entre les rosiers en fleur. Lui désigner l'arbre au pied duquel elle aimerait s'endormir pour toujours. Elle n'emporterait pas grand-chose avec elle. Le cadre en argent ciselé. Quelques boules à neige pour ne pas oublier les lieux visités, le parfum de son homme.

Des rires fusent, des éclats de voix résonnent, son prénom est prononcé. Un aboiement est vite réprimé. Sybille s'agrippe au plan de travail et remarque une tache de vin rouge sur la pierre bleutée. Imaginer les absents vivre le présent est un exercice de funambule. La chute n'est jamais loin et le plaisir qu'on en tire douloureux. Une saveur lointaine, intime et douce-amère. Une voix l'appelle encore, et elle enfile avec peine ses chaussures pour rejoindre les autres dans le salon. Un dernier sourire à sa mère dont la silhouette disparaît déjà en elle. Elle jurerait sur tous les saints que celle-ci le lui rend.

14

Il neige sur la tour Eiffel

Il neige sur la tour Eiffel depuis de longues minutes. De légers flocons réguliers au trajet prévisible. Barbara observe leur périple mortel et ce perpétuel recommencement la fascine. Elle voudrait être transparente, ne plus ressentir ce froid qui la transperce même par cette journée très ensoleillée. Franchir la porte d'entrée, en ouvrir une autre, relever la tête et partir. Mais où ? Encore une question à laquelle elle n'a pas de réponse à offrir, et ce constat rompt le barrage qu'elle tente d'ériger entre elle et sa peine. Sa vie est un labyrinthe dans lequel elle se perd depuis trop longtemps. Elle n'est qu'une petite fille errante face à un Minotaure qui ne porte pas de nom. Et pour trouver l'issue dans ce dédale qui est le sien, il lui faut choisir : étreindre le monstre ou le mettre à mort.

Une larme coule le long de sa joue. Du regard, Paul suit le parcours sinueux du concentré de tristesse sur la peau peu fardée. Cette femme à la beauté discrète l'émeut et il avoue s'être inquiété pour elle. Il essaye de décrypter son attitude, mais doit bien reconnaître que le mode d'emploi lui fait défaut. Lors de son arrivée à la clinique des Saules, Barbara l'a accueilli avec chaleur et il a perçu dans ses attitudes, derrière sa réserve de façade, de la tendresse et de l'empathie. Elle vient lui rendre visite tous les jours et il apprécie ces pauses pudiques où ils se parlent peu, alors que tant est partagé. Cette femme lui fait penser à Élisabeth, son épouse. Elles ont en commun une manière de donner de soi avec grâce et délicatesse, sans rien attendre en retour. Donner pour camoufler son incapacité à se sentir digne de recevoir, à accepter de ne pas pouvoir être comblé par l'existence. Elles partagent la même triste certitude de ne pas être à la hauteur alors qu'elles seules se sont imposé les objectifs inatteignables qui les écrasent.

Toute une semaine s'est écoulée sans que Barbara vienne s'enquérir de son appétit ou de sa participation aux ateliers d'écriture. Des journées caniculaires pendant lesquelles un vent chaud fatiguait les corps et les esprits des résidents. Paul restait calfeutré dans sa chambre avec son canari, pestant contre ses membres douloureux qui brimaient ses élans d'aller la rejoindre. De la fenêtre, il l'observait déambuler dans le parc, fébrile, à la recherche de quelque chose qui ne pouvait être trouvé. Elle revenait quelques minutes plus tard, le pas incertain, la mine chiffonnée. Il désirait savoir. Ce matin, interpellé par son silence et son attitude étrange, il a demandé à une infirmière de pousser son fauteuil jusqu'au bureau de la responsable administrative. À sa vue, elle lui a à peine souri et ne s'est pas encombrée de formules de politesse. Elle n'a pas feint d'être enjouée et, dans ses yeux, il n'a décelé aucune étincelle de vie. Elle a veillé à refermer la porte bien après que l'infirmière a installé Paul derrière la table en formica qui les séparait, et s'est retranchée derrière le meuble pour instaurer une cloison transparente entre eux.

La neige tombe toujours sur la tour Eiffel. Paul examine avec curiosité cette femme désertée par la lumière, un peu avachie sur son siège, dans une tenue d'une désespérante banalité, feuilletant sans les voir des factures empilées devant elle. Une grisaille ambiante. Il sent bien qu'elle ruse et évite de croiser ses pupilles interrogatives. Barbara retourne sans fin, après l'avoir secouée avec force, la première boule à neige offerte par Sybille il y a plus de quarante ans. Elle regarde choir les pétales artificiels avant de fermer les yeux pour échapper à la chape de plomb qui lui enserre les tempes. Durant quelques secondes, elle imagine être à son tour un simple confetti de l'existence qui claque sur le sol froid. Poussière d'étoile anonyme sur un trottoir en pierre. Fin de l'épisode, elle pourrait passer à autre chose. Elle devrait, même. Un bruit assourdissant retentit en elle et Barbara laisse échapper un gémissement. L'image de son corps morcelé sur la chaussée la sort de sa torpeur, et elle remue la tête comme si elle disait non à un ennemi invisible.

Incapable de se lever, Paul ne la quitte pas des yeux, désireux de la rejoindre pour poser avec douceur une main sur son épaule. Lui offrir sa confiance et l'aider à sortir son âme de cette errance dans laquelle elle se perd depuis près de huit jours. Hélas, depuis une semaine que ce manège perdure, les fragiles tentatives de Paul de l'amadouer se sont heurtées à la forteresse de protection dans laquelle elle se mure. Princesse solitaire, sans chevalier servant ni royaume, elle erre dans le parc de la clinique avant de s'installer sur un banc pour manger un sandwich industriel acheté dans une station-service durant son heure de pause déjeuner, et répond par monosyllabes aux questions posées. Depuis son week-end familial, elle n'est plus elle-même, et pas tout à fait une autre.

Barbara est revenue de l'anniversaire de sa marraine avec une mine épouvantable. L'anticerne mal étalé lui donne un air de clown triste et, même si elle a tenté de faire illusion, Paul n'a pas été dupe. Il l'a observée arpenter les couloirs d'un pas trop agité ou trop lent, le regard perdu dans le vague. Il ébouriffait sa tignasse quand elle passait devant lui pour attirer son attention ou faisait mine de s'étrangler en toussant mais, tel un fantôme, elle rasait les murs et aurait pu s'y fondre tant son teint était grisâtre. Il n'avait aucune idée des démons intérieurs qui l'habitaient, mais il savait aussi qu'il n'y avait pas de bonne manière de traverser les épreuves.

Paul devait reconnaître que le sourire désenchanté et les paroles aimables de sa protectrice lui manquaient. Les heures lui semblent plus longues ici que dans sa maison de Grez-Doiceau où il aimait se reposer auprès de sa femme, de ses livres et de ses chats. Attentif à ne pas la brusquer, il n'a posé aucune question, préférant attendre un signe de sa part, une invitation muette à pénétrer à pas feutrés dans sa bulle. En vain.

Aujourd'hui, sa curiosité l'emporte sur la bienséance. L'homme vibrant et volontaire, contraint par l'âge à évoluer dans une chaise roulante, est décidé à franchir cette ligne épaisse de démarcation qu'elle impose entre elle et les autres.

« Ce n'est pas la grande forme, vous ! Ça vous dit, une balade dans le parc ? Je ne suis pas sorti depuis quelques jours. Ça me ferait plaisir de faire quelques pas avec vous… enfin, je veux dire, quelques tours de roues… »

Barbara renifle sans élégance et incline la tête en signe d'assentiment. Elle enfile un gilet beige et, sans s'en rendre compte, range dans sa poche la boule à neige. Paul savoure cette infime victoire. Amusé par l'accoutrement bien automnal de son amie, il se retient de lui rappeler que l'été indien s'est installé sur la Belgique et que, même la nuit, il fait encore plus de vingt-cinq degrés dehors. L'important n'est pas là. Il sait qu'elle rassemble ses forces pour se confier quand le moment sera opportun. Aux côtés de cette femme éteinte, alors que son bassin en pièces détachées lui intime l'ordre de rester immobile, Paul se sent soudain curieusement vivant. Plus proche de l'adolescence que de la tombe. Gourmand, les sens en éveil. Envie de comprendre, d'être utile. De se sentir utile. L'air chaud lui fouette les joues et cette caresse estivale lui fait un bien fou. Le drôle de couple s'installe sur un banc près d'un massif de rhododendrons roses, et tous deux échangent enfin un premier regard apaisé.

Deux abeilles tournent autour d'eux en un joli ballet synchronisé avant de se poser sur un bouton de fleur ouvert. De loin, trois autres résidents leur font un petit signe de la main auquel Paul seul répond. Le soleil est haut et le décor magnifique, d'un vert soutenu et brillant. Trop beau pour un mouroir. Paul soupire avec force. Une certitude habite son corps fatigué : le temps a une justesse que sa raison et son impatience ne comprennent pas toujours. Inutile de presser sa compagne. Les bonnes choses, comme les confidences, arrivent toujours au moment opportun.

Soudain, les mots sortent avec une violence dont il ne l'aurait pas crue capable. Elle, si douce, si posée, si transparente. Une fleurette fragile sur un sol aride. Des mots encore. De minuscules coupures de lames de rasoir sur une peau tendre. Barbara parle par bribes entrecoupées d'hésitations. Des moitiés de phrases incohérentes qu'elle lui jette en pâture, le visage dur comme son cœur qu'elle cadenasse pour éviter qu'il fonde. Elle raconte son histoire de façon décousue, et Paul met quelques secondes à assembler les pièces du puzzle de cette logorrhée impromptue. Il ressent la peur primale l'envahir lorsqu'elle laisse les émotions déferler en elle. Il aimerait la cajoler, la bercer contre son épaule de père. Lui rappeler que s'exposer à vivre a un prix qui, parfois, se calcule en peurs et en tristesse. Mais que derrière toute crainte se cache un désir.

« Si je comprends bien… pour rigoler, votre fille Mila a fait un test ADN avec ses amies. Parce que c'était gratuit ? Ils font vraiment n'importe quoi, ces jeunes… bon, ce n'est pas le propos… Et le résultat est étrange… et vous êtes peinée… C'est bien ça ? »

Barbara le regarde, sidérée. Comment Paul peut-il être si léger, si hermétique à sa souffrance ? Elle a pourtant été claire. Elle n'est ni peinée ni touchée, mais effondrée. Pour un stupide échantillon de salive. De la bave, du crachat. Il a suffi à faire imploser toutes ses certitudes et à entailler la légende familiale. Elle a un père, un vrai, peut-être encore vivant ! Comment faire confiance à qui que ce soit alors que son seul récit fondateur n'était qu'un tissu éhonté de mensonges !

Penser à sa mère lui donne envie de hurler de rage. Son géniteur n'était donc pas un gentil maraîcher breton qui aurait séduit Gisèle sur un marché par ses œillades appuyées. Elle n'était sans doute pas le fruit d'une nuit d'ivresse qui aurait dû être vite oubliée. Un orgasme, peut-être ; un incident de parcours, sûrement. Il lui avait déjà été si difficile de grandir sans l'ombre d'un père présent au quotidien, sans sentir son amour couler dans sa moelle épinière. De naître et n'être rien. Elle était issue d'un arbre généalogique tronqué, sans branche solide sur laquelle se poser. De faibles racines supposées la porter. Une terre inhospitalière. Un père inconnu. Née d'un anonyme qui ne savait même pas qu'elle existait. L'avait-elle déjà croisé dans la rue sans y prêter attention ?

Gisèle a toujours été intraitable sur le sujet. Elle augmentait le son du poste de radio et se plongeait, avec une moue de dégoût, dans son ouvrage en cours à la moindre évocation du père de sa fille. Après de multiples tentatives d'interrogatoire avortées, Barbara avait renoncé, fatiguée par le mutisme maternel et son lot de reproches implicites. Ce silence, accepté à l'époque car vital pour sa mère, lui paraît aujourd'hui monstrueux. Toute son enfance n'a été qu'un leurre. Ses questionnements classés dans un recoin de son esprit, la petite fille en elle a tenté de les oublier. Elle se devait d'être reconnaissante à la providence, elle avait tant : un toit, un estomac plein, une famille aimante. Elle était la fille chérie d'une fille-mère, la filleule de Sybille, la mère de Mila. Le maillon faible d'un cordon de femmes magnifiques. Un lien inextricable et d'une douceur âcre. Et si, dans le secret de ses nuits d'enfant, elle s'est inventé un père aviateur, agent secret ou président de la République, elle a fini par accepter la situation comme on accepte une maladie incurable. On vit à ses côtés, en espérant qu'elle ne prenne pas davantage de place en soi. On cohabite, on la tient à distance et on la tait.

C'était sans compter sur cette soirée entre amies, quelques postillons et ce concours stupide. Des broutilles suffisantes pour ébranler le peu de foi qu'elle a en elle et dans la vie. Et dans une enveloppe blanche sont désormais consignées des confidences intimes qu'elle aurait tant aimé recevoir de sa mère. Jamais celle-ci n'a cru bon de devoir lever le voile qui obscurcissait son regard. Rien que d'y penser, Barbara sent une douleur sourde lui perforer les côtes.

« Mais c'est si grave ? Soyez plus claire, Barbara, je suis un vieil homme, je ne comprends pas vite. Pourquoi fait-on des tests ADN ? Et elle vous a dit quoi, au juste, Mila ? Je voudrais vous aider… »

L'envie d'en savoir plus et de la brusquer saisit Paul. Sentiment d'autant plus exacerbé que, bloqué sur son fauteuil, il ne peut que déposer une main bienveillante sur la sienne. Il aimerait la secouer pour remettre de l'ordre dans ses paroles décousues, les enduire de douceur. Être capable de la sortir de ces sables mouvants où elle s'enlise avec une désespérante lenteur. Dans son regard, elle lit une invitation muette mais ferme à poursuivre le récit. Elle l'attendait.

« Je n'ai rien d'une Bretonne… », confie Barbara dans un soupir, long comme la plainte d'un animal blessé.

Elle le regarde avec colère. Pourquoi faut-il toujours expliciter les évidences ? Serait-il enfin possible d'être comprise par quelqu'un, un jour ?

« Oui, et alors… ?

— Dans les résultats ethniques de Mila, réplique-t-elle enfin, il y a un truc bizarre… ils donnent un pourcentage important d'origine juive. C'est n'importe quoi ! Ça ne marche pas, ça ne colle pas. C'est juste impossible. Il n'y pas de Juifs dans ma famille, il n'y en a jamais eu. Je ne sais même pas ce que c'est, être juif ! Vous comprenez ?

Paul réfléchit quelques instants et, malgré lui, il ne peut s'empêcher de sourire. Un léger rictus qui n'échappe pas à Barbara et décuple sa colère.

« Je ne vois vraiment pas ce qu'il y a de drôle dans ce que je vous raconte. Ça vous fait rire ?

— Je suis désolé, excusez-moi, Barbara. Je ne dois pas… Votre histoire m'a fait penser à autre chose, mais c'est ridicule, je ne voulais pas vous blesser… »

Paul tente de retenir le rire nerveux qu'il sent naître en lui et se concentre sur le bout usé de ses mocassins vert d'eau.

« Bon, dites-moi... »

Le ton sec et inhabituel utilisé par Barbara lui laisse peu d'espoir de s'en sortir.

« Comment, Salomon, tu es juif ?

— Hein ? »

Devant l'air perplexe de Barbara, Paul se sent obligé de justifier sa boutade ridicule et de récupérer un sérieux de circonstance.

« Je suis désolé, Barbara, croyez-moi. Je sais que tout ça est très grave et vous touche fort, mais votre histoire m'a fait penser à Louis de Funès, vous savez... le film... je l'ai vu des dizaines de fois... lorsqu'il découvre que son chauffeur est juif. Excusez-moi, c'était inadéquat. Vraiment inapproprié... Je suis confus... »

Barbara le regarde avec stupeur, avant d'éclater d'un rire bruyant. Un spasme incontrôlé secoue son corps fin et la plie en deux. Une liesse sauvage pour évacuer sa rancœur contenue et la tension accumulée des derniers jours. Une hilarité triste partagée quelques secondes, avant qu'elle se raidisse soudain.

Le sourire encore aux lèvres et la mine réjouie, Paul n'a pas le temps d'esquiver un seul mouvement. Déjà, Barbara a sorti de sa poche la boule à neige reçue en cadeau de la part de Sybille et elle la secoue avec violence. Les paillettes *made in China* en suspens dans le ciel bleu n'ont pas le temps d'effleurer la tour Eiffel. Déjà, elle projette de toutes ses forces la sphère en verre contre un marronnier centenaire en poussant un hurlement libérateur.

Barbara jette un regard de défi à Paul, comme une vengeance tardive, et remet ses cheveux noirs en place d'un geste vif. Si sa mère a fait le choix de se taire, le test ADN a parlé pour elle. Oui, elle est Salomon, elle est juive.

15

Les vertus du *tchoulent*

À Londres

Un vendredi matin ordinaire. Une pluie fine et désagréable coule le long du visage de Noémie alors qu'elle arpente la Finchley Road d'un pas pressé. Londres semble anticiper les saisons et le mois de septembre porte déjà des couleurs automnales. Son jean délavé lui comprime la taille et elle maudit le coupable, un gène gourmand hérité de son père.

Comme chaque semaine, ses minutes sont comptées. Et aujourd'hui plus encore : ses enfants rentrent au bercail et il lui reste peu de temps pour faire les courses du repas de Shabbat. Ce soir, comme tous les vendredis depuis qu'elle est enfant, Noémie allumera des bougies en récitant à voix basse une prière à un Dieu dont elle n'est pas sûre de l'existence. Elle rajoutera d'autres suppliques adressées à qui veut bien les entendre, des demandes plus personnelles inscrites dans aucune bible qu'elle murmurera avec une foi profonde. Son mari bénira le vin et le pain, ils savoureront avec appétit des mets aux saveurs connues, les rires fuseront, les débats d'idées enflammeront les convives. Blagues et jurons cohabiteront en toute harmonie, à l'image des siens. Elle sera assise en bout de table, spectatrice privilégiée des liens qui se nouent et se dénouent, et elle regardera les gens qu'elle aime avec la certitude d'être à la bonne place, même si celle-ci est parfois inconfortable, même si elle s'y sent confinée.

Peu lui importe d'être croyante ou non, sa judéité ne s'embarrasse pas d'une telle question. Elle la vit au quotidien, par d'infimes petites touches, trop subtiles pour être décrites. Des mots, des attitudes, une sensibilité qui lui est propre. Assemblés, ils forment son identité, son ADN philosophique. Noémie la porte comme un sac à dos dont elle aimerait parfois se défaire, lourd d'une histoire dont elle est un maillon malgré elle. Elle l'exprime par son humour teinté de noirceur et d'autodérision, son inquiétude sous-jacente permanente, son émotivité accrue sur certains sujets, sa tendresse pour Woody Allen. Par cette conscience d'être funambule, toujours en équilibre entre deux mondes, en exil permanent, dépositaire chanceuse d'une vie qui aurait pu lui être arrachée.

Noémie ne manquerait pour rien au monde ce repas symbolique, annonciateur du jour de repos hebdomadaire dans la tradition juive. Il lui rappelle ceux qu'elle a aimés et perdus et, à sa façon, elle les garde ainsi en vie. Sa manière de rendre hommage à ses parents, au-delà des mots envolés et du temps assassin. Ce repas symbolique lui rappelle l'essentiel : elle est porteuse d'un passé qui l'a construite. Et peu lui importe de respecter les prescrits bibliques ou les injonctions d'un Dieu punisseur. Peu lui importe les multiples formes endossées par la religion et les querelles de clocher. Ni rabbin ni gourou pour lui prêcher la bonne parole. Ses croyances sont liées à ce qu'elle est, au-delà de tout dogme. À cet intime qui ne revendique rien d'autre que cette partie d'elle-même qu'il phagocyte.

Tout en esquivant les passants pressés, Noémie vérifie les messages reçus sur son téléphone et se remémore la liste des achats indispensables. Deux *hallot*, non, trois, car Ethan raffole de la saveur de brioche de ce pain traditionnel tressé recouvert de sésame. Des foies de volaille hachés cuits dans la graisse d'oie et de la salade d'œufs, des cornichons au sel pour ses filles, des *kneidlers*, des boulettes de farine de pain azyme pour agrémenter le bouillon de poule, des chaussons aux myrtilles et une boîte de bougies. Noémie avance toujours dans les rayons du Kosher Paradise le panier chargé, l'esprit encombré de détails pratiques à résoudre, lorsqu'elle s'arrête soudain, happée par des odeurs de *tchoulent*. Lourdes et envoûtantes comme un parfum capricieux. Des odeurs d'enfance. Le plat préféré de son père. Deux hommes à la barbe longue et à la kippa sur la tête sortent de la cuisine une marmite fumante où ont mijoté toute une nuit l'orge perlé, les basses côtes de bœuf, les pommes de terre et les haricots. Elle les suit d'un regard vide, un goût d'absence en bouche.

« Comment tu peux avaler un truc pareil ? » Noémie se souvient avec précision de la dernière fois qu'elle a assené cette phrase à son père. C'était il y a deux ans, un vendredi soir en plein mois de juillet. Le nord de l'Europe vivait sa première canicule et, malgré les températures estivales, Eli n'avait pas renoncé à sa gourmandise hebdomadaire. Elle n'avait jamais compris comment le palais raffiné de son paternel, tout à fait enclin à parcourir deux cents kilomètres pour tester un nouveau restaurant, se satisfaisait de ce ragoût peu raffiné dont la digestion était aussi longue que la sieste qui l'accompagnait toujours.

Il lui semble que c'était hier, tant ses souvenirs sont d'une clarté saisissante. Elle réécoutait un podcast d'une émission de la BBC consacrée aux échanges intergénérationnels tout en s'activant à dresser la table et à surveiller la cuisson des poulets farcis au four. Une odeur de citrons confits mêlée à celle des cakes marbrés encore chauds embaumait la pièce. Une douceur dont elle ne se lassait jamais et qu'elle laissait infuser dans chacune de ses cellules comme un baume protecteur. Fidèle à son habitude, Eli était arrivé chez elle avec une heure d'avance, les bras chargés de Tupperwares remplis de *tchoulent* commandés chez son traiteur attitré. Elle l'avait accueilli avec irritation et l'avait tancé d'un ton pincé. « Papa, tu délires, j'ai fait à manger pour un régiment ! » Il avait esquissé un sourire confus teinté de malice. Elle l'avait fait entrer en lui faisant signe qu'elle ne pouvait écouter sa réponse. Quelques secondes encore et la journaliste rencontrée la semaine précédente allait évoquer l'association dont elle était présidente, Paroles de sagesse. Son père s'était tu, soudain grave. Son visage buriné, illuminé de fierté en entendant la voix de sa fille chérie sortir du poste, était longtemps resté gravé en elle. Et cela, bien après sa mort, survenue quelques semaines plus tard. Sans crier gare, son cœur s'était assoupi. Une jolie mort, avait-on seriné à sa fille durant des semaines. L'adjectif lui semblait incongru, presque obscène. Depuis, Noémie avait l'impression qu'un caillou tranchant lui lacérait son propre cœur en permanence.

Ces souvenirs la bouleversent encore alors qu'elle patiente à la caisse, derrière une femme emperruquée dont chaque main caresse les joues rondes de deux adorables fillettes. Elles se disputent une sucette aux colorants et, à la vue de leur langue bleutée, elle ne peut s'empêcher de sourire. La cliente se retourne vers elle et la dévisage avec surprise avant de l'apostropher avec chaleur.

« Oh, mais je vous reconnais ! Vous organisez des ateliers dans les maisons de retraite entre les personnes âgées et les enfants pour écrire des livres illustrés par des étudiants en arts, c'est juste ? »

Noémie opine de la tête, affiche une mine ravie et gênée à la fois. Timide, prise de court par cet instant de notoriété inattendu, elle dépose à son tour les victuailles sur le tapis roulant. Les effluves de *tchoulent* la rattrapent. Après le départ d'Ethan pour Paris, elle avait scanné des clichés de son père, et il s'était ouvert à elle. Des pans de vie qu'elle n'aurait jamais pu imaginer. Son existence de femme au foyer avait pris alors un autre relief. Elle avait eu envie de questionner les amis de ses parents et avait rempli des cahiers entiers de leurs confidences surannées. Une idée s'était vite imposée à elle : ces vies ne pouvaient disparaître, se résumer à une épitaphe sur une pierre tombale ou à un album de photographies. À une date d'anniversaire, à des pleurs ou à une liste de regrets. Les histoires glanées étaient riches, douloureuses, drôles. Pleines de couleurs acidulées et de toute la noirceur du monde. Elle aurait aimé y ajouter des pigments pour tapisser leurs ombres cachées. Le concept était si simple qu'elle s'était étonnée que personne n'y ait pensé avant elle. Des récits de vie transformés en livres pour enfants et dessinés par de jeunes artistes. Des générations entremêlées. Des flambeaux qui transmettaient leur lueur délicate et fragile au lieu de l'éteindre dans la nuit éternelle. Mettre de l'art sur les blessures, de l'humour sur les destins torturés. De l'humanité sur l'indignité. En son for intérieur, Noémie ne s'était pas attendue à ce que le premier livre illustré rencontre un tel succès. Elle était loin d'anticiper que les ventes exploseraient et que l'ouvrage serait propulsé en tête des circuits de distribution. Et surtout, jamais elle n'aurait pu envisager que son père décède peu de temps après la sortie du livre consacré à sa vie. Le poulet avance tout seul sur le tapis roulant de la caisse et elle imagine Eli, secoué par un rire gras en découvrant que désormais, des milliers d'enfants connaissent son péché gourmand pour le *tchoulent*.

La jeune femme devant elle poursuit son monologue, enthousiaste.

« C'est magnifique ce que vous faites. Mes enfants adorent. N'est-ce pas, les filles ? »

Les deux brunettes daignent lever la tête et posent un regard curieux sur Noémie dont les joues ont rosi de plaisir.

« Je leur ai acheté toute la collection après votre venue dans la maison de retraite où vit la grand-mère de mon mari. Elles adorent l'histoire du chien qui a désarmé les soldats et puis aussi celle du jeune homme qui change de nom, celui aux cheveux touffus et bouclés qui a pardonné à sa mère… comment il s'appelle encore…

— Eli, répondent en chœur les gamines d'un ton pétillant.

— Oui, c'est ça. Tout va bien ? », s'inquiète leur maman.

La mine chiffonnée, Noémie tente de retenir ses larmes et lui fait un petit signe de la main. Oui, tout va bien. Juste une bouffée de manque qu'aucun compliment ne pourra combler. Un besoin de plonger dans hier, quelques secondes de plus. L'histoire d'Eli a franchi le seuil de sa famille pour toucher d'autres êtres. Ses émotions ont volé vers des inconnus et ils lui redonnent vie dans leur imaginaire, longtemps après sa disparition, mieux qu'elle ne pourra jamais le faire. Ce constat l'émeut. Envie de reconnaître le grain de sa voix et ses paroles teintées d'humour et de mauvaise foi. Envie de lui faire une place à table et de l'entendre expliquer à ses petits-enfants et à ses arrière-petits-enfants le sens de choses que lui-même n'a jamais comprises. Une solitude infinie l'envahit. Noémie a la curieuse impression que son père est tapi dans la réserve de la supérette, qu'il se moque d'elle et va apparaître à chaque instant. Elle ose croire qu'il est là, juste là. Si proche qu'elle devrait acheter quelques portions de *tchoulent* en plus, même si elle déteste cela. Cette pensée ne la console pas. Elle l'imagine à ses côtés, avec tant de force qu'elle pourrait presque sentir l'odeur de son after-shave préféré, *Fahrenheit* de Dior.

L'absence n'efface pas tout. Il est trop près pour qu'elle puisse passer un jour sans penser à lui, trop loin pour qu'elle puisse profiter de la chaleur de son étreinte.

Noémie soupire avec résignation et se dépêche de ranger ses achats dans des sacs en carton. Quitter au plus vite cet endroit aux parfums familiers pour sentir l'air frais lui fouetter le visage. Une gifle de la vie. Car même dans la mort, il est ardu de trouver la juste distance avec les êtres aimés.

16

Un bébé bleu

Dans l'Oise

Les minutes passent mais Émile Dussolier ne peut se résoudre à quitter sa voiture pour arriver à l'heure à son rendez-vous chez le notaire. Il se masse l'index et l'annulaire gauches à s'en écraser les doigts. Les traces de brûlure et les cloques ont disparu depuis bien longtemps et seule une teinte plus rosée tapisse ses phalanges. Elle lui rappelle dans sa chair ce qu'il tente souvent d'oublier.

Tout a commencé par une simple brûlure, il y a dix ans déjà. Un instant de distraction, des doigts mal posés sur un poêle à bois et une douleur subite à lui couper le souffle. Émile avait immédiatement songé à Roger Duhaut, grand amateur de son miel qu'il rencontrait plusieurs fois par an sur le marché de Raray. L'homme, représentant de commerce, avait la dégaine de l'emploi, le verbe facile, et surtout la réputation d'avoir hérité du don de son grand-père : coupeur de feu. Il se disait même que certains hôpitaux de la région et médecins assermentés faisaient appel à lui pour les cas désespérés. Soucieux d'apaiser sa peau à vif, Émile avait demandé à Madeleine de le conduire jusqu'au Hameau de Boasne. La nature n'était-elle pas plus sage que la science ? Son épouse l'avait toisé d'un œil sceptique et avait enveloppé sa main dans un linge propre avec une douceur dont il n'avait plus le souvenir. Ce contact éphémère, témoin d'une époque révolue, avait assoupi quelque peu ses élancements. Madeleine l'avait ensuite déposé devant une ferme basse en briques rouges protégée par trois bergers allemands au poil gris et aux babines luisantes. Elle avait repris son ton sec et professoral habituel pour le mettre en garde contre les charlatans aux formules plus sataniques que magiques. « L'homme doit vivre ce qui est écrit pour lui. Les Écritures ne se trompent jamais, c'est lui qui se perd. » Il avait perçu dans ces mots une certaine bienveillance, une forme d'amour tapi sous des années de rancœur, et avait préféré ne pas répondre. Pas par lâcheté cette fois ni pour mettre fin à une discussion stérile, mais pour la remercier d'être, encore et malgré tout, à ses côtés.

Le rebouteux avait ouvert la porte un instant avant qu'Émile sonne et il l'avait installé dans une petite pièce aux murs blancs et dénudés. Une odeur de sauge fumée lui était montée à la gorge et lui avait piqué les yeux. Deux fauteuils, une table de massage recouverte d'un drap clair. Seule fantaisie des lieux, une bougie verte et haute était allumée sur une étagère en bois à côté d'une statue miniature de la Vierge. Curieux, Émile s'était apprêté à observer et à écouter Roger Duhaut la matinée entière. Une simple imposition des mains et une incantation marmonnée dans un silence feutré pour alléger sa peine. Dix minutes plus tard, la douleur s'était atténuée et la peau paraissait plus blanche. Lavée de ses erreurs. Surpris, Émile était remonté dans la voiture où patientait Madeleine, concentrée sur la réussite des mots fléchés de son magazine, les mâchoires serrées.

Deux séances avaient suffi pour que la brûlure se résorbe. Deux fois dix minutes durant lesquelles il s'était abandonné, en toute confiance, à cet étranger qui semblait lire en lui. En guise de remerciement, Émile lui avait offert dix pots de son meilleur miel au thym et les deux hommes avaient savouré une bière blanche dans la cuisine en bois ouverte sur les champs. Au-delà de la reconnaissance, il éprouvait de la sympathie et de l'admiration pour cet homme raffiné qui flirtait avec l'invisible et la nature sans s'encombrer de dogmes martelés à voix haute. Il invoquait le divin au sens noble du terme et Émile ne pouvait s'empêcher de se demander à qui étaient adressées ses demandes immatérielles.

Alors qu'il prenait congé, Roger avait posé une main amicale sur son épaule et l'avait regardé avec indulgence avant de prononcer une phrase énigmatique : « Il est grand temps de mettre de l'ordre dans tes affaires, avant ton dernier voyage. » L'homme n'avait pas eu besoin d'en dire plus et Émile avait senti ses jambes vaciller sous le poids de l'injonction. Ébranlé par cette évidence qu'il avait maintes fois frôlée sans vouloir l'atteindre ; conscient que cette brûlure-là serait bien plus difficile à guérir que tous les autres feux jamais éteints. Ses lèvres s'étaient plissées en une moue contrariée et, dans sa bouche, un goût d'inachevé lui avait charbonné les papilles. Il avait retroussé les manches de son pull en coton bleu marine alors que ses certitudes se dérobaient sous ses pieds. Certains deuils à faire étaient inéluctables. Sous les couches de chagrin, était-il possible d'apercevoir encore un coin de ciel bleu ? L'heure était donc venue. Dans le secret de son être, il l'attendait depuis longtemps.

Une dizaine de kilomètres séparait l'habitation du coupeur de feu de sa demeure. Sur le chemin du retour, Émile avait croisé d'autres véhicules qui l'avaient dépassé en fustigeant sa lenteur par des coups de klaxon rageurs. Une demi-lune était déjà visible, rassurante et flamboyante. Un murmure intérieur l'avait incité à faire un détour pour cueillir quelques coquelicots vermeils et à venir les déposer avec délicatesse sur la tombe de son fils. Émile était resté un instant, pensif, à contempler les rayons bas du soleil sur la campagne verte. Il serait vite seul avec ses souvenirs. Madeleine allait bientôt mourir. Ses poumons fatigués pouvaient se mettre en pause à tout moment et elle n'avait jamais autant prié que ces dernières semaines. Il savait que ce deuil ne serait pas insurmontable mais qu'il resterait veuf, dépareillé comme une chaussette perdue, avec pour seuls compagnons une gourmette en or jaune, des regrets, des abeilles et des terres.

Émile avait arraché d'une main rapide les quelques herbes folles essaimant le long de la tombe de son fils, touché par l'indomptable vigueur de la vie, même sur un sol infertile. Plus aucun souvenir heureux d'avant sa mort. Ils avaient été ensevelis sous la dalle, jetés dans le cercueil en même temps qu'une brassière bleu pâle crochetée avec amour par Madeleine ainsi qu'une petite médaille gravée à son nom pour son baptême. La pierre sous laquelle gisait François Dussolier était griffée à force d'être briquée chaque dimanche par son épouse. Les anges blancs qui veillaient sur lui étaient devenus gris depuis des décennies. Un grand trou pour une tristesse immense. Une petite tombe pour un enfant malade.

Un bébé bleu. Un nom poétique pour une malformation cardiaque détectée à sa naissance. Elle avait emporté François quelques années plus tard, engloutissant les rêves d'Émile sous les gravats et les larmes. Père d'un garçon dont il ne partagerait jamais l'insouciance de l'adolescence mais qui l'accompagnerait pourtant à chaque instant, comme une double peau. Une filiation sans fils, c'était un peu comme une ruche sans reine. François décédé, il ne lui en restait rien. Même pas de légères remembrances auxquelles se raccrocher quand la lune était trop pleine. Juste une béance à la place du cœur, et la certitude qu'il serait désormais prisonnier d'un quotidien dont il ne voulait plus. Le destin lui avait accordé des terres fertiles, des abeilles fécondes, une épouse autrefois aimante, une fille aussi, mais il lui avait repris l'essentiel. Personne ne porterait jamais son nom.

Il s'était remis en route vers sa demeure, l'esprit noyé dans un passé trouble. Il revivait ce matin brumeux de février où la sage-femme et le cardiologue, le visage grave, leur avaient expliqué l'inacceptable. Dans quelques mois, semaines ou années, le cœur de leur fils lâcherait.

Depuis, Émile était porteur d'une immense vacuité. Elle ne le quittait pas. Un esprit vide dans une maison vide.

François décédé, rien n'apaisait plus son père endeuillé que de se retrouver seul au milieu de son rucher, témoin privilégié du ballet orchestré des insectes. La vie reprenait alors ses droits. Elle avait un sens, une logique implacable et lui paraissait un peu moins rude. Chaque jour de son existence, il s'était évertué à accomplir les mêmes gestes répétés pour ne pas sombrer alors que les mots devenaient sans importance. François était devenu poussière. Ses rêves et ses envies aussi. Quant à Madeleine, il reconnaissait qu'elle avait vécu le deuil avec une certaine élégance. Le Seigneur lui avait été d'une aide plus utile qu'à lui. Elle aurait pu vaciller, tomber dans la dépression, l'alcool ou la folie. S'égarer dans des souvenirs mille fois ressuscités. Elle avait choisi la religion, peut-être parce qu'elle n'était pas assez douée pour autre chose. Ses croyances étaient devenues sa meilleure arme de défense et elle avait accepté les vicissitudes de son existence avec un fatalisme qui faisait défaut à son mari. La jeune femme charmante et désireuse d'être la pierre angulaire d'un foyer aimant s'était accrochée aux Saintes Écritures comme à une bouée pneumatique dans une mer démontée. Cette épreuve devait bien avoir une signification cachée. Peut-être était-elle destinée à un avenir plus grand… Elle avait remis sa peine entre les mains du Créateur, lui seul pouvant l'éclairer sur le sens à donner aux événements, convaincue qu'au paradis, il veillerait sans relâche sur la chair de sa chair qu'elle n'avait pu protéger. Un lien fort et exclusif. Une reddition inconditionnelle. Au point qu'Émile s'était senti incapable de partager ses propres blessures avec son épouse, et que le filin entre eux s'était étiolé sans jamais pouvoir se refiler. Deux silhouettes cohabitant sous un même toit, attendant un événement inévitable, partenaires d'un silence éternel et d'une douleur indivisible. Quant à sa fille, ils n'avaient pas eu la force de la préserver de cet ouragan… Y penser donne le vertige à Émile, qui lutte contre le feu brûlant ses entrailles en avalant plusieurs fois sa salive.

Le vieil homme se force à lâcher ses pensées noires. Il aurait dû pénétrer dans l'étude depuis dix longues minutes déjà mais se sent minable à l'idée d'y dévoiler des pans de son histoire. La vérité n'est jamais parfaite, quel que soit l'angle sous lequel on l'examine.

Des années après leur première rencontre, il avait enfin eu le courage de recontacter le notaire pour discuter de son testament. Un prétexte comme un autre pour pouvoir lui parler de l'essentiel. Du carcan mental dans lequel il s'était laissé enfermer depuis si longtemps. De cette jeune fille qu'il avait laissé partir un soir gris et froid, sans chercher à la retenir, les yeux vibrant d'une colère injuste. De sa fille.

Il masse toujours ses doigts guéris comme s'il désirait les briser. En lui, un incendie couve, si violent que sa tête et ses membres pourraient se consumer de l'intérieur. Les pécheurs ne reconnaissent-ils pas leur état en se couvrant la tête de cendres ? Il se fait violence pour quitter son véhicule, les pieds lourds, et sonne enfin à la porte. Après un hochement de tête à la secrétaire qui l'accueille avec chaleur, une nausée naissante lui brûle l'œsophage. Il y a sept ans, il s'était promis de retrouver la jeune fille qui peuplait ses rêves, il s'était juré de lui parler. De mettre des mots sur leur parodie de lien. De traverser la vie à contresens. Comme souvent, il n'a pas osé s'écouter et, petit à petit, a presque perdu tout espoir de la revoir avant sa propre mort, qui approche à grands pas. Dans le bureau du notaire, il reste là, immobile, le bas du dos avachi sur son siège, transpercé par l'expression guerrière des trois masques en bois japonais apposés sur le mur. Sa lâcheté doit être visible à des kilomètres à la ronde. L'impression qu'ils le jugent, que leur verdict sera assassin. Seule Madeleine était assez naïve pour croire qu'un jugement dernier pourrait être clément. Émile fixe un point sur le sol. La rédemption et la grâce sont des concepts fumeux que les pauvres diables comme lui ne peuvent approcher. Il n'arrive pas à sourire à Me de Naël. Déjà, une main vigoureuse se tend vers lui. Celle d'Émile est molle et moite. Son visage est blême et sa propre guerre intérieure.

17

L'impermanence des bonheurs

À Bruxelles

Gisèle a beau regarder par la fenêtre, reconnaître les maisons, les chiens des voisins, les plaques d'immatriculation, elle a la curieuse impression de vivre dans un territoire étranger. Une zone sinistrée, dévastée par une catastrophe naturelle. Comme si elle était responsable elle-même du désastre, résignée, elle accepte d'être coupée du monde, un réfrigérateur vide pour seul complice. Elle est sortie hier faire quelques pas dans le quartier et sa balade l'a conduite entre les étals du marché de la place Saint-Denis. Croiser des visages connus, feindre l'habituel, échanger des banalités et ignorer les questions gênantes lui a été pénible. Elle a rempli sans réfléchir son sac recyclable de pain, de fruits et de légumes de saison avant de retourner, très vite, se réfugier dans la fraîcheur de son pavillon. Trop d'attentes. Trop de souvenirs. Trop de silences. La cohabitation entre toutes ces parties d'elle-même est devenue intenable et le constat lui pèse : elle a échoué.

Gisèle a toujours détesté les dimanches et leur cortège de traditions inutiles. Un jour vide ponctué d'injonctions tacites au repos, de l'incontournable poulet-compote-frites du déjeuner belge, de rideaux fermés des commerçants. Un jour pour ouvrir les paupières sur un monde plongé dans une torpeur institutionnalisée. Un jour du Seigneur censé raffermir les liens familiaux. Cette pensée la fait sourire. La famille… les liens d'allégeance… être la fille de… Ces concepts à géométrie variable lui échappent. Elle tente bien de s'y raccrocher mais un fossé profond les sépare d'elle. Un rictus sarcastique lui balafre le visage et le masque d'une enveloppante dureté. Le bruit de son cœur la surprend et elle aimerait se sentir inanimée. Se désintoxiquer des siens dont la chaleur lui manque. Devenir insensible, au risque de se trahir.

Malgré l'heure matinale, Gisèle s'octroie un remontant maison à base de rhum et de noix de coco. Elle double la dose d'alcool et goûte la boisson avec volupté, avant de hausser les épaules, désinvolte. Les gestes ordinaires ne lui procurent plus aucun plaisir, ses cellules sont désormais hermétiques à l'hédonisme. Pis, ils lui font ressentir avec cruauté sa propre amertume. Lundi dernier, elle a même refusé la proposition de Romain de venir partager un thé avec elle. Alors autant être défoncée avant que la réalité la rattrape. Quelques gorgées encore et une saveur sucrée écœurante lui tapisse la gorge. Un rire misérable, tant la situation lui semble inextricable. Elle ne pourra pas faire la morte longtemps, vivre en ermite et négliger les douleurs des siens. Faire comme si elle était seule au monde, parée d'une fausse dignité. Il faudra bien qu'elle affronte la tempête si elle ne veut pas finir ses jours esseulée, déguisée en une paisible et aimable couturière à la retraite, en une petite vieille avenante à qui l'on donnerait le bon Dieu sans confession. Proie consentante, elle se laisse happer par ce tourbillon d'émotions et glisse vers cette campagne qui l'a vue naître, vers hier où tout a commencé et ne finit jamais. Vers ces temps où l'autonomie des femmes était un leurre et où elles ne disposaient pas de leur corps. Une époque où certains sujets étaient classés sans suite avant même d'avoir été abordés. Le bien-être personnel y était un accessoire moins important qu'un joli chapeau, les aspirations personnelles un luxe inaccessible tu par les magazines. Elle farfouille dans ses souvenirs, toujours appuyée contre l'embrasure de la fenêtre. Un seul parmi eux remonte plus vite que les autres à la surface de sa conscience. Le même, depuis toujours. Dehors, l'été ne s'essouffle pas et un jeune père apprend à son fils à rouler en trottinette. Son sourire fier et inquiet lui déchire la poitrine. Le vertige est presque palpable, l'abîme est proche et la pente savonneuse.

Plus de quarante ans se sont écoulés. Elle ne se rappelle pas la dernière fois qu'elle a prononcé son prénom à haute voix : Charles.

Pendant des semaines, elle n'avait pensé qu'à lui. À cet ami d'école devenu amour. À ce qu'ils avaient vécu ensemble, à son timbre de voix, à ses bras secs et puissants, à son esprit vif et libre. À tout ce qu'ils auraient pu partager si le destin leur en avait laissé la chance. La douleur était diffuse mais entêtante. Elle pouvait se faire indulgente et charitable. Elle disparaissait alors parfois, quelques courts instants, le temps pour Gisèle d'entrevoir un filet de ciel bleu, le rire d'un enfant aux joues creuses, un coquelicot au bord du chemin. Et puis elle revenait, avec la force décuplée d'un boomerang. Plus forte et insidieuse. L'intruse prenait possession de chacun de ses membres, de chacune de ses rêveries. Le moindre espace de son être était pris d'assaut par cette vague de regrets et de tristesse. Un matin au ciel si bas qu'elle avait dû plisser les yeux pour voir l'horizon, la réalité l'avait rattrapée : Charles avait disparu.

Son jeune amoureux s'était volatilisé. Lui, sa mère, les siens, leurs après-midi cachés dans la grange de son grand-père, les bouffées de liberté qu'il lui soufflait au visage entre deux mots doux. Elle avait eu beau le chercher durant ses temps libres, aucune trace pour éclaircir le mystère. Les volets de son appartement de la rue principale de Senlis restaient clos et aucune lumière ne filtrait sous les persiennes la nuit tombée. Charles lui avait souvent parlé du projet de sa famille de quitter la France pour une terre étrangère, mais aucune date n'avait encore été fixée. Même l'épicier du coin, le grand blond à la moustache frisottante qui enregistrait les faits et gestes de chaque habitant du quartier, était désolé de ne pouvoir aider la jeune fille. Elle n'était encore qu'une adolescente en socquettes blanches et en uniforme scolaire que déjà la vie lui enseignait l'impermanence des bonheurs. Comme tout s'avérait n'être parfois qu'illusions, comme il était vain de s'attacher aux joies éphémères. L'incertitude comme ancrage. La séparation comme fondations.

Charles s'était volatilisé un dimanche d'hiver. L'un des plus rigoureux du siècle, avait fanfaronné Météo

France. Le jeune homme s'était fait fantôme. Disparu, égaré, rayé de la carte de son petit monde. Peut-être agonisait-il au fond d'un ravin gelé, renversé par un tracteur ? Peut-être encore avait-il décidé de quitter la France et de rejoindre sa famille de l'autre côté de la Manche ? À moins qu'il n'ait fait l'objet d'un kidnapping ? Ou n'ait été enrôlé de force dans une secte ? Gisèle avait passé de longues nuits à imaginer le pire, le meilleur étant derrière elle. Avant d'accepter l'évidence : Charles et les siens s'étaient fait la malle. Ils avaient quitté la région sans l'avertir et elle n'avait aucune idée d'où ils avaient bien pu aller. Du haut de ses dix-sept ans, ses recherches avaient été limitées à un périmètre proche. Un vélo à la chaîne mal huilée. Pas de voiture, pas de téléphone portable, pas d'Internet. Pas d'adulte à qui demander de l'aide.

Vivant ou mort, le résultat était le même. Après onze mois d'un bel amour clandestin, Charles avait disparu.

Gisèle avait continué à manger avec appétit les sablés au beurre confectionnés par sa mère, à boire de l'eau du puits aromatisée de menthe fraîche, à nourrir les poules en les appelant par leur prénom, à répondre aux questions du professeur de géographie avec justesse. Dissociée de son corps, son cerveau en ébullition cherchait sans fin une réponse à une question qu'elle ne savait même pas formuler. Une parfaite illusionniste. Chaque dimanche, elle accompagnait ses parents à la messe et un fort sentiment d'abandon lui engourdissait le dos. Le curé déclamait son sermon et elle fixait le Christ sur sa croix avec hargne. L'homme d'un naturel volubile avait une élocution saccadée. Il aurait pu être acteur.

Des mots vides des sens dont elle comptait les lettres, comme on compte les jours de carence. Elle ne priait plus, préférant réciter à voix basse des poésies de Paul Éluard : « Sur mes cahiers d'écolier/Sur mon pupitre et les arbres/[…] Pierre sang papier ou cendre/J'écris ton nom. »

Terre accueillante pour sa douce jeunesse, la sève de vie avait repris petit à petit possession de son être. Mourir n'était pas une option envisageable, survivre non plus. Tous les matins, elle allait au lycée à vélo et tous les soirs, elle noircissait les pages de son journal intime de poèmes et de croquis de robes dont elle avait vu les modèles dans un magazine égaré sur un trottoir. Certaines nuits, elle pleurait jusqu'à s'endormir d'épuisement. D'autres, son sommeil se faisait de plomb et elle espérait ne jamais devoir en sortir. Mais toujours elle se relevait, vivante, sensible aux rayons du soleil sur sa peau, à la caresse du vent. Aux sourires timides d'un jeune homme barbu à l'épicerie, aux rythmes endiablés d'une chanson anglaise, au toucher satiné d'un tissu acheté en solde au marché par sa mère. L'acceptation de la fatalité germait en elle et elle s'ouvrait à demain avec la conviction qu'il serait rose pâle. Sa vie était désormais toute tracée : elle irait à la ville si son père acceptait de lui payer des études supérieures et elle épouserait un gentil monsieur aux manières convenables qui ne lui ferait pas honte. Si Dieu voulait (malgré ses efforts, elle n'arrivait pas à bannir cette expression de son vocabulaire), il lui donnerait des enfants, voire du plaisir, tout comme l'opportunité de quitter l'Oise pour Nice ou Marseille où elle vieillirait sans être fatiguée de vivre. Au soleil, loin du visage fermé des siens.

Charles et sa famille s'étaient envolés depuis des semaines, et Gisèle avait compris que ses pensées n'arriveraient jamais à leur destinataire. Elle s'était surprise à recommencer à rire avec une amie et à jeter des regards intéressés aux garçons du lycée voisin. Son cœur papillonnait de l'un à l'autre et elle avait accepté l'idée que Charles n'avait été qu'un amuse-bouche des plaisirs que son destin lui offrirait encore. « La roue tourne... », lui répétait souvent sa mère. Peut être que pour une fois, sa parole serait pleine de sens. Charles envolé, il lui restait des anecdotes et des sensations. Des brins de paille dans la poche de certaines de ses jupes et une sensualité naissante. Une envie de savourer l'instant. Quelques souvenirs qui jauniraient aussi vite que sa chevelure blanchirait.

La douleur en elle s'étiolait et la disparition mystérieuse du jeune homme l'auréolait de tous les mystères, au point qu'elle doutait même qu'il ait vraiment existé. Seul le dimanche lui était insupportable et l'air autour d'elle devenait étouffant. Elle se faisait violence pour accompagner ses parents à la messe et leurs pas se faisaient alors plus lents, leur silence plus lourd. L'essentiel n'était pas de croire en une divinité bienveillante ou de s'imprégner des lectures du jour, mais de veiller à se tenir droite car sa mère exigeait que son port de tête fût parfait : assez haut pour témoigner d'un certain caractère ; pas trop toutefois, pour avoir le regard plus bas que celui de son père et des hommes. Sa mère ne supportait pas le jugement des autres sur elle et sa philosophie de vie était assez simple : chaque chose avait une place dans la maison, et il en allait de même pour les êtres humains. Une fille de bonne famille catholique, même issue d'un milieu populaire, se devait d'apprendre à tenir son rang. Mieux valait vivre sans lumière dans l'arrière-cour d'une ferme qu'être l'héroïne convoitée d'une saga flamboyante.

Des jours creux et des lunes pleines s'étaient écoulés depuis la disparition de Charles. Dans son homélie, le curé répétait souvent qu'il n'y avait pas de chemin harmonieux si ce n'est l'amour, le partage et la vérité. Gisèle s'était vite doutée qu'il était un parfait bonimenteur.

Les souvenirs ont la violence d'une migraine soudaine et paralysante. Une dernière goutte de cocktail salit le verre, et la tentation vivace d'y noyer ses actes manqués saisit Gisèle. Elle refrène son désir de s'en servir une quatrième rasade et se tient la tête à deux mains. Sous elles, ses tempes vibrent, son cœur bat, chaud et accueillant. Ses yeux brillent et fixent son téléphone portable. Elle le regarde avec la curiosité d'une enfant derrière les cages d'un zoo, tentant d'amadouer, sans oser l'approcher, la bête sauvage qui la défie. Que pourrait-elle bien raconter à Barbara qui vaille la peine d'être entendu ? Certaines vérités sont inaudibles. Le passé devient plus proche d'elle encore.

Un printemps s'était écoulé. Sa saison préférée, annonciatrice du retour des oiseaux migrateurs et du bourdonnement des abeilles. Celle des brins de muguet parfumant la salle à manger de leur suave parfum. Celle des promenades en forêt avec son chien, libérée du joug parental. Si son amourette avortée était oubliée, elle méritait d'être retenue pour une seule et unique raison. Elle avait vu son ventre s'arrondir et ses mamelons s'épanouir. Elle s'était découvert des envies de tartes à la rhubarbe au réveil et une sensibilité exacerbée aux odeurs de sueur masculine. Le curé ânonnait toujours ses prêches d'un visage trop blanc et sa mère récurait chaque semaine les dalles du cimetière avec soin. Rien n'avait changé, ou si peu. Elle se coulait dans le flot de la vie et souriait avec envie aux papillons nocturnes. Un jour, elle aussi ferait ce qu'elle voudrait. L'adolescente rebelle s'autorisait à rêver et à effacer les interdits. Charles et les siens n'étaient toujours pas revenus et le mystère restait entier mais peu lui importait, tant de nouveaux horizons l'attendaient.

Sans y réfléchir, Gisèle pose ses mains sur son ventre et le souvenir se fait plus incisif encore. Peu importe où il se terrait, le disparu lui avait légué le plus merveilleux des présents. Gisèle n'était qu'une jeune fille aux jupes trop longues que déjà, une étincelle de vie germait en son sein. Elle avait à peine dix-sept ans, le visage lisse et les courbes pleines. Dans son ordinaire d'une désespérante banalité, l'exceptionnel avait jailli. Elle avait senti Barbara naître de cette mort apparente qu'elle portait en elle. Peu lui importait si Charles était vivant ou non. À cet instant, elle avait compris que jamais elle ne se séparerait de ce merveilleux cadeau du ciel.

18

On ne boucle pas une histoire

Dans l'Oise

Le col de sa chemise l'irrite, mais Émile se retient de l'arracher d'un geste vif. La photo est retournée devant lui. Un rectangle, format carte postale, entouré d'un élégant liseré blanc. Une impression de qualité sur du papier satiné. Émile l'a longtemps examinée, le regard vitreux, avant que le froid ne prenne possession de son être. Le notaire l'observe avec attention et tente de décrypter ses silences. Aucune réflexion logique ne lui vient à l'esprit, aucun mot apaisant. Les larmes jaillissent des yeux du vieil homme, son menton tremblote et il garde la tête baissée, terrassé par une vision inattendue. L'homme de loi met cette émotion non contenue sur le compte du grand âge de son interlocuteur. Quatre-vingt-dix ans bientôt, c'est déjà extraordinaire d'être en possession de sa tête et de ses jambes, et là elles fonctionnent de concert ! Quelques instants auparavant, il lui a tendu le cliché avec le sourire satisfait du devoir accompli. « Je pense que vous allez être heureux. » Sa voix pleine de contentement a réveillé les craintes d'Émile, vacciné contre les miracles. Les terres des Hauts-de-France ne sont pas réputées pour cela.

Il l'a attrapé du bout des doigts, comme pour se protéger d'une maladie contagieuse. Et s'il n'était pas capable de la reconnaître ? Si jusqu'au bout, il était et resterait un père indigne ? Un incapable à gérer l'essentiel, un cœur trop sec envahi de ronces ? Une sourde inquiétude qu'il n'a pu faire taire. Émile s'est surpris à quémander avec recueillement une aide divine, et la mine contrite de Madeleine s'est imposée en lui. Il n'est décidément qu'un minable bouseux. Après un long soupir résigné, il a sorti une paire de lunettes de la poche intérieure de sa veste. Une bouffée d'affection l'a alors envahi, sentiment qu'il n'a plus ressenti depuis des années, si ce n'est pour ses abeilles. Lui ressemble-t-elle ? A-t-elle encore ses joues rondes que le vent faisait rosir ? Sa démarche bondissante ? Son regard si libre qui le fuyait pour se perdre dans le ciel ? Sa propre niaiserie le fait grimacer. Sa fille doit être détentrice depuis des lunes de la carte Vermeil ! C'est déjà un miracle en soi qu'elle soit encore en vie. Et lui aussi…

Durant tant d'années, il avait espéré ne jamais la revoir. Même dans la rue, il se surprenait à éviter le regard des femmes qui auraient pu avoir son âge et sa stature. Et maintenant le voici, oiseau décharné, fébrile et implorant face à un bout de pellicule, souhaitant ardemment retrouver la disparue. Un dernier froncement de sourcils et il a plongé dans son histoire. On ne remonte jamais le temps la tête haute, il aurait dû le pressentir.

Le cliché est toujours retourné sur la table et, avec lui, ses espoirs de récrire le récit de sa vie et de raccommoder ses illusions. S'il était moins vieux, il s'emparerait d'un fusil de chasse et ferait lui-même le tri dans son passé. Quelques rafales bien senties pour se sentir vivant. Dans la tête, les poumons et les genoux. Mais il se sait trop lâche pour cela. Il était donc écrit qu'il ne pourrait mourir en paix, Madeleine avait eu raison depuis le premier jour. On ne boucle pas une histoire, on chemine avec elle et on en crève. Sa douleur se fait sourde alors que s'impriment en lui les quatre visages heureux et complices posant devant l'objectif. Une désinvolture éhontée. Un bonheur à faire vomir un gourmand épanoui. Des sourires, des barrettes dans les cheveux, du fard à paupières. Des bras nus noués autour du cou. Des décolletés et des longs cils. Ce qu'il devine lui fait plus mal encore : des rires complices, des partages, des engueulades, des portes qui claquent, des étincelles d'amour derrière les gestes ordinaires pour donner de l'épaisseur au quotidien. Du lien. Un indissoluble lien. Émile se sent abandonné et il fixe son rêve brisé avec l'obsession de celui qui ne veut se résoudre à perdre la partie. Il avait espéré toutes ces années, sans imaginer un seul instant qu'une autre manche se jouait dans son dos. Il oublie ses propres faiblesses et sa faculté à remettre à demain ce qu'il aurait dû faire depuis des décennies. Sa propre responsabilité et ses erreurs ne l'effleurent pas, il les balaie d'un regard noir sur la photographie.

Dehors, la pluie tombe avec fracas. Émile ne peut s'empêcher de s'inquiéter pour sa miellée de printemps qui risque d'être compromise si le beau temps continue à se faire désirer. Il a certes cédé ses ruches à un jeune exploitant agricole voisin depuis quelques années, mais il garde encore un attachement fort avec celles qui lui ont donné tant de plaisir et de joie. Des filles éternelles et reconnaissantes.

Il tente de raccrocher ses pensées à des préoccupations terre à terre, d'ancrer ses regrets et ses attentes dans ce sol détrempé où s'enfonceront ses pas. Seul un miracle permet à une brebis égarée de rejoindre le troupeau. Il y a cru, à la résurrection. À la possibilité de rejoindre la mort blanchi et absous. Hélas, il a beau payer ses factures, marcher sans déambulateur, traverser l'âge sans jamais rendre des comptes, il est incapable de s'offrir l'innocence d'un nouveau-né. Émile comprend que les brins d'histoire ne se récoltent pas en une seule brassée. La déception est cruelle et il retient un hurlement de rage.

Le notaire toussote plusieurs fois pour tenter de capter l'attention de son interlocuteur. Ce patriarche d'apparence pourtant si solide a la mine déconfite d'un petit garçon trahi. Une vieille bâtisse à l'abandon. « Monsieur Dussolier, vous m'entendez ? Vous m'avez demandé d'établir votre succession et mon assistante a effectué les recherches pour vous, jusqu'en Belgique. J'étais convaincu que cette photo de votre fille vous ferait plaisir. Si ma mémoire est bonne, vous ne l'avez pas vue depuis bien longtemps, non ? »

Des mots prononcés d'une voix égale pour extraire son client des pensées où il se perd. L'expérience lui a appris à ne pas colorer ses propos de trop d'empathie et à garder un ton ferme. Les déballages émotifs n'ont jamais fait avancer aucun dossier et son regard s'attarde sur l'homme au costume désuet et à la chemise au col trop serré. Il aimerait le secouer, lui expliquer qu'un testament n'est qu'une mise en abyme d'une situation existant bien avant la rédaction d'une quelconque volonté. Une simple signature sur un acte officiel ne permet pas toujours de colorer les zones floues d'une destinée. Chaque histoire recèle des portes aux charnières rouillées et les ouvrir ne libère pas tous les fantômes. D'autres s'en échappent, plus cruels encore. Les siens semblent danser et se réjouir, loin d'abdiquer face à ses douleurs poussiéreuses. Émile retient son souffle, comme en apnée.

Face au visage fermé de l'apiculteur, le notaire tente de saisir ce qui lui est tu. Sa fonction l'emporte souvent bien loin des dossiers ou formulaires à compléter. Ni psychologue ni thérapeute. Mais témoin de la nature humaine et de ses errements. Passeur d'histoires auxquelles il donne vie sur des documents assermentés. Le notaire se lève pour apporter un verre d'eau à son client et le bruit des gouttes rompt le silence pesant. Lors de leur première rencontre, Émile lui avait expliqué avoir rompu les liens avec sa fille cadette pour une sombre histoire de divergence de points de vue. Des décennies de silence et le devoir légitime de lui transmettre ses biens. Émile n'avait pas été plus loquace, mais il avait exprimé de façon claire le désir de la retrouver avant de mourir. La coucher sur son testament pour pouvoir s'allonger serein au côté de François. Quoi qu'il ait fait, elle était son sang et ses biens devaient revenir à elle seule. Pierre de Naël n'avait pas eu besoin d'en savoir plus pour retrouver sa trace et vérifier son identité. Le dossier était simple et bien ficelé, et il se réjouissait d'avoir accompli sa mission avec le professionnalisme qui auréolait son nom. La bonne nouvelle n'avait pourtant pas eu l'effet escompté et Émile avait l'air d'un géronte prêt au trépas. Il devait l'inviter à troquer sa réserve contre quelques confidences. Le forcer à ouvrir sa mémoire, à défaut de son cœur.

« Et maintenant, monsieur Dussolier, nous faisons quoi ?

— Je sais pas…

— Votre testament est rédigé depuis des semaines et vous aviez de bonnes raisons de vouloir prendre contact avec votre fille.

— Oui. J'avais des choses à lui dire.

— Avais ? Vous ne souhaitez plus lui parler ?

— Non. »

Un ton sans appel et agressif. Le notaire y décèle même une indomptable colère. Il réfléchit quelques secondes et il tente de désamorcer la situation.

« Désirez-vous toujours lui léguer l'intégralité de vos biens ? »

Un haussement d'épaules et un hochement de tête pour toute réponse. Hors de question que son legs revienne à ce voleur d'État ou pis, à l'Église, comme le désirait Madeleine.

« Vous pouvez lui écrire une lettre, ou me la dicter. Quelques mots pour partager avec elle ce que vous vouliez lui dire… Vos héritiers pourront ainsi connaître votre vérité… et votre succession ne sera ouverte qu'après lecture de cette lettre, je m'y engage. Qu'en pensez-vous ? »

Émile réfléchit quelques instants, les bras croisés sur la poitrine, et ses sourcils dépouillés se froncent. La situation est troublante. Il y a quelques minutes encore, il voulait retrouver sa fille pour quitter ce monde léger, débarrassé d'un fardeau de tourments, de regrets et de culpabilité. Il s'était imaginé se regarder dans la glace avec considération car, tout compte fait, il est une belle âme que le péché a fait grandir. Il aurait quitté ce monde serein, tout devoir de confession étant devenu obsolète. Il voulait demander pardon, déposer les armes et faire table rase du passé. Une terre fertile, des pierres et un toit contre un faux père dans un cercueil en chêne. Contre une journée à se raconter leur vie. Le deal lui avait paru acceptable. De son vivant, il lui avait plus pris qu'il ne lui avait donné et il attendait la mort avec impatience pour se racheter. À son dernier souffle, au moins, sa fille aurait l'héritage qui lui revenait. Émile sent à nouveau la rage le transpercer et dissiper ses nobles pensées. Un nouveau hochement de tête et une mâchoire moins crispée. Émile soutient le regard du notaire et celui-ci y lit de la résolution, de l'apaisement aussi. Une moue désabusée et, déjà, Émile se lève et prend congé, non sans l'avoir remercié d'un long regard entendu.

Les souvenirs se bousculent en lui et imaginer les poser sur une page blanche décuple sa sourde rancœur. Qu'ils sont loin, les mots tendres prononcés dans ses rêves, les pensées bienveillantes partagées dans le secret de ses nuits. Ainsi donc est faite la vie : chaque corde dénouée se referme sur un nœud plus solide encore.

Le bruit de la pluie martèle le pare-brise et oblige Émile à monter le son de la radio, au point que les basses le font grimacer, mais il ne baisse pas le volume, désireux de couvrir le bruit de ses pensées. Depuis longtemps, il aurait dû rendre son permis de conduire, sa vue et ses réflexes n'étant plus suffisants pour gérer l'imprévu, mais il n'en a que faire. Être digne, rejoindre François dans la tombe les mains propres, c'est tout ce qu'il souhaite. Alors que ses doigts serrent le volant du Combo avec force, son crâne ruisselle de sueur. Sa résolution est prise. Son histoire, il faut qu'il l'inscrive noir sur blanc, en gros caractères. Qu'il vide ses tripes, son cœur et sa tête de ses actes d'antan. Qu'il expie ses fautes et qu'il se débarrasse de cette fièvre qui le consume avec lenteur. Qu'il prévienne sa fille des dangers. Qu'il la protège, au moins une fois dans sa vie. Et peu importe sa succession, ses péchés à jamais rachetés ou oubliés. Il finira quand même en humus pour les plantes…

Il pensait se raconter pour effacer ses faiblesses et pour se draper d'une grandeur qui lui avait tant fait défaut. En passant la troisième vitesse, sa décision est prise : il dictera la lettre suggérée au notaire. Pas par amour tardif, pas par repentir. Peu lui importe le repos éternel de son âme, ses motivations sont désormais autres.

Impensable de quitter cette terre sans que le monde entier sache que cette femme rousse est un vrai démon.

19

La pourriture dans les os

À Bruxelles

Le bruit de la sonnette fend le silence de la maison où Gisèle s'est recluse, et celle-ci met quelques secondes à comprendre que derrière la porte, quelqu'un attend d'être accueilli. Le son glaçant résonne comme un appel à une prière muette. Gisèle quitte à regret son ouvrage en cours et se résigne à affronter l'inconnu, la mine froissée. Une grande inspiration pour consigner sa gêne et une envie inattendue d'agripper la main d'un compagnon de route à ses côtés. Vivre seule tant d'années ne lui a jamais posé problème, mais le célibat a ses limites. Aujourd'hui, les côtoyer lui donne un goût d'amertume en bouche.

Son sac sur l'épaule, Mila la dévisage, la bouche pincée, l'œil interrogateur et irrévérencieux. Gisèle l'attendait plus tôt, mais elle avait sous-évalué son caractère bien trempé. Le sentiment bienheureux d'être enfin à quai lorsque les lèvres gourmandes de sa petite-fille se posent sans chaleur sur ses joues trop fardées. Ses cellules éteintes reprennent vie, comme si elles attendaient en vain un signe. Gisèle lui caresse les cheveux avec tendresse et ce contact soyeux la revigore. Mila a hérité de la chevelure claire et des épis sur le sommet de la tête de son père. Les traits moins fins que Barbara et l'ossature plus lourde, son être dégage un charme et une énergie qui la rendent lumineuse. Les mains dans les poches de son pantalon en faux cuir, un tee-shirt jaune citron lui cintrant la taille et des sandales ouvertes en cuir aux pieds, sa petite-fille semble avoir rajeuni de dix ans même si sa frimousse d'ordinaire espiègle est un peu tendue. Tel un ouragan trop longtemps contenu, elle pénètre dans le salon de Gisèle, ôte les napperons en dentelle déposés sur les coussins du fauteuil et se laisse choir sur son canapé préféré, celui en coin près de la fenêtre. Elle a la bienveillance de ne pas agresser sa grand-mère dès le hall d'entrée franchi et celle-ci lui en est reconnaissante. Dans ce décor familier qui l'a vue grandir, Mila a aussi l'élégance de ne pas laisser un mutisme pesant s'installer entre elles. Une aisance naturelle. Elle brode comme son aînée coud. Des syllabes, des bribes, des phrases sans consistance. Des bavardages sans conséquence autour d'un abîme dans lequel elles ne semblent pas pressées de tomber. Un ravin profond les sépare. Deux générations et quelques secrets bien gardés sous des gravats entassés. Emportée par sa verve, Mila articule trop vite des banalités d'un ton badin. Elle pérore sur des riens, et ses propos légers colmatent le vide plus grand encore créé par les révélations du test ADN.

C'est un dimanche ordinaire, si ce n'est l'haleine chargée de rhum que Gisèle tente de masquer par des pastilles Ricola au citron. Du thé glacé sucré au sirop d'érable et des miettes de biscuits secs éparpillées sur le sol. Des morceaux de vie distribués et happés comme des bonbons sucrés aux saveurs divines. Savourés, il n'en reste rien, ou si peu. Les questions et les réponses s'insinuent en elles, mais les deux femmes les repoussent avec la même volonté farouche. Le même désir de tenir les fantômes à distance et de prolonger leur errance jusqu'à ce qu'ils capitulent.

Le soleil est haut dans le ciel, sans un nuage pour le rendre moins agressif. Gisèle enclenche le ventilateur que Barbara lui a prêté et se rassoit à côté de Mila en évitant de la toucher. Les mains posées sur ses genoux, elle remet quelques mèches de cheveux gris en place pour se donner une contenance et ne peut s'empêcher d'admirer l'aisance de sa petite-fille. « Peut-être est-ce cela vieillir, se dit-elle avec tristesse. Se sentir gamine face à une jeune adulte. » Elle tente de faire table rase du passé, de se comporter comme si tout allait bien. D'ignorer cette voix suave qui lui écorche les oreilles et le cœur. La normalité apaise les âmes endormies, mais Gisèle est insomniaque depuis trop longtemps. Lorsque le couperet tombe, en son for intérieur, elle sent le soulagement s'emparer de ses membres. Un relâchement salutaire. À force de repousser l'inéluctable, celui-ci devient une croix trop lourde à porter.

« Bon, mamie, je ne te comprends pas. Tu évites maman, tu ne réponds à personne… Ça fait des jours qu'elle essaie de te joindre et tu fais la morte… C'est pas cool ! Putain, faut que ça cesse cette histoire… » Mila se racle la gorge et secoue la tête en guise de reproche. Gisèle sent son regard brûlant s'appesantir sur sa peau ridée et elle se frotte les paumes pour faire quelque chose. Le silence s'étire durant quelques secondes pendant lesquelles sa mémoire s'éparpille en une multitude d'images. Un étonnant kaléidoscope. Des figures inquiétantes y côtoient des paysages de toute beauté.

Que deviennent les secrets une fois déflorés ? De simples anecdotes. Des faits enrobés d'une sensibilité accrue. Des moments perdus entre les fièvres et les affres d'une existence, des instantanés issus d'un tiroir à souvenirs qui raniment des émotions enfouies, elles aussi longtemps assoupies. Et réveiller les morts peut être d'une sauvagerie dont Gisèle ne se sent pas capable. Pas encore.

« De quoi tu parles ?

— Mamie, c'est bon, tu sais très bien de quoi je parle… ça me gonfle ! Tu ne penses pas qu'il est temps de cracher le morceau ? »

Mila ôte ses sandalettes et dépose ses pieds nus sur la table basse en verre du salon. Elle s'étire sans grâce et regarde sa grand-mère avec ironie, loin de vouloir capituler. Gisèle réfléchit quelques instants, sent l'irritation de sa petite-fille grandir. Celle-ci a hérité de sa ténacité et ne quittera cette demeure que lorsqu'elle aura obtenu les explications qu'elle estime légitime de recevoir. L'agacement est un mal contagieux et l'étrangeté de la situation bouscule Gisèle. Le vacarme en elle la contraint à sortir de sa réserve. Où est-il inscrit que les liens du sang impliquent des séances familiales de confessionnal obligatoire ? Pourquoi le droit au silence ne serait-il réservé qu'aux médecins et à certaines personnes triées sur le volet ? Pensive, elle essuie la fine pellicule de sueur perlant sur son front. Gagner du temps ne signifie pas remporter la bataille, mais elle ne peut se résoudre à libérer les non-dits de leur antre. Ce matin, pourtant, elle s'y sentait prête. Le rhum se dissipe dans ses veines et avec lui tout courage. La déflagration est certaine, et elle n'est pas sûre d'y résister.

« Pas de souci, j'ai plein de choses à te raconter. »

Déjà, les prunelles de Mila s'agrandissent de curiosité et elle se redresse sur le fauteuil comme il y a quinze ans quand sa mamie lui proposait de lui confectionner une robe de princesse. Ce demi-mensonge apaise Gisèle. Elle aurait tant d'anecdotes à partager avec elle. Des lieux, des visages, des odeurs. Des femmes, des hommes et des émotions laissées dans leur sillage. La vie n'est-elle pas qu'une succession de faits divers classés par importance sur une ligne du temps ? « Une cachotterie en vaut bien une autre », se rassure-t-elle. Un silence pour une confidence. Une broutille pour quelques instants d'apaisement. Le troc lui semble immoral mais si tentant. Lorsqu'elle prend enfin la parole, toute fierté l'a désertée. Elle avance son pion, consciente de son erreur, mais le visage déterminé de Mila l'empêche de faire marche arrière.

« Que te dire… Je ne pense pas t'en avoir déjà parlé. Sais-tu que j'ai eu un petit frère ?

— Non, c'est dingue, ça ! Pourquoi t'en as jamais parlé ?

— Parce que tu ne m'as jamais posé la question ! »

Mila lève les yeux au ciel, énervée par la mauvaise foi patente de sa grand-mère, mais elle préfère éviter l'incident, impatiente de ne pas perdre le fil de cette histoire sur laquelle un voile se lève enfin. Un brin de son propre récit lui est offert. Un oncle ! Une branche de plus à ajouter à son frêle arbre généalogique, elle aurait presque envie de fêter cela !

Contre toute attente, cette nouvelle inattendue la réjouit. Pas de nom, pas de date, pas de signe distinctif. Un illustre inconnu aux multiples possibles qui, par sa bravoure, sa gouaille ou son absence, a pu changer la destinée de ses proches. Dans cette famille désertée par les hommes où son père était admis, et encore, à certaines occasions seulement, la nouvelle lui fait l'effet d'une bombe. Sa lèvre inférieure frémit d'émotion. Suspendue aux paroles de sa grand-mère, Mila n'a pas le temps d'imaginer ou de donner vie à cet ancêtre inattendu. Déjà il est mort. Elle enroule une mèche de cheveux autour d'un doigt et elle écoute, la gorge serrée, ce récit qu'elle n'espérait plus.

Les mots fusent. Dévastateurs, ils charrient plus de questions que de réponses. Gisèle parle, parle et parle encore. Peu de faits, mais des ressentis et des regrets amers. Grandir dans l'ombre d'une ombre n'est pas chose aisée. Des mots pour raconter cette vie par procuration, ce frère qu'elle a si peu connu, les souvenirs et les attentes qu'il a pourtant déposés autour d'elle, telles de petites pierres blanches parsemant une route caillouteuse. Sa tombe, la plus jolie du cimetière où elle aimerait retourner un jour. Un héritage écrasant pour une petite fille de huit ans aux parents dévastés par un décès cruel et privés de leurs certitudes. De la présence ou de l'absence, Gisèle ne sait laquelle pèse le plus lourd.

Les mains de la septuagénaire s'agitent lorsqu'elle décrit cette tombe minuscule devant laquelle elle était contrainte de s'agenouiller, la mine défaite, dans le seul but de ne pas se faire houspiller par sa mère. Elle se surprend à restituer avec netteté la couleur du ciel de février, les lapins gambadant sur les pelouses rases, les mines fermées de ses parents et la tristesse qui collait à leurs habits du dimanche. Elle ressent, comme si c'était hier, le feu des collants gris en laine sur ses mollets et le regard jaune posé sur elle par le chien de la gardienne des lieux. Ce frère, elle ne peut l'aimer. Dans une histoire familiale, les meilleures places sont chères, et elle avait eu la naïveté de croire aux vertus du partage. Mais lui seul en était dépositaire. Gisèle a les pupilles brillantes. Tant d'années ont passé sans qu'elle évoque ce sujet ou qu'il s'invite dans sa mémoire. Ce frère, il n'avait pas vécu trois ans, condamné à mort alors même que son cordon ombilical le reliait encore à sa mère. Elle avait oublié cette colère sourde en elle, ce sentiment absurde de n'être rien ou si peu. Être la vivante. Celle d'avant. Celle de trop. Elle décrit pour la première fois à Mila cette petite fille au caractère fort, contrainte de grandir dans une maison devenue mémorial, entre des vivants dépossédés de leur essence vitale, domptés par la fatalité et ses absurdités. Une éternelle seconde de cordée.

Il s'appelait François. Un joli bébé fin et blond chez qui une malformation cardiaque engendrait un taux d'oxygène insuffisant dans le sang. Ni rose ni noir. Bleu. « Un bébé Schtroumpf ? », avait demandé Gisèle à sa mère, à la veille de ses dix ans, alors que celle-ci lui parlait de l'ange dans le ciel qui veillerait toujours sur elle. Une gifle pour toute réponse. Des mots encore pour évoquer la douleur latente de ses parents, cicatrice invisible dont ils ne s'étaient jamais défaits et, pour elle, le sentiment d'être indigne de ce frère parti trop tôt. Avec lui, l'affection, les rires et la légèreté avaient déserté la maison familiale à jamais. Il était mort et elle n'avait pas eu le don de ramener ses parents à la vie.

Elle n'imaginait pas ce retour en arrière si pénible. Gisèle se lève et fait quelques pas dans le salon, sans vraiment savoir où aller. Il faut qu'elle bouge, qu'elle mette ses membres en mouvement et qu'elle sente le sang couler en elle. On ne vit pas en toute impunité dans les traces d'un mort. On endosse les espoirs et les peines qu'il a générés, et on accepte d'être un fifrelin sans audace, une quantité négligeable qui ne peut prétendre respirer, aspirer à de la joie et à des bonheurs tranquilles. Sous terre, la lumière s'était éteinte. Sur terre, la pénombre avait pris possession de sa famille.

Épuisée comme après une longue promenade en forêt de Soigne, Gisèle s'appuie contre le buffet en bois clair et sent quelque chose fondre dans sa poitrine. Il y a bien longtemps qu'elle ne s'était pas donné le droit d'exprimer sa rancœur. Une petite voix en elle se fait entendre. Elle lui susurre depuis des années les mêmes phrases, mais aujourd'hui, elle a l'impression de les entendre pour la première fois. « Les récits familiaux ont besoin de leur héros… Aimer mal est toujours aimer… Tes parents ont fait comme ils pouvaient avec qui ils étaient… François ne souhaitait sans doute pas endosser ce rôle trop pesant pour lui… »

Une idée saugrenue la traverse. Ce frère, elle aurait aimé le câliner, sauter sur ses genoux cagneux d'adolescent, partager des jouets abîmés avec lui, s'évader dans leur monde d'enfants. Cette pensée la fait sourire et son visage devient plus doux, ses traits se lissent. Elle se dirige vers la porte de la cuisine pour masquer sa gêne et préparer un jus de fruit mais son mouvement est interrompu par la voix de Mila lui intimant l'ordre de revenir.

« La mort a bon dos. C'est dégueulasse, mamie ! T'aurais pas pu trouver autre chose ?

— Pardon ? »

Encore sous le coup de sa confession, Gisèle regarde avec étonnement sa petite-fille. Aucune compassion dans son regard vif et ses yeux d'une dureté qu'elle ne lui connaît pas. Les jambes repliées contre la poitrine, son visage est grave et sévère.

« Tu me balades, là, un joli tour du bloc en bateau. Il peut bien s'appeler François, Pierre ou Paul, ton frère, je m'en fous… ce n'est pas lui le problème. Ils sortent d'où, mes résultats ADN ?

— Mais…

— Mamie, ça suffit, fais-moi signe quand tu auras quelque chose de vraiment intéressant à me raconter… »

Déjà, Mila a enfilé ses sandales et s'est ruée vers le hall d'entrée. Elle frôle sa grand-mère et ouvre la porte d'un geste maladroit. Elle la claque avec force derrière elle, et le bruit métallique secoue Gisèle et la laisse pantoise.

« Je suis désolée. »

Un filet de voix trop léger pour être entendu.

Le silence reprend possession des lieux. Hébétée, Gisèle reste là, debout, et la voix de sa mère résonne dans la pièce. Un grondement, une mise à mort. Du plus lointain de son histoire, cette phrase oubliée aux accents de guillotine lui revient en mémoire et lui écorche les tympans. Elle l'avait enfouie en elle, comme une dangereuse relique, et elle l'expulse en un flash, avec hargne. Sa mère avait peut-être vu juste, elle n'est qu'une menteuse, qu'une putain. Elle salit tout ce qu'elle touche.

Lorsqu'elle avait quitté le domicile familial, les derniers mots maternels avaient été prononcés sans ambiguïté. Pas de double sens, pas de rédemption possible. Elle avait été bannie. Comment pourrait-elle expliquer cela à Mila sans réveiller ses douleurs si longtemps anesthésiées ?

Elle revoit, avec une effrayante précision, la silhouette tendue de rage de sa mère, les cheveux retenus par un foulard violet, son visage vociférant des horreurs en la pointant du doigt. Quelques pas derrière elle, l'ombre courbée de son père, homme faible muré dans un silence collaborateur.

« Pars de cette maison et n'y reviens jamais. Pour moi, tu es comme ton frère, morte à jamais. Une femme vertueuse est la couronne de son mari, mais celle qui fait honte est comme de la pourriture dans ses os. »

20

De la tristesse dans les gènes

Quelques heures plus tard, Mila pénètre chez elle en nage. Elle a bien essayé de se raisonner et d'appliquer les conseils d'Eckhart Tolle glanés sur la Toile, sa colère n'est toujours pas retombée. Son pantalon en faux cuir lui colle aux cuisses et elle arrache cette seconde peau inconfortable dans un mouvement de rage. Le vêtement tombe sur le parquet griffé du hall d'entrée et d'un coup de pied elle le balance contre le mur. Se retrouver dans son havre de paix, un sous-sol aux murs clairs aménagé en un charmant appartement trois pièces de l'avenue Albert, tempère un peu sa respiration agitée. Le tram de la ligne 4 passe et les vibrations des rails lui donnent envie de chavirer. Une normalité rassurante alors que tout son univers tangue. Il est vingt heures passées et son homme l'attend, un livre à la main, la liseuse allumée, confortablement assis dans le canapé orangé du salon. À cet instant, elle regrette de lui avoir confié un double des clés. Il y vient à l'improviste, pour une heure ou pour une nuit et si, d'ordinaire, elle savoure avec une joie enfantine ces intrusions impromptues dans son intimité, elle s'agace en silence de sa présence aujourd'hui. Certains secrets ne sont pas faits pour être partagés, ou seulement avec certaines personnes, ou seulement à des moments adéquats. Cette réflexion lui arrache un sourire triste et le visage défait de sa grand-mère lui revient.

D'une voix grave et veloutée, Marc lui parle, l'interroge. La porte ouverte entre eux laisse passer les mots et leur mélodie, mais leur signification ne l'atteint pas. Certaines pointes d'accent belge attendrissantes enrobent les fins de syllabes. Ce même timbre, soutenant et inquisiteur à la fois, l'avait fait chavirer dans un amphithéâtre quelques mois plus tôt, et opérait d'ordinaire sur elle comme une potion magique apaisante. Elle hésite à le rejoindre dans le salon, un intérieur vintage à faire pâlir un collectionneur, garni d'anciens meubles hérités de Sybille et Édouard.

Il lui parle encore. De sa journée, de sa partie de tennis perdue, du gâteau raté qu'il a essayé de lui préparer, une tarte aux pommes caramélisées, plus noires que caramélisées. Du bébé du voisin, conçu par une louve tant ses pleurs sont homériques. Il ne lui reproche rien, elle qui n'a pas répondu à ses nombreux appels, elle qui a refusé de le rejoindre pour une balade dominicale autour du lac du bois de la Cambre. Fidèle à sa lignée, Mila garde le silence, les traits brouillés et le regard éteint. Étrangère dans ses propres murs, la jeune femme n'a toujours pas esquissé un mouvement, confuse quant à ses propres désirs. Que partager avec cet homme pour qui son cœur bat si fort depuis quelques mois qu'elle en oublie parfois de manger ?

Après avoir quitté sa grand-mère, Mila a préféré marcher seule, attentive aux pavés bruxellois sous la plante de ses pieds, mue par l'intention de mieux se relier à cette terre qu'elle a longtemps foulée sans se poser de question. Sa curiosité a plongé sa famille dans un marécage boueux mais elle n'arrive pas à s'en sentir responsable. Ses pas rapides l'ont guidée vers la place du Jeu de Balle. Son marché aux puces l'a toujours fascinée et, petite déjà, elle suppliait sa mère de l'emmener s'y promener. Elle y a déambulé, survolant du regard sans s'y attarder les échoppes des brocanteurs et des ferrailleurs. Des vêtements, de la vaisselle, des bibelots en étain. De vieilles photographies et des poufs élimés. Des robes aux aisselles jaunies et des étoles en fourrure au parfum suranné. Un passé revisité, achetable à bas prix alors qu'elle donnerait cher pour connaître le sien.

« Laisse-moi dix minutes. Je prends une douche et j'arrive. » Besoin de sentir l'eau fraîche couler sur sa nuque raide, sur son dos tendu, sur les innombrables questions qu'elle espère noyer dans le tourbillon d'un siphon. Sa naïveté l'insupporte. Elle se lave les dents dans l'obscurité jusqu'à ce que ses gencives saignent. Le sentiment de s'être fait berner comme une débutante l'envahit. Elle aurait dû savoir. Sentir quelque chose, au moins. Glaner les informations, d'une façon ou d'une autre. Percevoir la profondeur des silences, forcer ces zones de non-droit où sa grand-mère les a empêchées de pénétrer, elle et sa mère.

La légende familiale est désormais obsolète. Oublié le grand-père breton, de passage par miracle au bal de

Senlis. Cela faisait une décennie que l'événement était organisé le premier week-end de mai et que la jeunesse locale s'y pressait, les cheveux gominés et la jupe bien repassée, avec l'espoir secret ou avoué d'y harponner un cœur à prendre. Cette soirée de 1968, Gisèle l'évoquait en de rares occasions. Elle y avait rencontré un grand blond aux cheveux clairs et au verbe facile. Elle avait cédé à ses avances et était tombée enceinte sans connaître ni son nom de famille ni son adresse. Le bel inconnu était reparti quelques jours après leur rencontre et elle n'avait plus jamais croisé sa route. Une grossesse intolérable aux yeux de ses parents qui l'avaient chassée du domicile familial, lui interdisant d'y remettre les pieds, elle et son mouflet, suppôt de Satan. La honte et le qu'en-dira-t-on étaient un fardeau qu'ils n'étaient pas prêts à endosser.

Mila recrache l'eau dans le lavabo et s'asperge le visage d'eau froide. Depuis belle lurette, Gisèle les enfumait. Trois phrases laconiques, dénuées de corps et d'âme, prononcées sur un ton coupant. Et Mila s'était soumise, docile, à cette omerta imposée par son aînée. Par facilité, par pudeur. Par lâcheté.

Comment avait-elle pu gober une telle fable à l'eau de rose ? Quels parents pouvaient se montrer aussi abjects ? Pourquoi n'avoir jamais cherché à retrouver leur trace ? Mila s'en veut. Elle a accordé un blanc-seing à sa grand-mère sans jamais creuser au-delà des apparences. Elle aurait dû questionner, ne pas lâcher, enfoncer les portes verrouillées. Elle s'était satisfaite de faux-semblants, avait esquivé les écueils pressentis, gardienne d'une sérénité artificielle dans laquelle chacune se reposait. Jusqu'à ce test ADN, véritable électrochoc. Bien plus qu'une blague entre copines, il avait viré à la bombe à retardement. Impact assuré, aucun abri en vue. Il avait ébranlé ses certitudes, et ce sentiment d'insécurité se mêlait à une indicible tristesse. « Il y a des cadavres dans toutes les histoires, c'est ce qui les rend passionnantes », lui avait un soir expliqué Marc, alors qu'elle l'interrogeait sur sa passion dévorante pour les polars noirs suédois.

Tout l'après-midi, elle a tenté d'aérer ses pensées, de leur donner un ordre logique, une chronologie, un sens. Elle en est convaincue, il y en a un, même si certaines pièces du puzzle familial lui font encore défaut. Sa rationalité et son intuition tombent au moins d'accord sur une chose : elle ne se sentira en paix qu'après avoir découvert ce que sa grand-mère cache.

La voix mâle de Marc murmure son prénom avec une désarmante douceur. Elle sied à merveille à cet homme mûr au corps élancé et aux tempes grisonnantes. À pas feutrés, Mila pénètre dans la chambre, une large serviette de bain enroulée autour de son corps, et vient s'allonger à ses côtés sur le lit défait de la veille. Marc dépose la liseuse et l'observe en douce. « Désolée, j'ai fait la morte aujourd'hui. J'ai vu mamie, mais je n'ai pas trop envie d'en parler. » Elle martèle chaque mot avec insistance et lui acquiesce en opinant de la tête. Il aimerait l'embrasser sur le front, provoquer la discussion et la serrer fort contre lui. Patient, il reprend son roman et s'y plonge, convaincu qu'elle ne résistera pas bien longtemps à l'envie de lui partager ses tracas. Pour l'instant, ses lèvres scellées et sa mine soucieuse lui indiquent que toute tentative de la faire parler sera vaine. Il fixe la page sans y lire une seule ligne.

La pénombre est rassurante et la respiration de la jeune femme se fait plus fluide, sa mâchoire se décrispe. Mila a mal, petit animal éploré, sans pouvoir définir avec précision l'endroit où la douleur pulse en elle. Dans son âme, dans sa mémoire, dans sa confiance. Dans ses certitudes qui s'effritent comme un château de sable face au vent implacable de la mer du Nord.

Un léger espace entre eux, une frontière invisible qu'elle ne veut pas franchir. Ses doigts caressent le drap bleu avec lenteur et ses yeux fixent un point imaginaire sur le plafond. S'abandonner au sommeil est une illusion et Mila est trop lucide pour espérer quitter le clair-obscur de ses pensées. Elle évite la peau douce et le regard intrigué de son amoureux. D'ordinaire, elle se blottit contre son torse musclé, glisse sa main dans l'échancrure de son tee-shirt et reste là, immobile, plaquée contre sa poitrine, priant pour l'empêcher de partir. Elle respire au même rythme que lui, encore dans l'émoi du miracle de leur rencontre. Six mois déjà que leurs cœurs battent à l'unisson, mais l'impression de le connaître depuis bien longtemps l'envahit souvent… ce qui n'est pas totalement faux puisque Marc était son professeur d'anatomie, rencontré lors de ses études d'infirmière. Fidèle à son caractère de paisible introverti, le bientôt quadragénaire a la finesse d'attendre, impassible, les confidences de son amante.

Dans cette chambre d'ordinaire meublée par les éclats de rire et les bavardages incessants de la jeune femme, le silence ressemble à un fardeau. Mila a beau creuser sa mémoire, celle-ci reste désespérément muette, et ne lui offre aucun détail susceptible d'expliquer ses origines juives. Tout comme son histoire familiale, territoire sur lequel sa grand-mère ne semble pas vouloir céder un seul pouce. Il y a quelques heures, lorsque Mila a tenté d'évoquer avec Gisèle les résultats surprenants du test ADN, elle a compris l'essentiel. Son aïeule portait une vérité et en avait nié l'existence avec un détachement hallucinant. Mila sent la colère croître en elle. L'égoïsme de sa grand-mère la sidère. Elle devrait comprendre, intégrer, accepter. Peu importe ce qu'elle a vécu, elle n'est pas l'unique détentrice de ses souvenirs.

Un second tram passe et les châssis de la pièce vibrent en cadence. L'espoir de trouver le repos s'amenuise plus encore. Aucun élément qui aurait pu la mettre sur la voie, aucun événement qui aurait pu éveiller ses doutes. Bien sûr, sa mère avait les cheveux foncés, un goût de peine dans les gènes et une tendance au psychodrame… mais cela ne suffisait pas pour faire d'elle une Bretonne ou une personne d'origine juive.

Mila a replié les jambes sous elle, renonçant à l'idée de s'apaiser. Besoin impérieux de comprendre. Cet homme devait bien avoir un nom, une histoire, une famille. Une idée lui traverse l'esprit. Son père pourrait peut-être l'aider. Cette idée la fait grimacer. Elle a une grande tendresse pour cet homme marié qui a été un temps l'amant de sa mère. Il n'a jamais quitté les siens mais a néanmoins assumé sa paternité avec une élégance discrète pour laquelle Mila lui est reconnaissante.

Des visites impromptues à la sortie de l'école, quelques week-ends partagés chaque année au Touquet où il possède une résidence secondaire non loin du golf, des frais de scolarité assumés et une sincère affection. Malgré la frustration de ne pas vivre avec un père au quotidien, elle a gardé la certitude de pouvoir toujours compter sur lui.

« Et si je parlais à mon père ? Peut-être qu'il en sait plus que moi ou que maman. » Un sourire de connivence. Elle n'a pas tenu plus de trois minutes et les yeux marron de Marc pétillent. Il la regarde en coin et ses doigts dépassent la frontière tacite imposée par Mila pour se déposer dans ses cheveux. Doux et soyeux.

« À mon avis, il ne saura rien de plus. Je n'imagine pas ta grand-mère lui avoir fait un jour une confidence. Pourquoi tu ne demanderais pas à Sybille ?

— J'y ai pensé… mais elles sont copains comme cochons depuis cinquante ans. Jamais elle ne trahira un secret si mamie lui a demandé de se taire.

— Et ta mère ?

— Maman ? »

Mila ne peut s'empêcher de hausser les épaules. Un rictus résigné, une émotion tendre à l'évocation de cette femme tant aimée, accablée par un poids invisible. Derrière sa simplicité ostentatoire se cache un être pudique et attachant dont la tristesse voile les yeux. Depuis son plus jeune âge, Mila ressent pour elle une adoration teintée d'inquiétude. Elle ne sait pas qui protège l'autre, qui en est l'enseignante. Elle devine en Barbara, bon petit soldat assumant ses tâches avec abnégation et courage, une partie figée qui ne s'autorise ni fantaisie ni légèreté. Sa vie lui fait penser à un cadre verrouillé dans lequel il est pénible de se mouvoir. Elle a grandi à l'ombre d'une personne pour qui la paperasse et la routine d'une existence bien huilée avaient des vertus apaisantes. Avec la certitude chevillée au corps que sa propre vie serait lumineuse, que sa propre histoire aurait une autre fin et qu'elle seule l'inventerait. Longtemps, elle lui en a voulu et, dans le silence de ses nuits, elle s'imaginait fille choyée d'une mère divine à l'allure princière et à la désinvolture confiante. Une femme droite et fière dont le plaisir serait de boire des bulles par des après-midi ensoleillées et pluvieuses. Elle rirait tant, cette déesse, qu'elle en serait défigurée au point qu'on serait tenté d'y voir l'origine de sa fossette sur le menton.

« Ma mère ? Non, ce n'est pas une bonne idée. Je vais devoir la ramasser à la petite cuillère et rien que d'imaginer sa petite tête fanée, ça me flanque le bourdon. »

Mila se blottit contre le corps tiède de Marc pour l'empêcher de lire en elle. Le désarroi, l'impuissance et la colère l'étreignent. Un sentiment de solitude qu'elle aurait du mal à expliquer à son compagnon, lui qui, un bon bouquin à la main, ne se sent jamais seul et semble capable de vivre un panel d'émotions par procuration à travers ses héros préférés. Elle ferme les yeux et inspire l'odeur fruitée de sa lotion après-rasage. La serviette de bain glisse sur le sol. Ses besoins sont autres. Des rires, des projets, des partages. Sentir le flot de ses émotions la traverser et se laisser porter par elles. Elle aurait adoré grandir dans une famille explosive, un microcosme où les cris et les claquements de portes auraient ponctué les repas. Une cellule mouvante où la tendresse et l'affection se seraient exprimées par des manifestations bruyantes et enflammées. Où l'amour aurait sous-tendu chacune de leurs détonations et produit des grenades dégoupillées, un feu d'artifice.

« Ne sois pas injuste. Elles sont toutes formidables, chacune dans leur rôle… et toi dans le tien… »

Étonnée, et secrètement vexée d'être si facilement déchiffrable, Mila se redresse et dévisage Marc avec curiosité, savourant le contact de sa main sur sa hanche nue. Sybille et Gisèle avaient eu tort. Lorsqu'elle leur avait annoncé avoir un nouvel amoureux, leur enthousiasme s'était fracassé contre les années supplémentaires qu'il portait pourtant avec tant d'élégance. Elles n'avaient même pas cherché à travestir leurs réticences sous un masque d'hypocrisie. « Si vieux ? Mais pourquoi… Tu es tellement jolie… Tu es sûre de ton choix ? » Mila n'avait pas eu besoin de sous-titres et leur avait répondu par les mots que ses aînées n'avaient osé prononcer. « Vous pensez que la petite a toujours manqué d'une figure masculine de référence… qu'elle cherche ailleurs ce que son héritage lui a refusé… que son père est bien gentil, mais que ça ne lui suffit pas… que si ce Marc est célibataire à cet âge avancé, c'est qu'il y a un vice caché quelque part… et que dans vingt ans, il ressemblera à un vieillard, alors que votre Mila sera encore fraîche et magnifique … » Les deux aînées avaient éclaté d'un rire surpris, fières de s'être fait piéger par leur protégée. Depuis, le sujet a été classé sans suite et n'a plus jamais été abordé.

Bien sûr, la stature de professeur du quasi-quadragénaire a caressé un temps son ego de jeune femme peu sûre d'elle. Qu'il était doux de sentir son regard s'appesantir sur elle alors qu'elles étaient tant d'étudiantes à l'écouter ! Elle avait attendu de réussir l'examen d'anatomie de fin d'année pour oser plonger à son tour dans ses prunelles et lui offrir un sourire timide. Avec une fluidité qu'elle n'aurait pu soupçonner, les cafés, les échanges de livres, les restaurants et les sorties au théâtre s'étaient enchaînés. Elle avait hésité un temps quant à la juste dénomination à lui attribuer, ami, amant, professeur particulier, avant qu'il balaye ses interrogations en la présentant à tous comme sa compagne et qu'il ne parle d'eux qu'au futur simple. Vieillir à ses côtés lui apparaît désormais comme une chance dont elle ne voudrait se passer pour rien au monde, même si elle n'ose pas encore le clamer. Déjà, elle s'imagine finir ses études, travailler à domicile comme infirmière de campagne, dans une grande maison avec jardin non loin de Bruxelles, une terrasse en pavés disjoints, une longue table en bois dans la cuisine, des maxicosys, des mangeoires en bois aux arbres pour les oiseaux. Elle en rêve souvent, sur la pointe des songes, par crainte qu'ils ne s'envolent et qu'elle ne puisse les rattraper.

« Tu penses vraiment ce que tu dis ? Formidables ? Elles sont capables de mentir comme des arracheuses de dents…

— Oui, vraiment. Elles sont fortes, drôles, aimantes, autonomes, pleines de fêlures… normales, quoi… Et elles ont fait ce qu'elles ont pu avec leur histoire. Elles t'ont aimée… le reste, est-ce si important ? Je ne sais pas… »

Une question qui n'en est pas une et, pour toute réponse, un sourire arraché à Mila. Pensive, elle laisse la main de Marc vagabonder sur ses jambes musclées et ne peut retenir un frisson de plaisir. Elle se concentre sur ses propos pour ignorer le désir naissant en elle alors qu'il écrit un mot sur sa peau. Un second, plus long. Un tracé sinueux, des courbes, des points, des accents. Des ongles joliment dessinés. Feindre la désinvolture est difficile, Gisèle et ses secrets s'éloignent. Ils disparaissent bientôt sous des soupirs partagés et le poids de son corps sur elle. Sa respiration se fait plus rauque et une fine pellicule de sueur recouvre bientôt le dos de son compagnon. Mila agrippe ses jambes autour de sa taille et se laisse dériver vers un espace où elle oublie tout. Ses sens en éveil l'enveloppent d'une bulle de protection où elle se love, loin des siens et de leurs mystères. Un dernier soubresaut de son corps alors que son portable sonne. La tête de Marc retombe sur elle dans un dernier soupir impudique, et il ferme les yeux pour savourer quelques instants encore ce plaisir qui s'enfuit déjà. Il doit être plus de vingt-deux heures, les châssis ont tremblé il y a peu. Toujours le tram 4, ou peut-être le 26, elle ne sait plus. Elle regarde l'objet vibrer sur la table de chevet, et quelques mesures d'une musique indienne téléchargée après un cours de yoga fendent le silence. Dans cette chambre au goût des années 1970, la mélodie semble dissonante, chargée de sonorités fausses. Son esprit s'emballe. Et s'il était arrivé quelque chose d'horrible à Gisèle ? La vieille femme n'avait pas vraiment fière allure lorsqu'elle l'a quittée. D'un geste vif, Marc saisit le téléphone et le lui tend avec autorité.

« Vas-y, décroche.

— Trop tard… C'est curieux, c'était ma mère. À cette heure-ci, c'est bizarre… je la rappelle… »

Pas le temps de composer le numéro que déjà le voyant lumineux vert clignote. Un nouveau message. Son cœur bat vite et, inquiète, elle s'empresse de l'écouter.

« Bonjour ma chérie, désolée, je sais qu'il est tard mais je voulais absolument te parler. J'ai un ami, enfin, ce n'est pas un ami mais un patient, mais un peu tout comme quand même… enfin… ce type, Paul, m'a donné une idée pour percer le mystère de ton fameux test ADN. Si tu as un soir cette semaine, passe à la maison pour qu'on en parle. Viens quand tu veux, on mangera ensemble. Bisous, ma chérie. Je t'aime. »

Sidérée, Mila regarde son amoureux, qui ne peut s'empêcher de la trouver belle dans l'abandon.

« Je rêve, elle cumule, là ! Me téléphoner un dimanche soir pour me dire qu'elle a une idée et qu'elle m'aime, ça fait beaucoup… »

Malgré tout, elle pianote sur-le-champ : « D'accord, je passerai cette semaine », avant de reprendre le portable quelques minutes plus tard pour rajouter un inhabituel : « Je t'aime aussi. »

21

Mal de mère

Le jour est déjà haut sur les Ardennes et pourtant Sybille paresse encore. La marque de l'oreiller lui barre la joue gauche. Un pli disgracieux, stigmate de la mauvaise nuit écoulée. Édouard à ses côtés, Sybille a tenté de repousser ses songes éveillés et de traverser l'obscurité jusqu'au petit matin, mais elle a eu beau calquer sa respiration sur celle de son époux, compter les secondes et avaler un anxiolytique capable d'apaiser un taureau, les ombres s'épaississaient autour d'elle et le sommeil l'a désertée durant de longues heures. Elle quitte sa position fœtale pour s'étendre avec lenteur dans le lit vide. Elle ne se rappelle plus la dernière fois que l'insomnie a remporté une telle bataille contre elle, et son cerveau embrumé peine à démarrer la journée. Sur son pyjama en coton, des éléphants s'abreuvent à une rivière sous le regard moqueur de buffles paresseux et l'envie de partir loin la saisit. Les reflets du soleil à travers les tentures et le silence dans la maison lui servent d'horloge. Dix heures passées depuis longtemps. Édouard doit être parti rejoindre ses amis pour son habituelle partie de cartes du jeudi matin et, d'ordinaire, elle aime ces moments paisibles où la maison lui appartient.

Dans la cuisine, Émile l'accueille avec une joie démonstrative et tourne autour d'elle, réclamant sa part d'attention et de croquettes au poulet. Il a beau être presque aussi âgé qu'elle, son enthousiasme est toujours juvénile. Emmitouflée dans un peignoir en éponge trop grand pour elle, Sybille lui ouvre la porte du jardin et le regarde s'ébrouer après s'être roulé dans la rosée du matin. Les gouttes d'eau l'effleurent, les rires de la voisine par-dessus la haie la cognent, l'air vif la revigore. Ses muscles et ses sens s'éveillent à sa routine matinale. Des rituels apaisants. Un double café fort sans sucre, deux tartines épaisses de pain au levain à la confiture de rose, des nouvelles du monde survolées d'un œil distrait sur son iPad, une douche brûlante. Une crème de jour étalée au pinceau et quelques étirements enseignés par un maître yogi en Inde. Un matin ordinaire. S'ensuivront la balade quotidienne du chien autour du château, les salutations au boucher de la place du Bronze, les négociations avec Édouard pour déterminer le menu du déjeuner, un épisode de sa série préférée qu'elle devra revoir demain car elle s'endormira avant le générique de fin. Un appel à Gisèle. Un autre, peut-être, à Mila.

Penser à son amie lui donne l'impression d'étouffer et, mue par une pulsion subite, Sybille monte au grenier, à petits pas pour ne pas tomber dans l'escalier en colimaçon, agrippée à la rampe en bois chevillée au mur. Des mois qu'elle n'a pas pénétré dans cette pièce qui ne semble pas faire corps avec le reste du bâtiment.

Une odeur de meubles anciens, des effluves d'humidité dans les murs. L'air y est confiné et d'un geste brusque elle ouvre le Velux de la petite fenêtre. Elle respire à pleins poumons et pourrait presque sentir chacune de ses alvéoles s'ouvrir comme un bourgeon au printemps. Le ciel en toile de fond, bleu avec des traînées grises et blanches, annonciateur de pluies légères. La lumière se faufile dans la pièce encombrée et fait scintiller de mille couleurs les particules de poussière tapissant le parquet. Ce spectacle pourrait être féerique, mais Sybille le trouve lugubre. Mort, éteint. Rien n'a bougé dans ces trente mètres carrés. Les années et le silence semblent y avoir englouti un passé confiné dans des caisses de déménagement. Sybille regarde autour d'elle et sourit en pensant à Mila, à ses menottes crispées sur ses jupes les rares fois où la petite l'a accompagnée dans l'antre de la Villa Aurora. Comme si elle avait pressenti que le malheur se nichait au troisième étage de la demeure, la fillette le défiait et avançait, craintive, sursautant à chaque grincement du sol sous ses souliers vernis. D'une démarche peu assurée, Sybille se déplace vers le centre de la pièce, les mains campées sur ses hanches.

Elle fredonne une chanson entendue la veille à la radio dont elle ne connaît ni le titre ni l'interprète. De ces refrains entêtants qui accompagnent les moments perdus et disparaissent ensuite, sans qu'on sache pourquoi. La peur s'éloigne lorsqu'on la regarde en face, paraît-il… Son regard s'arrête sur trois boîtes empilées recouvertes d'une toile verte plastifiée. Une étrange sculpture moderne. Sybille n'esquive pas la rencontre, même si elle a du mal à la contempler. À travers elle, ce sont ses propres errements qu'elle juge. La peur s'éloigne lorsque l'on en rit, paraît-il… Un grognement sourd émis du fond de sa gorge. Un cri étouffé, un dragon aphone. Une petite foulée vers hier, avant une autre.

Le passé se conjugue-t-il un jour au présent ? La vieille femme se demande ce qu'elle fait là, immobile, devant un cube de souvenirs, une peur diffuse collée aux semelles, la rage au ventre.

Jusqu'à la dernière réunion de famille organisée pour son anniversaire, elle y croyait encore. Être capable de traverser l'existence en esquivant ses mensonges et ses petites trahisons. Elle espérait pouvoir sauter à pieds joints dans la mort, avec dans son baluchon une flamme vive, quelques omissions et des déloyautés qui ne pèseraient pas bien lourd et dont personne ne saurait rien. Mêlées à l'amour prodigué à ses proches, à quelques dons aux indigents et aux heures de bénévolat offertes dans les maternités des pays visités, autant de gestes dont Sybille se disait qu'ils compenseraient sa culpabilité. Un marché acceptable pour sa conscience. Le silence pèse-t-il plus lourd qu'un acte charitable ? Si la vie est une addition, la somme de ses bonnes actions rachèterait bien quelques vérités non dévoilées. L'arithmétique n'est-elle pas une science exacte ?

Depuis les révélations du test ADN de Mila, les certitudes de Sybille s'effritent au point qu'elles l'empêchent de dormir. Le doute s'insinue en elle à chaque instant, suit un trajet sinueux entre les cellules de son corps éreinté et y prend de plus en plus de place, au point de faire trembler ses mains alors qu'elle soulève l'enveloppe protectrice. D'un geste rapide, elle chasse une toile d'araignée nichée sur le carton et affiche une mine de dégoût. La présence réconfortante d'Émile lui donne la force d'ouvrir la première caisse. Elle ne se rappelle pas la dernière fois qu'elle a traversé ce pèlerinage mémoriel. Peut-être pour ses soixante ans, ou à la naissance de Joachim… Des images et des émotions lui sautent au visage alors que ses doigts effleurent un sac fermé par un ruban en coton rouge. Pas besoin de l'ouvrir pour savoir ce qu'il contient : un amour blessé. Un tissu souillé, si vieux que les taches délavées semblent faire corps avec l'imprimé fleuri de la jupe à plis. Elle n'a jamais pu le laver ou le jeter. Mille fois, elle a pensé s'en débarrasser et, à chaque déménagement, elle se posait la question de l'opportunité de garder ce torchon immonde. Sa bouche se tord d'angoisse, ses yeux se ferment, les souvenirs émergent et elle leur trouve un pouvoir acidifiant. Si elle aussi faisait analyser ces traînées de sang, pourrait-on en déterminer l'ADN ? Le jus, la moelle, l'intime intrinsèque. Définir une couleur de cheveux, une taille, des malformations éventuelles de cet être qui n'a jamais vu la couleur du ciel… lui donner corps, le faire vivre, ne serait-ce que quelques secondes, ailleurs que dans ses rêves ou dans ses peines. Il serait alors bien plus qu'un avorton, qu'un bâtard, qu'une traînée de sang sale sur une jupe relevée. Plus que des regrets en désordre, qu'une dépouille extraite d'un utérus à coups de sonde et d'aiguille à tricoter dans une arrière-cuisine à l'hygiène douteuse. Plus que des lambeaux de placenta sur lesquels elle a psalmodié tant de prières et d'excuses. Plus qu'une béance vivace et muette à la fois. Plus qu'un mal de mère.

Des souvenirs comme des vagues trop hautes pour une digue fragile. Sybille avait alors d'abondantes boucles rousses qui lui descendaient en cascade dans le cou, un sourire éclatant, un corps ferme et un regard désarmant. Une jeunesse et une envie d'aimer au-delà des apparences, même si le bonheur n'était pas innocent. Une vie à tracer, des pages à écrire. Sybille respire avec difficulté, la bouche sèche. De cet épisode passé, il ne lui reste que des souvenirs gris. Une étoffe maculée du sang d'un fœtus mort et la certitude de ne plus jamais pouvoir porter d'autres enfants. « C'est affreux… Sans doute la punition divine à laquelle nous ne pouvions échapper… », avait suggéré le géniteur du bébé venu lui rendre visite alors qu'elle était en convalescence chez sa mère. « Nous ? », s'était-elle retenue de lui crier au visage. Elle seule était punie et le châtiment n'aurait pu être pire. D'une voix fatiguée, elle lui avait ordonné de quitter la pièce et de ne plus jamais y revenir. Elle aurait aimé pouvoir s'emparer d'un couteau et lui lacérer le ventre jusqu'à ce qu'il comprenne sa peine et sente sa douleur. Trifouiller dans ses tripes pour en extirper quelques caillots de sang d'un rouge bien vif. Il l'avait regardée avec lassitude, comme l'aurait fait un vieil habitué des histoires désastreuses, le col élimé de sa veste en tweed remonté sur son cou malgré la chaleur étouffante dans la pièce. Il avait esquissé un sourire douloureux, la mine pathétique de celui qui comprenait avoir fait une bêtise, une monstrueuse bêtise, mais qui n'avait pas le choix ou pensait ne pas l'avoir. La partie était finie et elle se devait de le comprendre. Sybille avait détourné la tête et fermé les yeux pour ne plus jamais le voir. Pour dormir, oublier, mourir. Il avait attrapé sa main inerte et l'avait tenue quelques instants contre son torse, avant de s'enfuir. Un drôle d'adieu.

À pas rapides, l'homme était sorti de son champ de vision. De sa vie aussi. Lorsqu'elle avait rouvert les yeux, de longues minutes plus tard, une douleur lancinante lui labourait les reins et des gouttes de sueur perlaient sur son front. Le sang continuait à maculer les épaisses couches de tissu en coton que sa mère lui changeait toutes les heures et, à sa façon, son corps pleurait. Dans son souvenir, elle se sentait entre la vie et la mort, si jeune et si vieille à la fois. Quelques heures plus tard, en se forçant à avaler des cuillères de bouillon clair, elle avait découvert sur la table de chevet une enveloppe contenant quelques billets de banque, un montant sans doute énorme. Remerciement posthume, cadeau de départ ou acte de contrition, elle ne l'a jamais su.

Sybille remue la tête avec force et respire le tissu pour s'imprégner de son odeur. Fade et aigre à la fois. Souvent, elle observe Mila et les jeunes filles de sa génération avec envie et jalouse leur impudence. Grâce à des milliers de femmes comme elle, les temps sont autres. Liberté d'être, d'aimer, de partir. De jouir de son corps, de donner vie dans une maternité décente ou d'interrompre une grossesse non désirée sans être marquée du sceau de la honte. D'assumer son choix dans des hôpitaux aseptisés où l'on n'est plus accueillie comme une criminelle à punir. Au fil des décennies, l'opprobre général s'est mué pour beaucoup en loi protectrice. Les faiseuses d'anges vénales sont devenues des infirmières en blouse stérile et aux regards bienveillants. Si elle n'était pas submergée par l'émotion et la pudeur, Sybille aurait envie d'applaudir cette époque formidable. Les mentalités ont changé, les femmes aussi et cela la réjouit. La maternité n'est plus une punition divine châtiant le plaisir sexuel ou une seule obligation maritale. Le plus souvent, c'est un choix, un partage. Sybille rougit légèrement et baisse les yeux. Elle se revoit, jeune sage-femme à la tignasse de lionne et aux courbes assumées, enceinte malgré elle, illustrant bien malgré elle le proverbe du cordonnier mal chaussé. Une oie blanche. Bien au fait des dangers d'un amour hors mariage et non protégé, mais si naïve qu'elle en avait oublié la théorie.

Au début des années 1960, le seul marchand de préservatifs à la ronde était un coiffeur de Chantilly dont la boutique se situait à quinze kilomètres de son domicile et elle n'avait pas osé se servir dans la réserve personnelle de sa mère. Elle avait confiance en son compagnon et lui avait demandé de se retirer d'elle à temps. Il l'avait rassurée, s'était dit habitué à cette pratique courante, avant que le couple se perde dans la douceur des draps. Elle s'était sentie si ridicule, d'une insondable bêtise. Jamais elle n'aurait pu en parler aux médecins avec qui elle travaillait, la disgrâce lui aurait collé au corps plus longtemps encore. Alors, elle avait fait au mieux, comme tant d'autres femmes de sa génération.

Dans le grenier de la Villa Aurora, Sybille ramasse des bouts d'histoires, s'étonnant encore d'avoir pu aimer et être aimée malgré ses ombres. Elle se revoit si jeune, protégeant son ventre arrondi d'un manteau noir en laine trop grand pour elle. Ses talons plats fracassant les pavés plus glissants que d'ordinaire, le visage fermé de la quinquagénaire dans l'embrasure de la porte, son intimité livrée en pâture aux jugements de l'époque. Elle était bien placée pour le savoir en s'étendant sur le lit recouvert d'une serviette éponge maintes fois ébouillantée, installé dans une cuisine aux plinthes graisseuses. La septicémie ou la stérilité étaient souvent au bout du chemin de l'avortement clandestin. Gâtée par les cieux peu cléments ce jour-là, elle avait hérité des deux.

Sybille repose le tissu dans la caisse et en ressort son premier uniforme de sage-femme, son diplôme roulé dans un linge propre, une photo de fin d'études. Deux foulards de soie ayant appartenu à sa mère, un petit chat en porcelaine, un ours en peluche rapporté d'Allemagne par son père. Des souvenirs incarnés en objets de taille diverse. Chacun ravive des jours lointains, des émotions enfouies, des sourires à travers les larmes. Des fulgurances nostalgiques d'un temps où elle ne doutait pas encore. Dans la deuxième caisse, Sybille caresse du bout des doigts un camée en onyx, une carafe en cristal dont elle préfère ne pas imaginer comment sa mère a pu se l'offrir, un service en porcelaine dont il manque la moitié des pièces, deux nappes brodées et auréolées de traînées vineuses. Elle se laisse distraire quelques instants par le cabot joueur qui a découvert dans un coin de la pièce une balle en mousse. Elle s'apprête à refermer la caisse quand son regard est attiré par un cahier à la couverture usée par les ans. Elle le feuillette et reconnaît son écriture fine, de minuscules caractères irréguliers, liés et inclinés vers la gauche. Ses propres mots, usés pour raconter l'innommable. Elle se rappelle les avoir écrits sous une tonnelle, sur une chaise longue en bois que sa mère avait installée rien que pour elle, dès son retour à la maison. Un accouchement sur papier à carreaux.

Des jours suivant son intervention, il ne lui restait rien, ou si peu. Le souvenir de la lingette humide posée en permanence sur son front, celui du regard faussement chaleureux de l'infirmière de jour, celui au contraire plein d'empathie de celle qui lui avait succédé la nuit. Les premières balades dans le parc de l'hôpital, la douleur de voir des enfants courir derrière les écureuils avant de se blottir dans les bras de leurs parents. Le soulagement de pouvoir à nouveau marcher, sautiller. Rire, malgré la cicatrice invisible et le mal incurable qu'elle portait désormais. Rire, malgré l'absence de cet homme qui pensait avoir payé sa dette par quelques billets oubliés sur une table basse. Une émotion intense l'avait submergée lorsqu'elle avait repris ses activités professionnelles et montré son nouveau-né rougeaud à une mère épuisée par une nuit de contractions. Si elle ne pouvait plus porter un être vivant, elle était encore capable de le faire éclore. Sa punition divine s'accompagnerait toujours du miracle de la vie.

Sybille referme le cahier dans un soupir et s'apprête à quitter la pièce pour reprendre le cours de cette journée peu banale. Les souvenirs ont fait place à une culpabilité mordante. Encombrante. Barbara et Mila fustigeaient les silences de Gisèle, mais au fond, Sybille elle-même avait tu cet épisode douloureux de sa jeunesse ou alors elle l'avait effleuré avec tant de pudeur et de retenue que son amie n'avait pas insisté pour en savoir plus. Lorsqu'elles s'étaient rencontrées, chacune avait son propre combat intérieur à mener et tentait de vivre au mieux avec son histoire. Même son doux Édouard ne connaissait pas les détails de cette épreuve. Sybille se mord la joue et descend l'escalier avec précaution, toujours précédée de son chien. La vie rejoue en boucle un même scénario dont seuls les époques et les rôles changent. Mila et Barbara reprochent à leur parente de se taire, de cacher, de camoufler. Mais Sybille ne vaut pas mieux que son amie. Complice d'un même délit, celui de draper le passé de silence et d'espérer qu'il disparaisse avec soi. Toutes deux avaient oublié un détail important : leurs souffrances murées en secret font désormais partie de leur héritage et celui-ci, après elles, ne leur appartiendra plus.

L'évidence la rattrape et Sybille sent la peur parcourir ses membres tendus. Un jour proche, elle quittera cette terre, la Villa Aurora, les arbres en fleur au bout de jardin, tout ce qui lui est cher. Elle pourrait feindre l'innocence jusqu'à son dernier soupir et se retrancher derrière de tendres au revoir. Après tout, personne ne pourrait jamais deviner la lutte livrée entre son cœur et sa raison. Personne ne pourrait la juger, et sa culpabilité serait réduite en cendres avant d'être disséminée dans son jardin, sous son arbre préféré comme elle en a exprimé le souhait. Mais elle sait aussi qu'une autre solution s'offre à elle : choisir de parler.

22

La force du lien

Dans l'Oise

Le mois de novembre a bien mal débuté pour Émile Dussolier. Tomber d'un trottoir la tête la première, renversé par une trottinette chevauchée par deux jeunes filles écervelées n'a rien de glorieux. Mais à bien y réfléchir, hormis ses ruches et la qualité de leur miel, l'homme usé ne peut s'enorgueillir d'aucun fait d'armes ou action charitable qui mériterait une fin douce.

Il suit des yeux le trajet du liquide transparent de la perfusion à son bras gauche, une goutte toutes les trois secondes, avec la précision d'un métronome, la musique en moins. Une joie enfantine l'envahit : compter jusqu'à trois avec lucidité et sentir les brumes vaporeuses enveloppant son esprit se dissiper l'émeuvent. Il est donc plus qu'une plante étendue dans un lit qui n'est pas le sien, plus qu'un vieillard sur le départ dont la vie ne tient qu'à quelques tubes transparents reliés à une drôle de radio. Son acuité soudaine lui fait mal. Elle lui rappelle que cette chambre trop blanche sera sa dernière demeure. Un tombeau collectif où les relents de produits désinfectants masquent les effluves des dépouilles et des vieux décrépits. Il aurait préféré rendre son dernier soupir debout, face aux grands chênes de la vallée de la Nonette, foudroyé par un arrêt cardiaque imprévisible. Ou dans son sommeil, comme Madeleine a eu la délicate attention de le faire. Plus noble que de se casser la figure dans une rue commerçante de Senlis à l'heure du déjeuner, devant une enseigne H&M… Même dans la mort, il ne se sent pas digne.

Émile grogne contre son corps en partie immobilisé, tant par les fractures que par les tuyaux l'unissant à une machinerie étrange. S'il lève la tête, son horizon s'arrête désormais à une reproduction bon marché apposée sur le mur de la chambre de l'unité des soins palliatifs de l'hôpital de la ville. Il y voit une femme de dos plongée jusqu'aux genoux dans une rizière d'Asie. Non loin d'elle, une autre s'éloigne avec sur la tête un panier plein d'herbes folles qu'il ne reconnaît pas. Ces images d'ailleurs ne le font pas rêver. Lui qui a rarement dépassé les frontières de l'Hexagone, il aurait préféré s'éteindre en terres connues. Des verts tirant vers le brun. Des soleils voilés de nuages épais. Des champs bien ordonnés. Des senteurs quotidiennes portées par un vent piquant. L'orangerie du château de Raray. Il aurait aimé mourir local. Cette pensée le fait sourire et lui arrache une grimace de douleur.

Émile ne sait pas avec exactitude depuis combien de jours il est là, dans cette antichambre du trépas où des anges en uniforme bleu pâle et sabots en plastique permutent toutes les huit heures pour lui rafraîchir les aisselles ou lui changer son lange. Abruti par les ans et les médicaments, il assiste, impuissant, à sa longue plongée dans l'abîme de la fin de vie. L'homme de la terre au teint buriné par les saisons est déjà mort depuis longtemps et a cédé la place à un être à la peau transparente et aux os saillants. Avant qu'il croise la route de ces deux insolentes, son corps et sa tête fonctionnaient au ralenti mais à quatre-vingt-dix ans passés, il s'en satisfaisait avec philosophie. La vieillesse l'a rattrapé d'un seul tour de roue, sans coup de semonce. La décrépitude s'est imposée à lui en quelques minutes : troubles cognitifs, grosse fatigue, confusion mentale, douleurs dans les membres. Le sentiment de ne plus exister, sans être tout à fait assassiné. La plupart du temps, son esprit sommeille, et voyage vers des espaces dont il garde peu de souvenirs. Des voix, des visages, des odeurs, des lieux qu'il peine à situer. Madeleine vient parfois lui rendre visite dans ses songes et sa vue l'agite au point que les capteurs collés à son thorax s'affolent et alertent le personnel hospitalier. Lorsqu'il émerge de cette zone de non-droit où il croupit en attendant la Grande Faucheuse, il met du temps à se réapproprier son propre corps et à comprendre où il est. Il rêvasse alors, éveillé, de longues secondes ou quelques minutes, dans l'attente d'une prochaine vague de sommeil qui l'emportera plus loin encore. Parfois, comme ce matin, son esprit est clair et serein, détaché de son organisme trop usé. Son discernement éphémère lui fait comprendre que les jours et les saisons sont des notions désormais abstraites et inutiles. Des mots, des concepts d'une désarmante vacuité. Demain ou l'an prochain n'a plus aucun sens. Rien n'a plus vraiment de sens.

Une infirmière entre dans la pièce d'un pas traînant et lui sourit avec gentillesse. D'ordinaire, pendant qu'elle s'affaire à ouvrir les rideaux ou à vérifier le contenu de sa perfusion, son monologue à l'accent roumain prononcé le berce et l'endort. Aujourd'hui, il concentre ses dernières forces en une étincelle vitale pour lui demander de contacter son notaire. « De Naël… Il viendra, il comprendra, une lettre… », a-t-il encore la force d'ajouter devant sa mine étonnée. « Non, non, pas l'aumônier, rien à lui dire. Je veux mon notaire. »

Émile sent bien que ses plages de lucidité s'étiolent comme les heures qui lui restent à vivre. Les jours raccourcissent-ils, ou sont-ce ses instants de conscience qui se font de plus en plus rares ? Il décline. Un inexorable processus. Confiné dans ce tronc entubé qui lui sert de coquille, il ne se rappelle pas avoir revu l'infirmière depuis sa demande. L'aurait-il rêvée ? Aura-t-elle bien compris son message ? L'aura-t-elle pris au sérieux, lui, le moribond qui s'accroche à l'existence comme un pied de vigne à sa terre ? À moins que le notaire soit venu sans qu'il ait pu le reconnaître ? Il maugrée contre l'absent et les fantômes qui l'habitent. Contre cette vie qu'il n'est pas capable de retenir, contre cette mort qui met à mal sa patience. Contre ses désirs qui hurlent pour se faire entendre dans son sommeil pesant. Si un condamné à la chaise électrique a droit à une dernière volonté, ce serait bien un comble que les siennes ne soient pas respectées. Malgré lui, ses pensées tournent en boucle dans sa tête et il espère qu'elles se fatigueront avant lui. Aucune échappatoire possible, au point qu'il craint qu'elles le poursuivent dans l'au-delà.

Le bruit d'un chariot métallique et d'un battement de porte. Une voix grave invite Émile à sortir de la torpeur dans laquelle il baigne. Il entrouvre les yeux et opine de la tête en signe de contentement. L'homme est venu. Il peine à se rappeler son nom mais reconnaît sa large carrure et le bleu de ses yeux. Un effort colossal encore pour rassembler les parties de lui-même éparpillées dans son cerveau en miettes. Il doit lui prouver qu'il n'est pas encore prêt à être embaumé, qu'il est maître de son esprit vacillant. Capable de lui dicter quelques mots, capable d'au moins un acte de bravoure dans sa vie. Au village ne disait-on pas de lui qu'il était solide comme un séquoia californien ? Pas une grippe, pas une sciatique pour le clouer au lit plus de vingt-quatre heures. Juste une femme engoncée dans ses certitudes, un fils au cœur fragile et une fille à la cuisse légère, trop orgueilleuse pour pouvoir entendre raison.

L'homme de loi se penche sur lui et le gratifie d'un sourire amical. Un battement de paupières pour toute réponse.

« Je ne vais pas vous dire que vous avez bonne mine mais je suis content que vous soyez réveillé. J'ai de la chance, il paraît que vous dormez presque tout le temps… »

Pierre de Naël doit s'incliner plus encore pour percevoir le faible filet de voix du malade. Il écoute la requête de son client et ne tente pas de l'en dissuader, conscient d'être dépositaire de sa dernière volonté.

Rompre l'espoir coulant dans les veines du vieil homme l'empêcherait de connaître une mort douce. Émile l'enjoint de faire venir ses héritiers à son chevet et lui chuchote à grand-peine les mots à partager avec eux. Il lui reste si peu de temps. Le notaire s'y engage avec toute l'empathie dont il est capable. Pour l'honneur de sa fonction, par respect de la parole donnée, par humanité ordinaire. Et peu importe si la requête lui semble tardive ou vouée à l'échec, il est tenu à une seule obligation de moyens. Oui, il mettra tout en œuvre pour que les derniers souhaits d'Émile soient exaucés. Non, il ne peut rien lui promettre. Il est notaire et non scénariste chez Disney, ni devin, ni sorcier, encore moins thérapeute ou médiateur assermenté. Son métier est d'écrire des prologues juridiques en marge des histoires familiales, pas de leur inventer une fin heureuse, d'en déflorer les secrets inavoués ou d'en réinventer les chapitres les plus douloureux. Lorsqu'un passé enfoui s'invite dans son étude, il sait d'expérience que les souvenirs se brouillent souvent avec les traces laissées par le feu qu'ils ont nourri. Il est juste un chaînon, un passeur de mots et d'héritage, l'homme chargé d'apposer un point final à certains récits. Rafistoler les histoires est un art qu'il ne prétend pas posséder.

Un dernier coup d'œil au malade alité qui s'obstine à avoir raison, et frissonne dans son sommeil agité. Le notaire n'est là que depuis cinq minutes mais déjà, Émile s'est assoupi, muré dans le piège de l'âge, épuisé par la requête qu'il désirait tant livrer. Il l'observe quelques instants, partagé entre la pitié et l'admiration. Jusque dans la mort, Émile reste un homme intraitable, fier de ses choix et de ses discordes. Quelque chose en lui résiste et se refuse à céder, alors qu'une autre partie de son être aspire à oublier ses petitesses et quémande le pardon. Cette obstination puérile touche le notaire qui se lève, pressé de rejoindre son étude. Un couple de futurs mariés l'y attend pour signer son contrat de mariage. Ainsi est sa fonction : osciller entre la lumière et la noirceur des êtres pour sceller leur destinée sur des feuilles A4. Il y pense encore alors qu'il appuie sur la pédale d'accélérateur de son SUV aux vitres teintées. La route est droite, bordée d'arbres souffreteux et de maisons à vendre. Aujourd'hui, il aimerait prendre le large. Rouler jusqu'à Saint-Malo, y déguster des huîtres arrosées d'un petit vin blanc sec, sentir le vent chiffonner ses cheveux, oublier les contraintes de l'agenda et revenir durant la nuit, lavé des histoires de ces autres dont il se nourrit. Rien que d'y avoir pensé, il se sent plus léger et ragaillardi.

Devant son étude, il vérifie une dernière fois le nom de ses prochains clients avant d'ouvrir la porte de son bureau avec assurance. Contrairement à eux, il n'a rien à perdre. Les deux trentenaires lui offrent un sourire timide et il les salue d'une voix enjouée. En pensée, il se dit qu'il devrait expédier le dossier en quarante minutes. Il pourrait ainsi tenter de contacter les descendants d'Émile Dussolier et rentrer de bonne heure chez lui. La femme mordille sa pince à cheveux, l'homme la couve du regard. Ils sont mignons, main dans la main, attentifs aux propos de l'autre. Satellite de leur histoire, le notaire leur prodigue des félicitations, des conseils et des mises en garde. Un brin d'humour et quelques traits d'esprit devant leur mine sceptique pour leur rappeler que la félicité amoureuse s'accompagne aussi d'incertitudes, de désarrois et de grisaille. De précipices dans lesquels plonger est une tentation.

Des coquetteries et des injonctions. Des paraphes en bas de page et des silences tendres. Vingt-huit minutes plus tard, le couple part enfin, ravi de cette étape supplémentaire vers la fusion. Pierre de Naël se verse un verre de Coca Zéro et se fige. Une voix intérieure lui rappelle qu'il est acteur d'un jeu dont les règles sont dissonantes. Par essence, ces documents seront toujours faux ou incomplets. Peu importe la manière dont il en rédigera les clauses, ils ne pourront jamais transmettre l'essentiel : la force du lien et la douleur qui accompagne sa perte, immanquablement.

23

Une odeur de vie

À Bruxelles

Il est près de vingt heures lorsque Mila pénètre, impatiente, dans le hall d'entrée d'une maison de maître de l'avenue du Roi. La bâtisse date de l'après-guerre et, d'aussi loin que la jeune femme s'en souvienne, certains carrelages sont fendillés depuis toujours, le bois des lambris est vermoulu et les boîtes aux lettres se sont fossilisées dans le mur au fil des ans. En dépit de cela, le bâtiment bruxellois est doté d'un charme désuet et Mila aime y retrouver la signature olfactive des lieux de son enfance. Deux volées d'escaliers foulées à vive allure et trois coups de sonnette vigoureux pour annoncer sa présence plus tard, Mila pousse avec enthousiasme la porte de l'appartement où elle a grandi. Ce mercredi, elle a quitté avec précipitation son stage d'infirmière au service de gériatrie de l'hôpital Delta pour passer la soirée avec sa mère. Durant la journée, elle s'est surprise à être distraite, à triturer le pendentif serti d'une opale que lui a offert Marc pour la Saint-Valentin. Des heures à nettoyer des corps, à stériliser des spéculums nasaux et des seringues auriculaires.

À regarder des tubes transparents remplis de fluides trop bavards, à imaginer tous les fragments de vie dont ils étaient porteurs. Ses pensées se sont échappées vers ses propres résultats ADN. Vers ces pairs dotés d'un même patrimoine génétique. Étaient-ils pour cela membres d'un même clan ? Porteurs d'un même butin élevé dont ils ignoraient la valeur ?

Depuis quelques jours, son sommeil est agité, peuplé d'aînés rieurs sans visage qui l'accusent de haute trahison. On ne réveille pas le passé impunément. Elle ouvre les yeux en sueur, la bouche sèche, et elle a beau protester qu'elle ne voulait pas faire de mal, réveiller les cadavres la bouleverse. Ce matin cependant, elle s'est levée reposée, habitée par une joie enfantine, proche de celle qu'elle ressentait petite lorsqu'elle assemblait les pièces du cadeau caché dans l'œuf Kinder offert par sa mamie le dimanche midi. Les lèvres barbouillées de chocolat, la surprise se dévoilait sous ses doigts malhabiles alors que le plaisir de la découverte s'emparait de son âme d'enfant. Durant tout le trajet la menant vers Barbara, elle a fredonné un air de Slimane dans la voiture, adressant aux feux rouges à ses voisins d'embouteillage un demi-sourire, partagée entre excitation et inquiétude.

Un imperceptible mouvement de recul. Quelques instants, le temps que son cerveau s'imprègne des nuances qu'elle repère dans l'appartement. Les mêmes grandes vitres donnant sur les jardins arrière, le même tapis usé en sisal beige sous les chaises en bois, les mêmes coussins aux motifs indiens offerts par Sybille pour décorer les fauteuils Ikea en rotin. Un puzzle inachevé du Taj Mahal sur la table recouverte d'une nappe en coton imprimé. Un ficus fatigué dans un coin du salon. Des photographies. Des boules à neige. Une pile de livres empruntés à la bibliothèque municipale, une autre de factures à payer. Un goût d'ordinaire. Et pourtant, l'inhabituel s'est invité dans ce logement dont Mila connaît le moindre recoin. Est-ce l'odeur insolite qui plane, le sourire enjoué de sa mère qui a troqué un tee-shirt bleu marine pour un autre blanc lumineux ou le bouquet de dahlias au cœur orangé sur la table du salon ? Incapable de mettre des mots sur ses impressions, Mila donne une bise légère à Barbara et pénètre dans la cuisine.

Des senteurs inconnues lui saisissent la gorge et son sourire se mue en une moue dubitative lorsqu'elle soulève le couvercle de la marmite en fonte. De curieuses boulettes blanches décorées d'une rondelle de carotte y barbotent dans une gélatine aux effluves de fumet de poisson. Un pas de recul et un rictus bizarre.

« C'est quoi, ce machin ?

— Du *gefilte fish*, lui annonce Barbara, le visage rose de fierté.

— Hein ? Du quoi ?

— Je viens de te le dire : c'est du *gefilte fish*. En fait, c'est une spécialité juive ashkénaze, j'ai trouvé la recette sur Marmiton. Elle avait reçu une note de quatre sur cinq. Alors, j'ai essayé hier soir et voilà… c'est de la carpe farcie aux amandes avec du sucre. »

La moue dégoûtée de Mila couplée à son air ahuri déclenche l'hilarité de Barbara et, durant de longues secondes, mère et fille se regardent, les côtes secouées par des spasmes incontrôlés. Un rire libérateur, le chemin emprunté pour se rejoindre quelque part, loin des questions qui les obsèdent, des ponts qu'elles n'ont jamais pu franchir pour tomber dans l'intime, dans un passé si proche qu'elles le frôlent.

« Tu ne veux pas que j'aille vite à la friterie nous chercher un plan B au cas où… ç'a vraiment l'air dégueulasse, ce truc ! parvient à articuler Mila entre deux gloussements.

— J'apprends à assumer ma judéité ! »

La boutade de Barbara suffit à refroidir l'espace entre elles et Mila lui ouvre les bras, comme on accueillerait un enfant blessé. Une longue étreinte où cheveux clairs et noirs se mêlent en une même respiration. Prolonger l'instant pour sentir le cœur de sa mère battre plus fort que d'ordinaire, pour retenir encore le son cristallin de son rire qui s'est tu en même temps que ses yeux sont devenus plus sombres. Pour apaiser ses meurtrissures qu'elle-même avait réveillées. Mila aurait aimé que le spectacle continue. Entendre l'hilarité de sa mère lui a donné la chair de poule. Si peu souvent cette cuisine a résonné de sons légers ! Ici a surtout régné un silence tel que rien ne pouvait le combler.

Mila se rappelle la frustration qui l'habitait lorsque enfant, elle passait la nuit chez ses amies Sarah et Salomé. Les jumelles avaient deux parents vivant sous le même toit. Une mère et un père. Rien d'exceptionnel en soi mais ce duo qui cheminait côte à côte, saison après saison, quelle que soit la température extérieure, lui donnait le sentiment d'être manchote. Estropiée. D'un père, d'une pétillance. De cris, de souffles rauques, de barbe grisonnante, de blagues de branquignol, de fantaisies sur les cakes du dimanche. Rentrer au bercail, c'était pénétrer dans un appartement témoin. De l'ordre à en suffoquer. Des bruits orchestrés par l'habitude, des émotions toujours tempérées. De l'amour, bien sûr, en abondance, certes, mais discret, tout en retenue, en filigrane. À mots feutrés, d'une douceur maladroite. Les colères et les ressentiments étaient confinés dans les seuls tiroirs de sa chambre où, préadolescente, elle noircissait les pages de son journal intime. Dans leur couple de circonstance, l'imprévu n'avait pas sa place et semblait avoir déserté l'appartement depuis bien longtemps, excepté quand Sybille ou Gisèle venaient leur rendre visite. Un calme routinier, viscéral, sécurisant et angoissant à la fois. Un lieu où même la télévision émettait en noir et blanc et où ses propres cris s'étouffaient dans sa gorge avant même d'avoir été prononcés.

« Ça va aller. »

Barbara se détache avec douceur de sa fille et Mila n'est pas certaine d'avoir bien entendu les mots prononcés. Elle laisse une main maternelle caresser ses joues rondes. On ne choisit pas ses parents, on les adopte, se dit-elle sans arriver à se mettre en colère contre cette femme qui l'a si souvent bercée contre sa poitrine. La petite fille en elle ferme les yeux, étourdie par le regard de sa mère ourlé de cils noirs. Intense et limpide. Porteur d'une lueur qu'elle ne lui connaît pas.

« Viens, il faut que je te montre quelque chose. »

Déjà, Barbara s'est précipitée dans le salon et ouvre son ordinateur portable. Elle tapote un code à quatre lettres d'un doigt et la jeune femme ne peut s'empêcher de sourire : MILA. Barbara pianote quelques instants encore en retenant sa respiration pour mieux se concentrer. Sans qu'elle le lui demande, Mila ouvre la fenêtre et un filet de vent se glisse dans la pièce. Un vent de folie, ne peut-elle s'empêcher de penser en regardant sa mère déborder d'un enthousiasme neuf.

« C'est Paul et son fils qui m'ont montré comment je dois faire, explique-t-elle tout en introduisant un autre mot de passe, trop vite cette fois pour que Mila puisse le déchiffrer.

— Paul ? C'est qui ?

— Un nouveau patient de la résidence. Un vieux monsieur, je l'aime beaucoup et je me suis confiée à lui.

— Confiée ? »

Choquée, Mila regarde sa mère avec circonspection, comme si elle était porteuse d'une maladie grave qu'elle n'aurait pas eu encore le temps d'identifier. L'imaginer partager un peu de son intimité avec un inconnu lui semble trop surréaliste pour être vrai. Se pourrait-il que l'ours en perpétuelle hibernation ait eu envie de quitter sa grotte ?

« Et alors ? »

Mila écoute les explications maternelles, stupéfaite. Au-delà des mots prononcés, c'est leur intonation, leur vibrance qui la touchent. Sa mère, petit oiseau en perdition depuis toujours, est sortie du nid pour raconter sa vie à un inconnu et accepter son aide. Lors d'une soirée à la résidence des Saules, Paul et son fils l'ont incitée à s'inscrire sur le site du laboratoire via lequel

Mila a participé au concours et effectué son test ADN. Elle a opté pour la version Premium et, moyennant un paiement substantiel, elle a créé son arbre généalogique. Mais surtout, elle a eu accès aux données référencées la concernant. Ébahie, Mila s'assied à côté de sa mère et lui jette un regard inquiet. Qui sait, cette blague de fin de soirée entre copines a peut-être altéré l'esprit fragile de Barbara… La femme timide et effacée a fait place à une quinquagénaire décidée et, quelques secondes plus tard, un arbre généalogique apparaît sur l'écran. À sa vue, Barbara repousse l'ordinateur et ses traits se teintent de sérieux et d'anxiété comme si elle glissait à nouveau dans sa propre peau.

« À toi de jouer ! »

Une fois de plus, Mila tente de comprendre ce que sa mère attend d'elle et regarde avec perplexité la carte Visa qu'elle lui tend d'un air implorant. Barbara finit par lui indiquer : « Fais comme moi. Paie le supplément pour avoir accès aux banques de données. Comme ça, tu pourras voir les personnes avec qui tu partages ton ADN. Et si tu as des noms en commun avec d'autres arbres généalogiques référencés, nous le saurons aussi. » Elle conclut sa consigne sans rien ajouter, si ce n'est un frisson alors qu'elle dépose sa carte de crédit d'un geste tendu devant sa fille. Mila blêmit. Plus possible de reculer, d'éluder la voix du doute qui lui intimait d'attendre que l'orage passe et lave les traces laissées par les révélations de son test ADN. Tout finira bien par rentrer dans l'ordre. Dans cette affectivité féminine dont elle a été nourrie, les fêlures étaient maquillées pour être moins douloureuses et le temps anesthésiait les plaies mal recousues.

« Vas-y. »

Une supplique plus qu'une injonction. Mila se connecte à son propre compte et introduit le sésame pour avoir accès aux données manquantes de son histoire, avec l'impression de déflorer un trésor qui ne lui appartient pas. Gisèle s'invite dans ses pensées. Le silence et l'oubli étaient son choix. Mila a-t-elle le droit de chercher les réponses à des questions inaudibles ?

« Tu ne penses pas qu'on devrait d'abord en parler à mamie ? Ou à Sybille ?

— Non. Vas-y. »

Barbara s'est levée, comme pour enraciner son refus dans la terre. Trop longtemps, elle a été raisonnable. Y songer l'émeut tant qu'elle balaie d'un geste de la main sa culpabilité et l'indulgence qu'elle pourrait ressentir pour sa mère. Sans attendre, elle appuie sur la touche *Enter* de l'ordinateur et une sorte de brume épaisse envahit l'écran pendant que le programme cherche les correspondances ancestrales possibles. Quelques minutes, tout au plus, l'informe une phrase laconique. Des lettres blanches sur un fond gris perle. Elle s'en fout. Plus de cinquante ans qu'elle attend que son propre brouillard se lève sur sa vie. La vue de cette fenêtre grise l'obsède et elle tangue. De peur, d'excitation. Une sueur âcre sous les aisselles et le temps qui s'étire, encore et encore.

Son port d'attache apparaît enfin. Une page blanche pixellisée et, ensuite, un arbre généalogique. Des branches, un tronc, une souche. Un héritage. Des noms qu'elle ne veut pas déchiffrer. Pas tout de suite. Pas encore. Le bonheur est fugace et elle préfère le retenir quelques instants. Imaginer. Pour ne pas avoir mal ou être confrontée à la réalité. Barbara ferme d'un geste sec l'ordinateur portable, les joues en feu. « Mais enfin ! s'insurge Mila en colère.

— Viens, on mange d'abord. On regardera ça après. J'ai besoin de temps. »

Mila acquiesce, à regret. Et puis, après tout, un verre de vin bien corsé lui ferait du bien. Voire deux... Déjà, Barbara a dressé une assiette devant elle. Ils sont nombreux ce soir autour de la table et Mila donnerait beaucoup pour connaître le nom de chacun. Sa fourchette plonge dans la boulette de *gefilte fish* et elle examine la bouchée avec intérêt avant de la goûter. Mangent-ils eux aussi cette chose... ? Un goût de poisson sans poisson, indéfinissable. Une texture molle. Elle ne sait si elle aime le mets mais elle se sert un autre morceau. L'odeur de la carpe farcie imprègne ses narines, chacune de ses cellules et, bientôt, son être tout entier. Elle la hume encore avec gourmandise.

Une odeur thérapeutique. Une odeur de consolation. Une odeur de vie.

24

Un minuscule dé à coudre

Sybille pose son téléphone, atterrée. Elle s'agrippe à l'accoudoir du siège où elle s'est laissée choir, envahie par l'impression de s'être réveillée dans un maquis truffé de pièges inévitables. La journée avait pourtant bien commencé.

En ce matin d'automne, le thermomètre avait chuté et les Ardennes belges étaient traversées par un vent piquant. Son corps aspirait à la paresse et ses pensées virevoltaient, libres d'errer dans des territoires protégés de tout danger. Elle a alors savouré une tasse de café brûlant tout en regardant son chien poursuivre à grands jappements un chat égaré dans leur jardin. Émile courait dans tous les sens et son pelage gris était maculé de boue. Elle l'a hélé, sans succès, et il n'avait obtempéré qu'à la vue de son os à ronger. Elle a souri avec fatalisme. Même les chiens ne pouvaient résister à la tentation dans ce bas monde…

Sybille l'a caressé d'une main distraite, derrière les oreilles. Ses rêveries voletaient, le temps s'étirait avec langueur. Elle aime ces heures creuses où il est trop tard pour s'octroyer une sieste, trop tôt pour regarder le jour décliner. Le temps des possibles : coudre, lire, préparer une tarte aux pommes pour Édouard. Elle hésite encore quand Émile, une fois de plus, fait du raffut. Ce chien a le don particulier de grogner un infime instant avant que son téléphone se mette à sonner. Elle le soupçonne d'être à la solde de Samsung et s'étonne toujours de cette synchronicité canine qu'elle n'explique pas. Elle l'a poussé d'un coup de genou et décroché. Sans surprise, la voix de Gisèle s'est fait entendre.

« T'es assise ?

— Heu… Bonjour…

— C'est pas le jour à se faire des politesses ! Je dois te raconter un truc incroyable. Je ne l'ai même pas encore dit à Barbara. Devine qui m'a contactée ? »

Pas le temps d'imaginer une réponse à la devinette ou de grappiller quelques secondes d'harmonie. Déjà, Gisèle a saccagé la sérénité dans laquelle son amie baignait depuis l'aurore. Quelques mots ont suffi, d'une violence rare. Une déflagration violente dans la poitrine. Sybille a étouffé un cri de surprise et s'est mordu la joue pour ne pas répondre. Le téléphone lui brûlait la paume alors, enfin relevée, elle l'a déposé devant elle, sur la nappe verte imprimée de fleurs blanches. Et la voici debout désormais, haletante, hébétée par les mots de son amie. L'écouter de loin n'apaise pas ses craintes mais elle préfère tenir l'appareil à distance, laisser un peu d'espace entre elle et les demandes de sa complice de toujours. Ses repères s'effacent, elle n'est pas sûre d'avoir tout retenu. Sa peur enveloppe les propos de Gisèle d'une brume épaisse et elle expédie d'un coup de pied sec le chien dans le salon. Ce maudit clébard n'a pas sa place dans le feu qu'il a embrasé.

Un silence épais se répand dans la cuisine, dans le salon, dans les étages. La Villa Aurora est déserte et pourtant Sybille s'interdit de crier. Elle tente d'agir d'une façon ou d'une autre pour se donner une contenance. Rien ne lui vient et elle reste plantée là, statue immobile, à deux doigts de s'écrouler sur le parquet.

Les souvenirs sont des illusionnistes de talent. Ils s'estompent dans les mémoires, on pourrait presque croire qu'ils n'ont jamais existé alors qu'ils sont pourtant bien présents. Ennemis invisibles, ils se terrent souvent dans de drôles de cachettes pour ressurgir quand la vigilance adverse s'est assoupie. La sienne dormait depuis trop longtemps. Sybille n'était pas préparée à ce qu'ils réapparaissent aujourd'hui, mais demain n'aurait pas été un jour meilleur.

Des bribes de phrases s'impriment en elle. « Un certain Noël ou quelque chose comme ça, le notaire de mon père… tu réalises, il est encore vivant, j'étais certaine qu'il était sous terre depuis des années… c'est devenu un légume mais bon, la saloperie, ça conserve !… Et tu sais quoi ?… Il veut me voir… non, pas le notaire, mon père !… Ben oui, comme je te le dis… mais enfin, pourquoi tu ne nous accompagnerais pas… c'est que trois heures de route… ce sera l'occasion de montrer aux filles où on a grandi… »

Bouche bée, Sybille a mesuré l'étendue de la catastrophe imminente et tenté de s'éclipser en douceur. « Désolée, je ne peux pas laisser Édouard et Émile… et ce serait mieux si vous faites ça en famille… non, ce n'est pas ce que je veux dire, bien sûr que je suis de la famille, mais tu comprends… » Non, assurément, Gisèle n'a pas compris et s'est obstinée dans sa requête. Il lui est soi-disant impossible de revenir sur les terres de son enfance sans être accompagnée de sa garde rapprochée en guise de bouclier, mais Sybille n'est pas sûre d'en avoir la force, le désir, le courage. Édouard et la Villa Aurora l'ont entourée d'un cocon protecteur, tant et si bien que son propre passé n'a pas réussi à s'y engouffrer. Avec le temps, la pudeur et la lâcheté ont érigé de solides murailles entre elle et ses souvenirs. Plus solides que celles qui cernent la citadelle de la ville. Au point qu'ils avaient presque disparu. Presque. Une peur la saisit et lui vrille les boyaux : Gisèle va enfin découvrir son vrai visage. Blême, Sybille porte les mains sur ses tempes et plonge son regard dans la photographie de sa mère. « Je suis monstrueuse », parvient-elle à répéter plusieurs fois à voix haute à la femme souriante qui la toise avec bienveillance.

Désemparée, Sybille ouvre un placard et en extrait une boîte à couture. Des aiguilles à chas de petite taille, des bobines de fil, une lame de rasoir et un dé à coudre. Ses doigts l'effleurent et l'emprisonnent dans sa paume. Quelques milligrammes d'argent suffisent pour qu'une insondable tristesse s'empare d'elle. Ce dé n'arrive pas à la protéger des fines aiguilles qui lui blessent le cœur. Elle se souvient s'en être servie. Souvent. À la lueur d'une faible ampoule, installée sur un fauteuil proche du lit de sa mère lorsque celle-ci rentrait d'une nuit de travail. Elle se rappelle les fils blancs et les chutes de tissus recouvrant la moquette usée, la satisfaction qui l'envahissait lorsqu'elle achevait de confectionner une paire de chaussons pour les nouveau-nés de la maternité où elle travaillait. L'œil concentré sur sa tâche, Sybille cousait, heureuse d'arborer ce dé au doigt. Comme une bague qui n'en portait pas le nom.

Des ouvrages toujours recommencés. Elle se remémore ces heures douces où, l'esprit libre, elle surfilait, assemblait les tissus et s'adonnait au point droit à triple épaisseur pour éviter que les coutures ne craquent trop vite. Elle se souvient du lieu précis où elle avait reçu ce dé en argent. Un cadeau étrange dont elle n'a jamais réussi à se défaire. Liée à lui depuis des décennies. Des images de l'émotion qui s'était emparée d'elle et de la pudeur qui l'avait empêchée de manifester sa joie et de remercier l'homme pour son geste. C'était dans la cafétéria de l'hôpital, la dernière table du fond, celle située près d'un sapin en plastique qui portait encore ses boules. Un matin de janvier 1960. Un cadeau reçu du mari d'une patiente. Cette marque de reconnaissance l'avait touchée au point qu'il avait dû essuyer ses larmes de son mouchoir à carreaux avec une touchante maladresse. Ce dé, elle l'a gardé avec ravissement, comme un précieux talisman. Dans la poche de son uniforme ou porté sur son majeur, longtemps, il ne l'avait pas quittée.

Jusqu'à ce qu'elle comprenne qu'un minuscule dé à coudre ne pourrait jamais la protéger contre la malice du destin et la lâcheté des hommes.

Jusqu'à ce que Gisèle entre dans sa vie.

25

Il doit partir !

Encore sonnée par la requête de son amie, Sybille ouvre la porte donnant sur le jardin et laisse le courant glacé la traverser, priant pour qu'il emporte avec lui cette fièvre en elle. Le souvenir de l'hiver 1969 la transperce avec la même violence qu'il y a cinquante ans.

Un même froid pour un autre temps.

Lorsqu'elle avait fait la connaissance de Gisèle, le climat était d'une froideur inhabituelle. Le ciel gris et bas faisait corps avec la route mal goudronnée et, en cette fin de journée de janvier, l'angoisse l'étreignait comme un linceul. Un vent vif lui mordait les joues, mais elle acceptait cette douleur comme une sanction divine. Des tempêtes de neige balayaient la France et l'hiver s'annonçait une nouvelle fois rigoureux. Il se moquait des routes impraticables, des lignes électriques effondrées et des vies pilonnées par ce climat hostile. Une collègue lui avait dit que les températures avaient même atteint - 17 degrés à Strasbourg. Les cinq cents mètres la séparant de l'hôpital à son logis lui avaient paru interminables et chaque pas lui avait fait prendre conscience de la stupidité de son acte. Jamais elle n'aurait dû prendre un tel risque et proposer à cette enfant mineure de lui offrir un abri. Jamais elle n'aurait dû laisser le regard vif de cette jeune fille traverser son âme et lui rappeler qu'au-delà de ses rêves estropiés, une partie de son être n'avait pas renoncé à la poésie de la vie. À des pulsions altruistes, à des élans de tendresse, à l'empathie. Aux miracles.

Ses bottillons crasseux avaient martelé la terre glacée avec rage et une armée de pensées l'avait assaillie. Elle ne pouvait aider cette petite à garder un enfant contre la volonté de ses parents, mais elle était incapable de la forcer à avorter contre son gré. Donner la primauté à ses valeurs n'était indiqué dans aucun manuel pour sages-femmes. Elle devait agir dans un cadre légal donné, prodiguer des soins aux femmes enceintes, les rassurer et les entourer de son savoir. Mettre au monde un petit être qui, à son tour, ferait au mieux pour survivre au marasme et grandirait avec son héritage en bandoulière, auprès de sa mère ou d'inconnus. Il pousserait, peu importe comment. Ils poussaient tous. Elle n'était pas là pour sauver le monde ou offrir une seconde chance aux êtres en perdition. Pari insensé qui ne pourrait que la laisser perdante. Dans cette folie humaine où elle tentait de trouver sa place, faire preuve d'empathie et laisser son cœur guider ses actes ne la mèneraient qu'à sa perte. Elle finirait pantoise sur un bout de trottoir, les jupes relevées sur un utérus vide, comme sa mère avant elle. Depuis des mois, sa propre stabilité émotionnelle était une denrée rare, un bien plus précieux qu'un quartier d'orange juteuse en pleine famine, et voilà qu'elle bousillait sa tranquillité sur un coup de tête. S'imaginer plus maligne que le désastre… quelle vanité mal placée ! Le souffle court, l'œil aux aguets, Sybille avait avancé sur la route déserte, l'inconnue sur ses talons, si proche d'elle qu'elle percevait la chaleur de son souffle.

« Quelle idiote je fais ! Comme si ma vie n'était pas déjà assez compliquée…, avait-elle ruminé en boucle le long du trajet. Bon sang, qu'est-ce qui m'a pris de jouer les bonnes chrétiennes ? Pas de place dans ce monde pour la pitié… la sanction est immédiate. » Son manque de discernement lui avait donné la nausée, et elle avait senti un spasme traverser son œsophage. Cette adolescente était enceinte, et c'était elle qui avait envie de vomir. Sybille avait déboutonné le col de son manteau noir en laine élimé aux coudes, s'était emparée de la main de la jeune femme et l'avait serrée avec force dans la sienne. Lui broyer les os pour lui faire payer sa propre inconscience. D'instinct, celle-ci avait accéléré le pas, le visage baissé et les lèvres closes. Sybille ruminait encore alors qu'au loin, la silhouette de sa demeure se dessinait. Longtemps, elle avait rêvé de quitter cette fermette non fonctionnelle aux murs épais et aux fenêtres minuscules pour un appartement lumineux en ville. Aujourd'hui, l'héritage de son père lui apparaissait comme une bénédiction ; il lui permettait de s'isoler du monde, d'éviter de croiser des regards soupçonneux à chaque carrefour.

Sybille avait traversé la clairière, longé la maison du préfet sans se faire repérer par sa vipère de femme, franchi le pont gelé avant d'atteindre son refuge. Une maison isolée où elle vivait avec sa mère. Un abri. Un mauvais rictus avait traversé son visage fatigué. Ses cheveux roux relevés en un chignon serré et sa mâchoire carrée la dotaient d'un air dur qui contrastait avec les courbes accueillantes de son corps. « À l'abri, n'importe quoi ! Comme si d'épaisses tentures en velours rouge pouvaient empêcher le malheur de frapper à la porte… », avait-elle marmonné encore en pressant le pas. Sybille le savait mieux que quiconque : un abri était une douce utopie. Un terrier, une simple parenthèse dans l'histoire où il faisait bon se nicher. Avant d'en être délogé.

La façade grise leur était enfin apparue. Autrefois, celle-ci était recouverte de lierre que sa mère taillait avec précaution. Depuis la cheminée, une fumée épaisse se fondait dans le ciel. Alors que sa compagne avait trébuché sur une pierre, l'idée l'avait effleurée de faire demi-tour et de laisser cette autre à son malheur et à ses larmes. Tout compte fait, elle n'était redevable en rien à cette gamine au regard d'oisillon esseulé et la patrie devait regorger de bonnes âmes disposées à jouer les héros. Elle devait bien avoir une amie d'enfance, une voisine amène. Un mortel avec qui partager un bol de bouillon clair, quelques paroles ou une couche.

Sans arriver à faire taire la tempête en elle, Sybille avait ouvert et refermé la porte derrière elles avec rapidité. Par chance, sa mère était absente, et elle pourrait remettre les présentations à plus tard. Un miaulement avait rompu le silence pesant entre les deux femmes. Dans cette cuisine où elle a connu tant de joies depuis, la Sybille d'aujourd'hui entend cet écho du passé comme si c'était hier et son corps est parcouru d'un frisson. Ce temps révolu semble si réel qu'elle s'y noie.

D'un geste brusque, elle avait accroché son manteau à un crochet, avait invité l'inconnue à ôter ses bottillons à lacets et lui avait jeté une paire de grosses chaussettes jaunes tricotées. Le sol en pierre était immaculé. Malgré ses horaires chargés, Sybille veillait à ce qu'il soit nettoyé tous les jours et ces besognes ménagères l'apaisaient. Un geste symbolique. Une façon d'espérer que la fureur et la sueur du monde ne franchiraient plus jamais son porche.

« Merci. Merci beaucoup. »

Les premiers mots prononcés par Gisèle depuis son recueillement avaient fendu l'air et Sybille avait fixé l'étrangère sans complaisance. Elle l'avait jaugée, les mains plantées sur ses hanches généreuses, comme elle aurait regardé une pouliche négociée à prix d'or dans une foire agricole. Une gamine encore. Elle devait avoir dix-huit ans, peut-être moins, et ses cheveux châtain mi-longs étaient attachés en queue-de-cheval. Un corps droit et sec, quelques taches de rousseur parsemant ses joues creuses, un grand front et des yeux écarquillés devant la miche de pain frais trônant sur la table en vieux chêne. Son regard clair avait embrassé la pièce, s'attardant sur les coussins de couleur égayant les fauteuils en tissu et sur le bouquet de plumes de paon dans un vase en cristal pour se poser enfin sur les trois pommes dans un plateau en porcelaine. Une heure plus tôt, ce même regard avait fait s'arrêter Sybille et transgresser les règles strictes de sa profession. Garder la juste distance avec les patients et leur apporter ce qui était déontologiquement autorisé. Moins était acceptable, plus était condamnable.

Dans ce regard, Sybille avait lu la déception, la faim et la tristesse, denrées courantes qui n'attiraient plus son attention, mais aussi la droiture et une force invisible qu'un estomac vide ou qu'un ennemi ne pouvait briser. La colère de Sybille s'était effacée peu à peu et de nombreuses questions s'étaient invitées en elle. Elle avait pris place à table et l'inconnue avait fait de même, de manière inélégante, soulagée de pouvoir déposer son corps las sur une chaise en bois.

Sybille avait tapoté un napperon en dentelle et tenté d'articuler ses pensées. La nuit n'allait pas tarder à arriver. Qu'allait-elle faire de cette jeune femme ? Elle ne pouvait la ramener chez ses parents, ils l'avaient chassée de leur logis sans ménagement. La conduire à l'hôpital ? Comment justifier à des étrangers sa propre inconscience alors qu'elle-même avait du mal encore à comprendre son geste ? Étaient-ce les mains sales de la jeune femme posées sur son ventre qui avaient attiré son attention ? Ou sa mine tourmentée lorsqu'elle l'avait suppliée de l'aider à garder cet enfant dont personne ne semblait vouloir ? Elle lui avait tendu un morceau de papier plié en quatre dans une enveloppe scellée. Une écriture fine et maladroite. « Ma fille est enceinte. Ma femme veut la renier. Il doit partir. Je ne connais pas d'autre sage-femme. Je t'en conjure, aide-la. »

Il doit partir… ces mots l'avaient percutée comme un train à grande vitesse. Il ne portait même pas encore de nom. Il n'était rien. Même pas une ébauche ou un brouillon. Un enfant, un bébé, une vie. Il. Un pronom impersonnel dénué de chair et d'histoire. Il devait partir pour le bien-être de tous, peu importait le prix que cette gamine paierait, peu importait son propre souhait. L'envie de hurler sa haine s'était muée en un désir de changer les règles du jeu. Elle aiderait cette jeune femme. Elle l'avait toujours fait. Et pourtant, aujourd'hui, Sybille doute de la noblesse de son altruisme d'alors et ce sentiment la glace. L'avait-elle secourue par seul désir charitable ? Elle secoue la tête plusieurs fois avec force, pour se protéger d'elle-même et du dégoût qu'elle s'inspire.

À l'époque, Sybille avait laissé ses combats intérieurs la ravager en silence. Que faire de cette gamine et de son mouflet ? Un regard l'avait fait basculer. Elle y avait lu une espérance résignée. Aucune valise à ses côtés ni affaires personnelles. Gisèle n'attendait rien et pourtant, Sybille l'aurait parié, elle portait en elle la certitude que quelqu'un, quelque part, viendrait la sauver.

Dans le cabinet d'auscultation de l'hôpital aux murs jaunis par le temps et les larmes, ses mots s'étaient heurtés à son silence. À son regard intense. Mélange d'impuissance et de détermination vaines. Une vieille âme dans un corps à peine épanoui. Mue par une pulsion soudaine, Sybille lui avait tendu la main et avait planté ses pupilles dans les siennes. « Vous désirez vraiment garder cet enfant ? Vous réalisez ce que c'est que d'élever un enfant toute seule ? Vous perdrez votre famille, vous vous condamnez à vie. »

Gisèle avait relevé la tête avec fierté et Sybille avait compris l'essentiel. Elle l'aiderait, peu importe comment, à défaut de n'avoir pu être une aide pour elle-même. Au même instant, sa raison lui avait intimé l'ordre de laisser cette étrangère sur le trottoir, de ne pas se laisser surprendre par les bons sentiments. De brûler ses états d'âme comme l'ennemi pille les terres fertiles. En temps de guerre comme en temps de paix, l'altruisme et la moralité étaient des armes dangereuses pour ceux qui ne les maniaient pas avec précaution. Mieux valait passer son chemin et feindre l'indifférence. Mais Sybille n'avait jamais pu se résoudre à obéir aux injonctions.

Elle avait rompu le pain et en avait proposé un morceau à son invitée. Gisèle avait mordu avec violence et avidité dans la mie alvéolée. Sybille avait senti la nervosité la quitter et n'avait pu s'empêcher de sourire.

« Allez, mange avant de mourir de faim, l'avait-elle exhortée d'une voix plus douce.

— Merci, madame.

— Moi, c'est Sybille. Bon, Gisèle, je ne sais pas encore ce que nous allons faire de toi, mais je pense que nous avons un bout de chemin à faire ensemble... »

À cet instant, Sybille n'aurait jamais pu imaginer que leur route commune durerait une vie. Qu'elle hébergerait cette autre comme une sœur, qu'elle assisterait à la naissance de Barbara, qu'elle couverait ses protégées d'une infinie tendresse et qu'Édouard, son nouvel amour, prendrait en charge les cours de couture de son amie. Que Gisèle les suivrait en Belgique. Qu'être séparées l'une de l'autre ne serait jamais une option envisageable. La sororité avait franchi le porche gelé de sa demeure et ne pas accueillir ce cadeau était illusoire.

Gisèle avait englouti une nouvelle bouchée et plongé ses yeux dans ceux de son hôtesse. Devinait-elle alors que cette sage-femme serait sa plus belle rencontre ? Sa sauveuse, sa tutrice jusqu'à sa majorité, une part d'elle-même dont jamais elle ne pourrait se défaire ? Sybille s'était sentie happée par ce regard profond. La gorge serrée, l'évidence l'avait foudroyée avec tant de force que rien que d'y penser, ses doigts torturés par l'arthrose se crispent à la faire grimacer sur le dé à coudre. Il lui avait semblé que le monde s'était assoupi sur deux femmes dans une fermette isolée de l'Oise. À cet instant, Sybille avait enfin compris pourquoi cette jeune fille l'avait tant touchée. Pourquoi elle l'aiderait toujours, quoi qu'il lui en coûte.

Dans ces yeux-là, elle s'était reconnue.

26

Écrire un second tome

Un jour ordinaire à Londres. Une pluie fine et irritante, un ciel bas aux couleurs incertaines. Prétexte tout trouvé pour que Noémie reporte sa séance quotidienne de marche rapide à Regent's Park. Le bureau aménagé dans la chambre d'amis de son appartement embaume des fragrances de bougie parfumée à la vanille. Elle s'y est réfugiée depuis des heures. Elle l'avait imaginé épuré et design, aux murs nus et aux étagères ordonnées, tout droit sorties d'un magazine de décoration. La réalité est autre. La planche épaisse posée sur un tréteau en bois est noyée sous une pile de livres et de fardes ouvertes, une couleur jaune jonquille enveloppe la pièce et la bibliothèque semble prête à crouler sous le poids des ouvrages mal agencés. Des photographies de ses enfants déguisés pour une soirée Halloween, un portrait de Franck dessiné au fuseau par un artiste en herbe sur une plage italienne, un cliché en noir et blanc de ses parents pris lors de leurs fiançailles. Des cactus en pot et des coupelles d'huiles essentielles. Des haltères et un ballon de Pilates. Elle se sent bien dans cet univers surchargé d'objets aimés et il lui arrive souvent d'y perdre la notion du temps.

Il est presque vingt heures et son souffle est suspendu à la relecture du prochain récit de vie édité par son association Paroles de sagesse. L'histoire bouleversante d'un jeune homme prometteur poussé par un ami dans un escalier lors d'une soirée trop arrosée. Le playboy est devenu tétraplégique, dépendant aux comprimés et à la colère. Son parcours sombre émaillé de douleurs et de renoncements l'a conduit à se dépasser et à gravir les plus hauts pics d'Europe. Noémie s'est prise d'affection pour le vieil homme rencontré lors d'un gala de charité. Aujourd'hui, il réside dans une maison médicalisée de Birmingham et sa fondation aide des centaines de jeunes dont le destin a été brisé à renouer avec l'espoir. Un coup d'œil sur son téléphone portable la déconcentre de sa tâche. Elle entoure d'un trait de feutre vert la coquille repérée en bas de page et s'octroie une pause. Ethan a tenté trois fois de la joindre en une demi-heure. Un message concis : « Mam, rien d'urgent mais téléphone-moi. »

Sa voix grave l'est plus encore que d'ordinaire et mue par son intuition, Noémie redresse la tête, dépose les épreuves et cale ses reins au fond du siège. Perplexe, elle écoute son fils lui faire une proposition extravagante.

« Je viens de parler à papa, paraît qu'il est de garde deux jours et que tu es seule. Cela me ferait plaisir que tu viennes prendre le petit déjeuner avec moi demain matin. Tu as du temps ?

— Demain matin ? En pleine semaine ? Tu as un problème ? On peut en parler maintenant… ou on vient ce week-end à deux.

— Non, t'inquiète. J'ai juste envie de te voir et je sais que tu es dispo pour l'instant. »

Noémie dépose le téléphone et active le haut-parleur. Le souffle saccadé de son benjamin résonne dans la pièce alors que ses doigts engourdis pianotent sur le clavier de son ordinateur. Sans en informer Franck, mi-inquiète mi-enthousiaste, elle réserve une place dans le prochain Eurostar.

Après une courte nuit passée à imaginer mille et une raisons pour lesquelles son fils l'a incitée à le rejoindre et quelques heures de trajet, Noémie tente de se frayer un passage entre les touristes chinois agglutinés devant le Sacré-Cœur. Elle a toujours adoré flâner dans les rues escarpées de Montmartre et savoure cette ambiance villageoise qui l'éloigne encore un peu plus de Londres. Elle est arrivée à Paris avec le premier train et a déposé ses valises à l'hôtel Marcel Aymé, celui où son père aimait descendre, séduit par le nom poétique des lieux. Dans ses bagages, deux gâteaux au chocolat pour son fils, trois pots de confiture de mûres de chez Fortnum&Mason, le manuscrit dont elle n'a pas achevé la relecture, quelques pulls et un espace vide. Une manie paternelle dont elle a hérité. Où qu'elle aille, Noémie veille à garder dans ses bagages une place qu'elle pourra remplir ensuite par des coups de cœur, des rêves, de l'inutile, de l'inédit. De l'espace pour l'impensable. Même dans les placards de sa cuisine ou de sa chambre, Eli avait l'habitude de garder une étagère déserte, une marotte qui avait le don d'irriter son épouse. « Ma mère faisait ça, et ma grand-mère avant elle. Comment veux-tu que la vie te gâte si tu as tout ? » Issus de nulle part, les mots de son père lui viennent soudain aux lèvres sans même qu'elle y pense, et à la douleur du manque se mêle la reconnaissance. Cet homme lui a tant donné. Noémie sourit.

Lorsque Ethan a quitté le nid familial, elle a eu l'impression d'être amputée d'une partie d'elle-même. Après quelques jours d'abattement, lasse de tourner en rond, elle a commencé par faire le tri dans ses armoires, portée par une délicieuse sensation de se délester. Au-delà des vêtements démodés et des chaussettes orphelines, il lui semblait qu'elle jetait tout ce qui s'était éteint en elle. De ses sacs-poubelles remplis jaillissaient de nouvelles envies, des désirs teintés des larmes qui, parfois, survenaient sans crier gare. Elle s'était essayée à la calligraphie, avait tenté des cours de cuisine végane au grand désespoir de Franck, participé à des ateliers d'écriture. Elle avait renoué avec d'anciens cercles d'amis et s'était enfuie d'un cours de méditation transcendantale, frustrée d'avoir la cervelle remplie de pensées parasites. Une mutation intime, vécue dans un calme intense et joyeux. Elle s'est surtout laissé entraîner dans une aventure humaine magique. Elle aime croire que ce projet audacieux lui a été soufflé à l'oreille par l'un de ses ancêtres. L'idée lui en est venue alors qu'elle écoutait son père lui narrer sa jeunesse. Ces histoires vécues par les anciens, elle ne peut les imaginer disparaître avec leurs héros, porteuse de la conviction intime qu'elles méritent d'être transmises et mises en couleurs. Des vies racontées par le troisième âge pour réjouir des enfants qu'Eli ne verra jamais grandir. Le succès de librairie est une surprise qui lui réchauffe le cœur. Seule ombre au tableau : elle n'a pu savourer cette réussite avec son père.

Noémie vérifie l'adresse envoyée par Ethan et ses pas la portent devant le Café Caracoli, rue Ramey. Elle ne regrette pas un seul instant d'avoir accepté de le rejoindre pour quelques jours. Il travaillera la journée, bien sûr, mais lui consacrera ses soirées. Théâtre, pâtes à l'ail dans son studio sous les toits, piano-bar… Noémie adore Paris et ses largesses. Ses deux grandes filles sont retournées vivre en Angleterre après leurs études et Franck est absorbé par ses fonctions de pédiatre. Comme prévu, il les rejoindra d'ici deux jours. Impatiente, elle occulte la raison inconnue de sa venue et savoure ses proches retrouvailles avec son benjamin comme un scone tiède à la crème épaisse. Tout en remettant en place le col roulé de son pull mauve, elle tente de faire taire le pressentiment naissant en elle. Une toute petite voix vite gommée. Elle préfère se concentrer sur le plaisir de glaner quelques moments improvisés avec son fils. Une jeune femme au visage harmonieux lui fait un signe de la main à travers la vitre et cette petite attention l'émeut. Être reconnue par la serveuse du QG matinal d'Ethan, c'est un peu faire partie de son quotidien. En pénétrant dans l'endroit accueillant mais d'une simplicité travaillée, elle comprend pourquoi il aime y débuter sa journée par un café corsé avant de rejoindre le cabinet d'avocats où il effectue un stage. Pas le temps de commander un *latte* au lait de coco que, déjà, deux bras puissants lui enserrent les épaules et qu'une odeur qu'elle pourrait reconnaître entre mille lui emplit les narines. Elle reste assise sur sa chaise en bois, en silence, s'abandonnant au plaisir de le regarder papoter avec la serveuse avec l'aisance d'un habitué des lieux. Une peau qu'elle ne touche plus, des joues qu'elle ne mange plus de baisers, des conversations par écran interposé, mais toujours ce même cordon ombilical invisible qui la relie à ses petits, où qu'ils soient.

Son regard s'attarde sur le col de chemise amidonné du jeune homme et sur les traces de mousse à raser qu'il a oubliées derrière son oreille gauche. Sur les minauderies de la serveuse qu'Ethan feint de ne pas percevoir. L'adolescence est déjà loin, et même si le tableau est inachevé, l'essentiel est là. Cet homme qu'elle a porté d'une seule main sera meilleur qu'elle, Noémie en est convaincue, et cette certitude la comble.

« Quoi de neuf, mam ? »

En dépit des kilomètres entre eux, leur conversation reprend toujours par le biais de cette petite phrase anodine. Quelques mots, un sésame précieux pour déverrouiller l'intimité prête à être partagée. Des papotages et des silences pendant lesquels le goût du *latte* se mêle au plaisir des retrouvailles. Des minutes qu'elle aimerait ne pas devoir compter. Entre deux respirations, Noémie contemple Ethan se retrousser les manches avec un air trop raisonnable pour lui. Une manière bien spécifique, léguée par son grand-père, de plier le bras de chemise en trois morceaux égaux. Une fraction de seconde, Noémie a l'impression qu'Eli est présent et qu'il les observe. Une nervosité s'empare d'elle, indéfinissable, basée sur d'infimes attitudes, comme si des loupiotes colorées tintaient dans sa tête et lui annonçaient Noël en octobre. « Je t'ai demandé de venir car il faut que je te parle d'un truc, mam. » Une formulation trop solennelle pour lui parler d'une nouvelle amourette rencontrée sur Tinder ou d'un prochain périple estival en stop en Russie. Pas de maladie en vue non plus, Ethan n'aurait jamais évoqué le sujet sans son père. Des points d'interrogation dans ses yeux et un morceau de croissant beurré déposé sur l'assiette avant même d'être arrivé à sa bouche.

« Je t'écoute », parvient-elle à articuler, la nuque raide.

Sans un mot, Ethan sort de son sac à dos un exemplaire du premier livre de la collection éditée par sa mère relatant la jeunesse de son grand-père. *Les Vertus du* tchoulent. Un titre couleur bleu nuit sur un fond jaune et un petit garçon de dos face à une forêt dense. À une table non loin d'eux, un père murmure à voix basse une mélodie à son bébé et ses couinements de plaisir envahissent l'espace son. « Je pense que tu vas devoir écrire un second tome. » Sans attendre la salve de questions maternelles, Ethan se lance. « Tu te souviens, l'arbre généalogique que j'ai fait avec papi ? Oui, je sais que tu t'en souviens… Tu as scanné des photos après mon départ, et il y a un nom que tu as ajouté, une femme dont tu n'avais jamais entendu parler… j'ai été contacté par une nana… sa petite-fille en fait, et elle m'a envoyé un mail… attends, je te le montre… Comment elle l'a eu ? Mais par l'application qui fait des liens… Nos données biologiques matchent… tu me suis ? »

Non, Noémie n'est pas certaine de tout comprendre et ses mains triturent le col de son pull avec agitation. Ethan a l'impression de marcher sur un pont suspendu au-dessus du vide, chaque pas pouvant l'entraîner dans une dégringolade fatale. Il balance ses effets, soupèse le taux de résistance de sa mère, guette ses réactions et hésite à asséner le coup de grâce. « Mila ne sait pas qui est son grand-père… mais on a un peu échangé et voilà… ça pourrait être papi… »

La bombe est lancée. Reçue en pleine face. Le corps de Noémie reste figé sur la chaise et elle relit pour la dixième fois le mail affiché sur le portable de son fils. À peine quelques lignes. Un français soutenu, aucune faute d'orthographe. Un ton jovial, presque chaleureux. Les mots lui éclaboussent la figure et lui égratignent les joues.

Elle redépose ses lunettes sur la table et, incrédule, fixe le texte dont seule la taille des lettres se modifie. La berceuse chantée par son voisin devient lancinante, le gamin braille. Assommée par un uppercut dont l'onde de choc bouleverse chacune de ses cellules, tout vibre en elle et son thorax semble comprimé par une palette de briques. Elle cherche des yeux son père et l'imagine se terrant derrière le bar, assez fier de sa surprise post-mortem, alors que la voix étranglée d'Ethan résonne dans la pièce. « Maman ? Réponds-moi, dis quelque chose ! »

Une main apaisante prend soudain la sienne. L'impression d'être une petite fille devant de nouvelles portes, incapable de les pousser pour voir ce qui se cache derrière. Un peu comme à la maison hantée de la Foire de Londres où ses parents les emmenaient, elle et sa sœur. Face aux différentes options que les lieux lui proposaient, un monstre gluant, une araignée velue ou un fantôme décharné, il lui était impossible de choisir quel chemin emprunter. Chaque année, elle s'arrêtait devant la même porte, accrochée au bras de sa mère, priant pour qu'une fée émerge de ce chaos censé la faire rire. Noémie demande à Ethan de répéter ce qu'il vient de lui annoncer. Pour la quatrième fois. Elle l'écoute et sa respiration devient plus rapide, elle avait bien tout compris.

Quelque part sur cette terre qui se dérobe sous ses baskets, elle a peut-être une sœur.

27

Une curieuse colonie de vacances

Des rires trop nerveux, des larmes retenues sous des sourires feints. Des embrassades. Des sacs remplis de boissons et de collations légères, des sandwichs à l'omelette, des granules homéopathiques contre le mal du voyage. Des aboiements d'excitation. Des femmes qui, tels des enfants, se disputent la meilleure place et Mila qui se résigne à prendre celle du milieu. Il y a longtemps que la Villa Aurora n'a pas connu une telle agitation. Un œil non averti pourrait y voir le départ d'une curieuse colonie de vacances. Gisèle sait qu'il n'en est rien.

Elle avait tout imaginé. Oublier à jamais son départ de la ferme paternelle ou faire semblant, haïr ses parents jusqu'au dernier de ses jours, leur accorder des circonstances atténuantes. De multiples scénarios. Ils ont varié au gré des ans jusqu'à s'effacer. Son passé ressemble désormais à une tempête qui aurait perdu de sa force et se serait évanouie à jamais en laissant des traces dans son sillage. L'acceptation a gommé l'amertume. Mais comme souvent, la vie a eu plus d'imagination que la vieille femme. Aujourd'hui en est une nouvelle preuve. Elle se laisse choir avec lourdeur sur le siège arrière du monospace loué pour l'occasion par Édouard. « Un pèlerinage sur les terres de ton enfance, cela mérite bien un carrosse confortable », lui a-t-il murmuré en la couvant d'un regard protecteur. Elle avait tant bataillé pour qu'il concède à ne pas les accompagner qu'elle lui a accordé ce geste. Peu lui importe la couleur du véhicule ou la qualité du rembourrage des sièges en cuir. Dans les décombres, ces détails auraient peu d'importance. Elle aurait aimé s'asseoir à côté du conducteur, la place du mort. La ligne droite vers l'enfer. Quelques crissements de pneus, un choc violent, un cri étouffé et la morgue pour dernier gîte. L'idée semble séduisante et une moue amère se dessine sur son visage aux traits tirés. Peut-être serait-il plus simple de mourir avant son père… De jeter l'éponge pour ne pas le laisser partir avec un goût de victoire en bouche. Forfait par abandon assumé. Impensable que ce fossile poussiéreux puisse déceler une quelconque émotion dans son regard et qu'il pense gagner leur dernière bataille par surprise, si encore il était en état de penser.

Gisèle serre la lettre du notaire entre ses doigts crispés et hésite à la déchiqueter en petits confettis qu'elle laisserait virevolter au vent. Ils survoleraient le château fort de la ville ou ils s'échoueraient sur les ruines, et elle les regarderait disparaître au loin, l'âme libérée. Franchiraient-ils la frontière, cette ligne invisible qu'elle avait imposée entre elle et ses parents, sans jamais se laisser l'opportunité de la traverser en sens inverse ? Le bonheur se calcule-t-il en nombre de circonvolutions prises par nos routes ? Ses géniteurs avaient-ils assumé leur choix ou l'avaient-ils attendue, toutes ces années, la porte et le cœur entrouverts, espérant son retour, priant leur Dieu miséricordieux de leur accorder une chance de rattraper le temps perdu ? Peut-être même l'avaient-ils cherchée…

Lui reviennent en mémoire ces heures douces où son père lui apprenait à manier un cerf-volant dans les champs voisins. Son rire léger quand elle arrivait enfin à lui faire prendre son envol, ce rire franc qui l'éclaboussait tout autant que les flaques de boue qu'elle tentait d'éviter pour ne pas se faire disputer par sa mère et la tape pudique que son père lui flanquait dans le dos en guise d'encouragement. Un rictus hésitant entre le sourire ému et les larmes habille son visage fatigué.

Cette lettre, elle a bien dû la relire une centaine de fois depuis sa réception. C'était il y a deux semaines. Elle se revoit encore ouvrir la porte à la factrice, la complimenter sur son teint de pêche et sa nouvelle couleur de cheveux blond platine qui lui allait bien mieux que le rose pâle sur les pointes, avant de regarder avec circonspection le pli recommandé tendu d'une main aux ongles rongés. Oblitéré en France. Un frisson l'avait parcourue et elle avait refermé la porte avec hâte. Naïve, elle avait imaginé être recherchée par l'administration qui lui annoncerait le décès de ses parents. Il fallait bien que ça arrive un jour et cela ne changerait fondamentalement pas la face du monde. Pas la sienne, en tous les cas.

Elle avait décacheté l'enveloppe avec délicatesse comme si elle pouvait contenir des traces d'anthrax et soupesé le grammage du papier blanc de bonne qualité. Deux pages recto verso truffées de formules de politesse et de références à des articles de loi. Le notaire n'aurait pas eu besoin de se fouler autant car elle aurait pu les traduire en une phrase lapidaire : votre père mourant voudrait vous voir, ainsi que votre descendance, pour vous délivrer ses dernières paroles et s'assurer que vous hériterez de la ferme et des terres qui vous reviennent de droit.

Assommée, elle avait tenté de mesurer l'étendue du psychodrame qui se tramait dans son dos. Le destin lui jouait une farce étonnante, qu'elle aurait même été tentée de qualifier de risible si le manque et les regrets ne l'avaient pas soudain inondée. Poupée de chiffon ballottée entre les revenants de son histoire et les murs de silence érigés par ses soins. Elle qui refusait de révéler à ses proches l'identité du géniteur de Barbara se voyait contrainte de les inviter à l'accompagner dans l'Oise visiter un père qui n'en portait que le titre ! Drôle à en pleurer. Un vieillard sénile qui n'ouvrirait sans doute plus jamais la bouche ou les yeux. Un homme qui lui avait toujours préféré un petit garçon parti trop vite et des principes moraux qu'il ne respectait pas.

Des décennies après, la scène de son départ de la ferme familiale reste gravée en elle. Un tatouage indélébile dont chaque détail lui apparaît avec une étonnante clarté. La rudesse de son père lorsqu'il avait empoigné sa main, la manière agitée dont il se grattait le crâne, ses yeux qui semblaient sortir de leurs orbites tant il avait peur que sa femme les surprenne. Le vent violent qui avait plaqué sa jupe longue contre son ventre arrondi. Le ciel d'un gris bleuâtre et le calme routinier de la campagne environnante. Ses vêtements de travail trempés de sueur et son regard tourné vers la cour pour ne pas être vu par Madeleine. Sa lâcheté et sa petitesse. Ses dernières phrases prononcées entre deux portes sur un ton suppliant et la peine cruelle ressentie en les entendant. Les mots d'un père. « Prends cette lettre et l'argent, va voir la sage-femme. Elle t'écoutera. Fais-le partir, tu m'entends, fais-le partir ! Dis rien à ta mère. Et reviens, on fera comme si rien ne s'était passé. Elle s'y fera. »

Le marché pouvait sembler honnête, presque luxueux : une vie calme et rassurante contre un petit avortement. « Fais-le partir ! »

Ainsi survivait le monde. Une âme sacrifiée pour la quiétude des autres. Une brebis galeuse éconduite pour que le troupeau marche droit. Chaque faux pas devait être sanctionné. Elle avait succombé aux plaisirs de la chair, trahison passible de peine capitale. Et elle avait de la chance, ce ne serait pas elle qui subirait le supplice du crochet ou de l'aiguille à tricoter, mais un petit bout d'elle qui ne porterait jamais de nom. Les apparences seraient sauves, ses parents resteraient des êtres fréquentables. D'honnêtes paroissiens dont le mal n'aurait jamais franchi le porche. Elle serait remise sur le marché des jeunes filles de bonne famille, une première main saine et fiable, redevable toute sa vie à ses parents de cet acte de bonté et de pardon. Serait-elle devenue une femme différente si elle avait accepté leur charité ? Le bonheur aurait-il eu une autre saveur ?

Ce môme, elle le voulait, avec toute la fougue de sa jeunesse. Mettre fin à cette grossesse non désirée aurait signifié immoler une partie d'elle-même, accueillir l'idée que le démon s'était incarné en elle. Que cette merveilleuse Barbara dont elle avait épousé chaque pas aurait été une monstrueuse erreur. Que serait-il advenu si elle avait suivi les injonctions paternelles ? Si elle avait choisi de sacrifier sa fille pour le confort des âmes parentales, pour la bienséance propre à l'époque et à son éducation ? Des jours ordonnés et le sentiment de vivre comme un animal en cage. Une liberté de pacotille et de courtes fiançailles avec un homme bien sous tous rapports choisi par sa mère. La rancœur et le mépris dans chacun de ses regards. Une ligne de vie toute tracée par un hymen perforé.

Un non hurlé au visage de cet homme persuadé d'être pétri de bonnes intentions. Gisèle se souvient de cette colère sourde aux injonctions, de cette nausée qui l'avait submergée, de ces salissures emportées par l'eau dans la rigole. De l'amertume de ces derniers instants. Jusqu'au bout, elle aura été la fille sale, celle en vie, frappée du sceau de l'indignité. Jusqu'au bout, elle aura espéré vieillir loin d'eux, ne jamais voir les ridules se former aux commissures de leurs lèvres, ne jamais devoir leur présenter Barbara et Mila. Protéger ses pierres précieuses de leurs éclats de voix pour qu'elles ne soient jamais défigurées par la peine. Et pourtant elle a failli, fatiguée par les appels répétés du notaire lui enjoignant de respecter le dernier souhait de son père. Ses arguments l'ont touchée. Émile végète dans un sommeil profond la plupart du temps, et vendre la ferme lui permettra de gâter ses proches. Elle en a beaucoup discuté avec Romain et a enfin obtempéré, partagée entre des émotions contradictoires. Consciente qu'on ne choisit pas l'époque où l'on naît, ses parents, ses épreuves. Aucun homme ne peut être seul détenteur de son histoire. La sienne ne s'effacera pas, mais l'occasion lui est donnée d'y ajouter, peut-être, un nouveau chapitre.

Perdue dans ses souvenirs, Gisèle est indifférente au spectacle qui se joue hors du véhicule. Le regard fixe et inquiet d'Édouard posé sur elle. Ses recommandations à Sybille. Les embrassades enjouées de Mila à Marc. Le nouveau pull rose de Barbara. Les gémissements plaintifs d'Émile pour quémander de l'attention.

Le véhicule s'élance hors de l'allée et la voix désincarnée du GPS les invite à tourner à gauche dans deux cents mètres. Gisèle ferme les yeux, fatiguée de devoir batailler entre des sentiments inconciliables. Elle sait où mène cette route si souvent empruntée avec Sybille lors de leur promenade dominicale. Deux tournants encore et apparaîtra le cimetière.

28

Une sœur larguée du ciel

Le café parisien s'est vidé de ses habitués du matin. Noémie regarde la salle déserte et se prend la tête entre les mains.

Quelque part, il y a une autre qui peut-être lui ressemble. Aime-t-elle, elle aussi, les madeleines trempées dans le lait tiède au petit matin ? Les mélodies chaloupées de Michel Jonasz ? Regarder Bridget Jones pleurer pour Mark Darcy en ne pouvant retenir ses propres larmes ? A-t-elle un hoquet de peur particulier quand elle croise une araignée et déteste-t-elle les brocolis vapeur ?

Son regard se pose sur le visage inquiet de son fils et elle tente de le sonder, de lire en lui quelle attitude adopter. Elle ne sait que répondre à ces étrangères qui souhaitent la rencontrer. Elle pourrait les ignorer avec un détachement feint. Les inviter pour un café-crème dans une brasserie anonyme et les laisser payer l'addition. Les serrer dans les bras comme des cousines lointaines qu'on est content de voir partir une fois le repas achevé. Leur tendre une main sèche pour bien leur signifier quelle est leur place dans cette histoire de famille à laquelle elles ne peuvent en rien prétendre appartenir.

Ses pensées s'entrechoquent, ses certitudes vacillent. Noémie secoue la tête avec force et l'envie d'un remontant la saisit. Un tord-boyaux. Un alcool suffisamment puissant pour la rétamer et noyer ses myriades de questions. Elle en oublie l'heure matinale et ses intestins sensibles. Elle veut boire. À la santé de cette inconnue dont l'existence plane désormais au-dessus de la sienne. À la vie qui n'en finit jamais de venir nous cueillir alors que les fleurs sont déjà fanées dans les décombres. Boire pour se consoler de cette infinie tristesse qui l'a happée comme un joli ciel bleu saphir. Un proverbe yiddish qu'affectionnait son père lui revient en mémoire. Noémie lève la main et hèle la serveuse d'un ton sans appel. « L'homme vient de la poussière pour retourner à la poussière. Alors en attendant, rien ne vaut un bon petit coup de vodka. »

Dans le hall d'entrée de l'hôtel Marcel Aymé, elle titube encore sous le poids de l'émotion et du double shot matinal. Les citations du poète font office de papier peint et s'affichent en lettres capitales sur fond blanc. Noémie se dirige avec rapidité vers l'ascenseur et évite le sourire avenant du réceptionniste, un jeune homme aux cheveux courts arborant un tatouage discret sur l'intérieur du poignet. Les lettres dansent devant ses yeux humides. Noémie aimerait toucher ces mots d'hier coulés dans les murs, se sentir enveloppée de leur sagesse, convaincue qu'eux seuls ont le pouvoir de sécher ses larmes et d'apaiser cette tristesse au creux de son ventre. Le visage de sa mère s'imprime en elle.

Des mèches folles d'un blanc lumineux et un sourire bienveillant qui ne l'a jamais quittée, même lorsque la douleur accompagnait ses nuits. Noémie se surprend à être heureuse qu'elle ne soit plus là. Soulagée de la préserver des éclaboussures d'un test ADN, d'un chapelet de souvenirs échappés d'une éprouvette suisse.

Frappée par l'impression qu'un gratte-ciel lui est tombé sur la tête, les pensées les plus folles s'agitent en elle. Quelque part, une inconnue revendique avoir le même père mais Eli n'est plus, et Paris ne lui a jamais paru aussi dépeuplé qu'à cet instant. Cette autre, sans nom et sans visage, arrive bien trop tard. Elle n'est rien pour elle, un léger dommage collatéral d'une histoire désertée par son héros principal. Un non-sens. Un détail, une bêtise, une incartade de jeunesse, qui sait ? Noémie l'ignore. Elle appuie avec rage sur le bouton d'appel de l'ascenseur. Les portes s'ouvrent et la colère se répand dans son corps alors qu'elle se découvre dans le miroir de fond et essuie d'un geste de la main son front recouvert d'une fine couche de sueur.

« T'as une sœur ! C'est dingue ! », s'est exclamé Ethan entre deux gorgées de café *latte*. Elle a eu envie de le griffer. Partager un patrimoine génétique ne signifie pas grand-chose. Loin d'être un critère suffisant pour se réclamer d'une quelconque lignée. Une famille, cela ne s'achète pas dans un supermarché. Cela se construit jour après jour, dans l'affection des épisodes heureux, dans les inévitables douleurs et rancœurs. Dans les baisers appuyés et dans les portes qui claquent. Dans la chair. Pas dans une pipette de laboratoire, contre quelques euros déboursés avec désinvolture comme on achèterait un pull en solde. L'essentiel d'un amour paternel se définissait par les racines imprimées en soi, par le don de chaque instant, par la tendresse d'un regard, par les colères mues par l'inquiétude. Par l'amour prodigué, même peu, même mal. Mais un père sans amour est-il un père ?

Noémie a déjà une sœur qu'elle entoure de tendresse, une mère adorée partie trop tôt. Une famille. Impensable de rajouter une branche post-mortem à celle-ci. La vie ne peut offrir aux humains ce que la nature refuse aux végétaux. La naïveté d'Ethan l'irrite plus encore. « Maman, faut que tu la rencontres. J'aimerais t'accompagner », lui a-t-il soufflé d'une voix affirmée avant de quitter l'abri douillet offert par le Café Caracoli pour rejoindre les bureaux où il effectue son stage.

Noémie a alors regardé le ciel bas, y cherchant la réponse qui s'insinuait déjà dans ses membres tétanisés, espérant que le réel s'efface tout d'un coup. Son corps pensait non, sa tête a dit oui. Un imperceptible hochement de cou, si subtil qu'elle ne l'a pas senti. « Top ! Je me charge de contacter la fille et on en reparle. À ce soir, je passe vers vingt heures. Je t'appelle quand je quitte le taf. »

Pas nécessaire de faire un orage dans une tasse de thé, affirme une expression anglaise. Elle a regardé la silhouette athlétique d'Ethan s'éloigner à grands pas. Sans doute soulagé du devoir accompli et curieux de connaître la suite de l'histoire de son grand-père. Elle, elle n'était pas sûre de vouloir y ajouter un chapitre.

De loin, avec son caban bleu foncé et son pantalon à plis, son fils paraissait plus âgé, un homme déjà. Elle l'a suivi des yeux, a tenté de lui crier un non sans équivoque, de le raisonner, de respirer avec calme jusqu'à ce que sa cage thoracique s'apaise. Tout cela n'est que de jolies histoires. Peut-être même des fadaises, ou une erreur de laboratoire. Des supputations, des déductions hâtives basées sur quelques échanges entre deux jeunes un peu fous. Dans cette société trop connectée, tout est prétexte à créer du lien. Une sœur larguée du ciel par une cigogne au sens de l'orientation défaillant, c'est trop gros pour être honnête.

Et même si c'était vrai ? Sa réalité n'est pas celle de cette étrangère. Le monde ne va pas s'arrêter de tourner parce que Eli a eu un enfant avant son mariage. Cette inconnue n'a jamais compté pour lui. Un détail, un fait divers. Rien qui puisse changer la trajectoire de la Terre ou l'ordre des saisons. Des arguments vains et peu convaincants qu'elle n'a pas prononcés. Sa tête a opiné avant elle. Son sens des responsabilités et sa curiosité ont parlé à sa place.

La porte de la chambre 203 se referme avec fracas et Noémie se précipite tout habillée au fond de son lit. Elle tente de joindre son époux mais l'appel reste sans réponse. Le téléphone lui brûle la main et elle le regarde comme un ennemi supplémentaire. Elle devrait appeler sa sœur, la vraie, la seule qui compte à ses yeux. Celle avec qui elle a partagé l'utérus de sa mère et dormi dans la même chambre durant douze ans, alors qu'une grande pièce vide l'attendait au bout du couloir. Les fillettes avaient préféré l'inconfort de lits superposés à un lit double pour ne pas être séparées. Unies dans un même royaume. Un roi, une reine, deux princesses innocentes. Les mêmes jeux, les mêmes draps colorés, les mêmes tutus. Les mêmes palais fins façonnés aux mêmes saveurs épicées. Les mêmes bougies blanches allumées le vendredi soir pour Shabbat. Les mêmes valeurs et les mêmes fondations. La mélancolie des jours passés la submerge et une boule lui étreint la gorge. Elle aimerait la régurgiter dans un flot de bile acide et d'alcool mais l'évidence la rattrape. Jamais deux sans trois, ne peut-elle s'empêcher de penser avec l'autodérision qu'affectionnait tant son père.

L'instant d'avant, il n'y avait rien. Ou tant. Une famille unie dont Eli Abitan était le pilier fondateur. La jeunesse tourmentée de cet homme, Noémie se l'est appropriée, au point d'en rédiger un récit pour enfants qui a touché le cœur de milliers de lecteurs.

Un succès de librairie pour une histoire désuète qui ne surfe pas sur l'air du temps. Ni héros aux superpouvoirs ni planète issue d'une galaxie aux confins des airs. Mais une pudeur teintée de douceur pour décrire en trente pages, sans minauderie ni pathos, l'enfance d'un petit garçon juif né pendant la guerre dans une famille meurtrie et décimée par la fureur des hommes. Cachés dans une ferme de l'Oise durant trois longues années, lui et les siens ont survécu grâce à la bonté d'une prostituée, Mme Agathe. Une dame de cœur dont le souvenir a accompagné Eli jusqu'à son dernier souffle. Bien après son décès, Noémie a trouvé dans les affaires paternelles consignées au grenier un ours en peluche élimé, cadeau de sa bienfaitrice. Noémie n'a jamais pu déterminer si les lecteurs ont été séduits par le caractère audacieux et résolument optimiste de son père ou par son talent pour traverser l'existence et ses épreuves imposées avec légèreté et dérision.

D'un geste vif, Noémie ôte la couette et sort de ses bagages l'exemplaire destiné à être transmis le lendemain à une journaliste. Elle parcourt le livre dont elle connaît chaque ligne, espérant y trouver un indice, une réponse à ses interrogations. La quinquagénaire feuillette les pages comme on déterre les souvenirs. Des chapitres courts ponctués de moments forts. Le jour où Eli comprend que la guerre est finie, sa gratitude pour Mme Agathe qui le poussera à défendre gratuitement les prostituées une fois devenu avocat, les pleurs de sa mère qui ne se tariront jamais vraiment, les honneurs accordés à son père pour faits de résistance. La saveur de la liberté de pouvoir courir dans les champs au grand jour. Le goût voluptueux du premier carré de chocolat. L'apprentissage sordide de la réalité, la découverte de sa condition de miraculé, la culpabilité qui accompagne la vie bouillonnant en lui. La peur qui ne quitte jamais un corps une fois qu'elle l'a phagocyté. Le désespoir tu de ses parents lorsqu'ils égrainent le prénom de leurs disparus. Sa joie de partager leur couche dans un petit appartement cédé par la mairie. La découverte des livres et de leur pouvoir guérisseur. Ses amitiés et ses premiers émois. Son départ pour l'Angleterre. Sa surprise quand un professeur l'appelle Charles, prénom donné par sa mère lors de l'inscription à l'école pour éviter qu'il soit stigmatisé par ses origines. Gisèle. Les adieux qu'ils n'ont jamais pu lui faire. Ses lettres restées sans réponse. Autant de moments choisis qui ont façonné l'adulte et le père.

Noémie se rappelle avec précision du moment où Eli avait évoqué pour la première fois cette inconnue dont le nom ne lui disait rien. La scène s'était déroulée dans son salon londonien, le lendemain du départ d'Ethan pour la France. Un jour de grand soleil. Noémie l'avait écouté se raconter et elle lui avait pris la main. L'homme avait eu une vie harmonieuse construite sur des cendres. Cette jeune femme venait parfois peupler ses moments perdus et il s'en était voulu d'avoir dû suivre ses parents dans la précipitation d'un départ inopiné. Non, il n'avait été ni un salaud ni un vaurien. Juste un jeune homme prisonnier d'une histoire trop grande pour lui. À sa grande surprise, il l'avait enjoint d'ajouter une ligne à son arbre généalogique pour y inscrire le nom de cette Gisèle. Pour lui accorder, au moins quelque part, une place officielle dans sa vie.

Une dernière ligne et, lorsque le mot « fin » apparaît, l'évidence la frappe. Peu importe qu'il soit Charles ou Eli. C'était un homme droit et juste. Sa rigueur morale n'aurait jamais accepté de laisser sur le bord de la route un enfant dont il aurait été le père. Noémie tente de se raisonner, d'empêcher son esprit d'affabuler et d'élaborer des scénarios. Des hypothèses et de vaines suppositions affluent, nourriture potentielle d'un imaginaire affamé. Le sien n'a pas faim, repu par toutes les histoires familiales dont il a été grassement nourri.

Et soudain apparaît, dans cette famille qui l'a cueillie, une étrangère avec qui elle devrait partager la moitié de son hérédité. Noémie dépose le livre sur ses genoux et attend, immobile, que son corps intègre cette information. Elle pourrait patienter là, toute la journée, à attendre un message d'Ethan. De leur conversation, Noémie n'est pas certaine d'avoir tout retenu tant le bruit de son cœur l'accaparait. Mue par une impulsion subite, elle décide de quitter cette chambre où l'air se fait rare pour errer dans la capitale. Des chiens, des humains, des mères, des arbres. Elle les regarde comme si elle les découvrait pour la première fois, consciente que chacun d'eux est porteur de drôles d'histoires. De secrets glauques et peu reluisants. De pépites aussi. L'humanité incarnée en une multitude de visages et de corps. Devant le Panthéon, de jeunes touristes lui demandent de les prendre en photo. Elle envie leur sourire éclatant, leur confiance aveugle en l'avenir, et elle se retient de leur quémander une étreinte réconfortante.

Jamais elle n'aurait pu refuser à Ethan de rencontrer cette partie manquante de son père. Si elle ne le fait pas pour elle, elle doit le faire pour lui. La famille va s'agrandir, lui avait après tout prédit l'horoscope annuel de l'hebdomadaire *Elle*. Elle s'en souvient car elle avait fait les gros yeux à ses filles, pas pressée de devenir grand-mère, et leur en avait fait la lecture tout en préparant des pancakes aux myrtilles. Les astres avaient parlé. Peut-être que cette Gisèle pourra en faire tout autant.

29

Des racines pour demeure

Le véhicule loué par Édouard a beau être confortable, le dos de Sybille est perclus de contractures. À ses côtés, Mila a enfilé ses écouteurs et sommeille, la tête abandonnée sur l'épaule de la vieille femme. Sur le siège avant, Barbara est plongée dans sa liseuse et ne lève les yeux de son texte que pour jeter un coup d'œil à sa montre. Sybille l'imagine fébrile et bouillante d'une vie qui ne sait où circuler, mais sa filleule n'en laisse rien paraître. Une eau dormante sous un ciel cotonneux. Quant à Gisèle, murée dans un bloc de béton, elle scrute la moindre petite peau entourant ses ongles vernis et rien ne semble pouvoir la détourner de l'attention qu'elle porte à ses cuticules. Perdue dans ses pensées, Sybille regarde les arbres défiler et elle les envie. Chahutés par les bourrasques ou terrassés par la chaleur, ils tiennent bon, le tronc solide ancré dans la terre. Des racines pour demeure et le ciel pour seule destination.

Elle tente avec peine d'apaiser son mental et compte les diverses nuances de coloris offertes par la nature. Une diversion peu efficace. Chaque kilomètre franchi la ramène plus près de tout ce qu'elle a longtemps fui. Elle aimerait tant remonter le temps et délier les fils qui ont scellé ses lèvres. Expliquer à ces femmes dont elle se sent si proche pourquoi cet aller-retour ressemble à un chemin parsemé de pics déchiquetés. Parler est si simple. Se raconter l'est bien moins. Trois semaines ont suffi pour que l'automne s'invite et ses teintes chaudes colorent désormais les forêts ardennaises. Vingt et un petits jours durant lesquels Sybille a cherché, au plus profond de ses entrailles, une raison à invoquer pour ne pas accompagner Gisèle dans son pèlerinage mortuaire. Elle en a trouvé mille, mais n'a pu se résoudre à en exprimer une seule. Aucune n'aurait été audible par son amie. Comme toujours, elle a pris sur elle et feint d'adhérer au projet. Un enthousiasme peu crédible, au point qu'elle n'est pas sûre d'avoir convaincu quiconque. Aucun embouteillage pour ralentir la cadence, le paysage file et sa silhouette s'affaisse un peu plus encore sur le siège rembourré du véhicule. La frontière ne devrait pas être loin.

La panique s'empare d'elle lorsqu'elle imagine ses compagnes fureter dans son passé. L'ironie de la situation la bouscule depuis des nuits. Il ne se passe pas un jour sans que sa filleule ou Mila lui téléphone pour l'inciter à faire parler sa complice. Pirouette céleste ou hasard funeste, elle ne peut s'empêcher de juger l'attitude de son amie inadéquate alors qu'elle-même s'accroche comme une noyée à son propre secret. Il risque d'être éventé sous peu. Si proche de la tombe… c'est ridicule.

Sybille se sent acculée au bord d'une falaise dont elle ne pourra que tomber et la présence de Mila blottie contre elle renforce encore son sentiment d'illégitimité.

« Qu'est-ce que je fais ici ? » se répète-t-elle en boucle alors que le Renault Scenic ralentit à un premier péage. Je simule, je feins, je trahis. La douce tante Sybille, la gentille qui comprend, la noble qui console… que des mots sans envergure, pareils à ce que je suis. Petite, si petite.

« Si Waze ne se trompe pas, on a encore une heure vingt-deux minutes de route. »

Une voix enthousiaste rompt le silence pesant et Sybille se surprend à sourire. De dos, les épaules musclées et bien dessinées de Cynthia lui paraissent être un rempart bien faible face à la déferlante qui ne manquera pas de s'abattre bientôt sur elle, mais elle doit reconnaître que sa présence lui fait du bien. Un peu moins seule dans le camp ennemi. C'était une idée de son époux, Sybille en est convaincue. Édouard avait très envie de les accompagner mais, d'un naturel raisonnable, il s'est rangé à ses arguments sans discuter. « Un voyage entre filles, mon Édouard. Deux jours, pas plus… et puis, on ferait comment avec le chien ? On ne va quand même pas le mettre en pension pour deux jours, c'est ridicule… On en fera d'autres, des voyages… »

Un sourire aux lèvres, il a écouté Sybille lui parler des périples qu'elle espère faire à ses côtés, tant qu'ils le pourront… Une croisière dans les fjords norvégiens ou, pourquoi pas, assister au Palio de Sienne. C'est sur la place del Campo qu'il l'a demandée en mariage, un genou à terre, une rose blanche à la main. Face à ces projets, il a acquiescé sans insister. Oui, ils iront en Toscane au printemps prochain. Oui, il s'occupera d'Émile. Non, il n'oubliera pas de le sortir deux fois par jour. Oui, il comprend. Sybille a soupiré et ignoré le regard interrogateur posé sur elle. Édouard comprend toujours. Comme s'il percevait l'ombre invisible dont sa femme s'entoure, il la surveille d'un œil soucieux, attentif au moindre rictus sur son visage.

Chaque tempête a son phare. D'une manière inattendue, Cynthia l'a abordée un soir avec une douceur inhabituelle. Une soirée tiède et sans nuage. Elle revenait d'un jogging et des mèches de cheveux étaient collées sur son visage en feu. Sa belle-fille a mordu avec appétit dans une pomme rouge et l'a transpercée d'un regard franc.

« Sybille, comment tu vas ? »

Une question anodine, mille fois posée. Mais Sybille y a senti l'attente d'une réponse. Un moment rare et précieux. Au-delà de la vague formule de politesse ou d'une phrase laconique lancée au vent. Sybille a continué quelques instants à brasser les poireaux qui caramélisaient à feu doux dans une cocotte en fonte. Édouard a toujours adoré cette préparation, disposée en fine couche sous un dos de saumon cuit à la vapeur. À cet instant, l'envie de tout avouer à Cynthia l'a submergée. Par souci d'honnêteté, mais aussi pour savourer un moment de connivence avec sa belle-fille. Partager avec elle plus que les contingences du quotidien. Cela lui a tant manqué.

« Si ton père et moi, nous avions pu avoir un enfant, j'aurais aimé l'appeler Jeanne. »

Sybille ne sait d'où ces mots ont jailli. Peut-être de cette terre brute en friche qu'elle ne veut plus fouler et que, par ce voyage dans l'Oise, Gisèle l'oblige à retraverser. Des mots prononcés avec exaltation pour masquer sa cicatrice au cœur. Ils ont déchiré sa carapace et elle a fondu en larmes, honteuse de s'être mise à nu devant la seule personne qui n'a jamais eu envie de l'entendre. Sans qu'elle puisse refuser, une main ferme l'a délestée de la cuillère en bois et elle a senti des bras puissants l'entourer d'une douce tendresse. S'y abandonner lui a donné l'illusion d'être une orpheline accueillie enfin dans sa maison natale. Avec délicatesse, Cynthia a attendu que le flot de ses pleurs se tarisse et l'a bercée contre sa poitrine haute. Se détacher d'elle et relever la tête a été difficile. Sybille a évité son regard curieux et, après un temps, a enfin répondu, d'une voix plus claire.

« Bof, j'ai connu des jours meilleurs. »

Cynthia lui a décoché un sourire bienveillant et mordu dans sa pomme avec appétit. Un bruit agressif de mâchoires assassines a retenti, mais un silence apaisé s'est installé entre elles. Un drapeau blanc agité au vent. Lorsque trois jours plus tard, Édouard a insisté pour que Cynthia fasse la route avec elles et qu'elle prenne le volant, Sybille n'a pas cherché à l'en dissuader. « Ça ne va pas être simple pour vous. Tu n'aimes pas conduire, Gisèle va revoir un père oublié, Barbara et Mila lui tirent la gueule et moi, vous ne voulez pas de moi. Je serai rassuré de savoir que Cynthia vous accompagne. T'en penses quoi ? »

Sybille n'en pensait rien mais l'idée de pèleriner en compagnie de sa belle-fille l'a rassurée. Dans un recoin de son âme, elle donnerait beaucoup pour revivre leur petit moment d'éternité partagé. En elle a alors germé l'audace de caresser sa joue rouge d'une main légère et l'envie de se dévoiler, sur un coin de table. Un baume apaisant.

La voiture poursuit sa route et bouffe le bitume comme Émile avale ses croquettes au poulet. Une avidité que rien ne semble pouvoir combler. Des vies lancées à vive allure sur une autoroute un matin frais, à la rencontre d'un homme ou d'elles-mêmes. Sybille ne peut s'empêcher de regarder ces compagnes tant aimées. Un même trajet pour cinq histoires. Elles se connaissent si bien, elles ont tant partagé, et pourtant chacune d'entre elles possède sa propre carte du monde. Ses sables mouvants, ses mélodies populaires fredonnées sous la douche, ses jardins en friche, ses rêves abandonnés sans linceul, ses traces de pas effacées par l'écume. Ses austérités et ses indulgences. Ses secrets. Chacune d'entre elles a dans sa poche un objet jalousement caché, un trésor qui lui rappelle qui elle est.

Gisèle tient entre deux doigts la lettre du notaire de Naël. Barbara a choisi une boule à neige, souvenir rapporté d'une escapade amoureuse au Mont-Saint-Michel. Mila a préféré un pendentif serti d'une opale, cadeau de Marc. Cynthia a opté pour un flacon d'huiles essentielles lénifiantes, au cas où Sybille se sentirait déprimée. Quant à cette dernière, elle serre à s'en faire mal, dans sa paume, un minuscule dé à coudre en argent.

30

Un sourire à faire rire le vent

Un regard intense. C'est cela que Gisèle choisit de garder de leur rencontre. C'est peu comme héritage et pourtant, ce cadeau inattendu régénère ses cellules et apaise le feu allumé en elle. Un regard suppliant. Fugace et trop éphémère pour s'y agripper, assez long toutefois pour y lire les mots qu'Émile a toujours rechigné à figer dans l'immuable. Délestés de sa fierté d'homme et de sa lâcheté d'époux, ces mots longtemps refusés ont enfin pu glisser jusqu'à elle. Une douce mélopée. Les mots d'un père.

Gisèle est entrée la première dans la chambre à trois lits séparés par de légers voilages, digne et guindée dans une robe bleue cintrée en polyester cousue main. Une odeur d'urine acide et de vieillesse chevrotante. Un râle étouffé et la sensation de pénétrer dans l'antichambre d'une morgue. Une idée l'a traversée et lui a fait lever les yeux au ciel. Bientôt, elle sera orpheline. Il y a tant de manières de l'être. Pour de vrai, pour toujours.

Les instructions de l'infirmière, une femme forte à la voix haut perchée, ont été précises. « Le lit du fond, celui face au poster. Soyez indulgente, il dort tout le temps et n'a plus toute sa tête. C'est une question d'heures, tout au plus, je ne suis pas certaine qu'il vous reconnaîtra. »

Indulgente. Parce que cet homme dont elle porte le nom est proche du trépas, on lui demandait d'être clémente. Un haussement de sourcils pour toute réponse et l'envie de tourner les talons pour franchir la frontière dans l'autre sens. Les regards de ses compagnes lui brûlaient le dos et l'ont obligée à rester. Cette rencontre leur appartenait aussi, elle ne pouvait en priver sa fille et sa petite-fille. Gisèle s'est assise à côté de son géniteur sur un siège en faux cuir, sans prononcer un mot, le dévisageant comme une pièce originale exposée dans un musée d'art contemporain dont elle n'aurait pas compris l'extraordinaire beauté. Une pancarte attachée au cadran du lit rappelait au monde qu'il a eu un nom : Émile Dussolier.

Cet homme aurait dû être son tout, il n'est presque plus rien. Une petite colline intubée sous des draps crème à liséré rouge marqués du sceau de l'hôpital. Quelques bosses reliées à une tuyauterie sophistiquée, un visage si malingre qu'il aurait pu appartenir à un enfant chétif. Une peau si pâle que Gisèle a pu lire dans son âme tout ce qu'il s'est évertué à lui cacher. Une déliquescence incarnée. Elle a contemplé le vieillard en silence, indifférente aux battements hâtifs de son propre cœur. Elle a refusé, d'un signe de la tête, la main tendue par une de ses proches. Certains voyages ne peuvent se vivre que dans la solitude des êtres. Deux mètres derrière elle, blotties en un nid compact, sa fille, sa petite-fille et celle qu'elle considère comme sa sœur assistaient aux retrouvailles. Leur présence muette et généreuse lui faisait du bien, lui rappelait qui elle était. Elle a approché avec lenteur ses doigts de la peau froide et irisée comme le marbre, avant d'opérer un léger recul, les lèvres serrées.

Comment entame-t-on la conversation avec un père dont on a oublié le son de la voix ? *Bonjour papa, tu vas bien ?* Que dire à un homme qui a chassé sa fille de son domicile au nom d'une morale différente de sa propre éthique ? *Oui, t'inquiète pas, moi depuis cinquante ans, tout va bien.* Ses yeux se sont emplis de larmes alors qu'elle pensait à la somme de tout ce qu'elle n'a pas eu l'occasion de vivre à ses côtés. Un comptage douloureux. Peu de réminiscences, ou alors trop grisées pour s'en encombrer la mémoire. Mais des regrets lourds et le sentiment d'un incommensurable gâchis. Une tape tendre sur l'épaule l'a fait sursauter. Une main d'homme avec quelques poils noirs en épi sur la première phalange. « Je vous apporte un verre d'eau ? » Elle a acquiescé avec reconnaissance à l'offre du notaire alors que des souvenirs perdus et audacieux retrouvaient le chemin de sa conscience.

La dernière fois qu'elle l'avait vu, c'était à seulement quelques kilomètres de ce mouroir, dans la cour aux pavés inégaux de la ferme familiale. Il était alors un homme au corps vigoureux et à la barbe drue. Un pleutre dans une cuirasse de costaud, enraciné dans son terroir. Elle se souvient de ses épaules bien dessinées, de la tache de pigmentation décorant le haut de son mollet gauche, une sorte de fleur sans pétales. De son odeur de terre, même au réveil. De sa manie de piquer du nez dans le fauteuil en tissu fleuri du salon après la messe dominicale. De la bougie qu'il allumait tous les matins devant la photographie de François. De la manière dont il rentrait la tête dans le cou quand sa femme le houspillait. De l'intérêt avec lequel il pouvait tourner les pages d'un magazine qu'il ne lirait jamais. De son adoration pour les abeilles et les coléoptères. De sa paire de chaussures brunes à semelle épaisse qu'il ne quittait qu'au bord du lit. Des détails sans importance, ensevelis sous le poids de l'oubli. D'autres, plus intimes. La manière bourrue dont parfois, il prenait de ses nouvelles après une journée d'école. Ses haussements d'épaules lorsqu'elle évoquait son désir d'études supérieures. Son sourire complice décoché en douce pendant les sermons dominicaux. Le seul compliment qu'il lui a jamais fait : « Ton sourire pourrait faire rire le vent et la pluie. » Les souvenirs affluent. Tel des passagers clandestins acculés à sortir de leur cachette, ils émergent un à un, et Gisèle les laisse grandir en elle, consciente qu'ils ne pourront suffire à repeupler ses années d'errance.

Gisèle serait incapable de dire combien de temps elle est restée là, immobile devant ce lit, à contempler ce cercueil à roulettes qui n'en portait pas encore le nom. Soudain, comme dans une mauvaise série télévisée, l'improbable s'est invité dans la pièce. Elle l'avait craint et rêvé à la fois. Les yeux clos d'Émile se sont entrouverts, vitreux et d'une couleur indéfinissable. Un parchemin froissé à la place de la peau et un souffle si faible que sa poitrine ne se soulevait déjà plus. « Incroyable. Un miracle », a prononcé, la gorge serrée, le notaire de Naël dans le silence de la chambre où le patient attendait que la vie le déserte, refusant d'abdiquer avant d'avoir revu sa fille.

L'homme de loi l'avait pourtant prévenue. Dans le hall de l'hôpital, devant la machine à café qui déversait un liquide aussi sombre que leur humeur, Gisèle n'avait pu s'empêcher d'admirer le costume bien coupé de l'homme à la démarche lourde. Cette déformation professionnelle l'avait fait sourire. Sans fioritures inutiles, il leur avait expliqué que, sans doute, elles arrivaient trop tard car son client dormait vingt-trois heures sur vingt-quatre. Quelques mouvements erratiques des jambes, des geignements. La mort serait bienvenue si elle passait enfin sur sa route. Mais ses volontés avaient été claires : il désirait transmettre la totalité de ses biens à sa fille après qu'elle l'aurait revu et qu'elle aurait pu entendre ce que le notaire avait à lui dire. Rassurée quant à l'état de plante verte de son père, Gisèle avait pénétré dans la pièce, suivie par ses acolytes. « Il n'est rien, encéphalogramme d'une moule de bouchot, des os et de la chair pas fraîche. » Elle s'était rassurée comme elle le pouvait. Que craindre d'un squelette endormi…

Contre toute attente, Émile a planté ses yeux dans ceux de sa fille comme un dard dans une peau tendre. Aucun mouvement. Trop faible pour sourciller ou pour manifester une quelconque émotion. Les deux prunelles brûlantes l'ont visée avec la précision d'une carabine 22 long rifle. Dans ce regard, elle et ses certitudes ont chaviré. Y ont foisonné les multiples possibles écorchés par les mauvais choix, les renoncements, l'égoïsme, le vide. Le manque indicible et l'amour avorté. Ce moment suspendu a duré le temps d'un clignement d'yeux. Quelques secondes ou quelques minutes, Gisèle serait incapable de le dire. Elle en a oublié de respirer et s'est coulée dans cet instant où tout s'est joué en accéléré. Le passé s'est plié, éclipsé, pour laisser enfin place à la présence de cet homme qu'elle peine encore à nommer. Émile, il, papa. Lui. Le titre de père se gagne-t-il à coups de spermatozoïdes bien ciblés ou au poids des bonheurs légués ?

Comme un feu dans une nuit polaire, ce regard d'une clarté soudaine a balayé les années de ressentiment maquillé en désinvolture. La petite fille de soixante-dix ans y a lu de l'amour et des excuses jamais formulées. Elle a compris avoir attendu mille fois cet instant et lorsque sa main a saisi celle du vieil homme sous le drap, il lui a semblé que son cerveau explosait à l'intérieur de son crâne. Une déflagration. Une vie à attendre et à fuir cette seconde où le passé et le présent ont fusionné en un seul regard. Un si doux regard.

Émile a ensuite tenté de distinguer les silhouettes informes collées contre le mur du fond de la pièce. Un effort trop grand pour lui. Sans attendre qu'on l'y invite, le notaire a pris les choses en main et s'est chargé de faire les présentations.

« Voici votre petite-fille Barbara et sa fille Mila. Venez, mesdames, approchez. »

D'un bond, elles sont venues s'agglutiner contre Gisèle et la chaleur de leurs corps chauds l'a réconfortée. Ses sens s'abreuvaient de ce regard muet et de cette présence tactile.

Sybille est restée en retrait, paralysée par ce spectacle saisissant.

« Et aussi Sybille, la grande amie de votre fille et la marraine de Barbara. »

Émile a légèrement tourné la tête vers elle et, à cet instant, Gisèle a senti un courant froid parcourir sa paume. Émile a fixé l'intruse, son cerveau habité par une hallucination. La haine a déformé ses traits et, d'instinct, Gisèle lui a lâché la main. L'homme était redevenu égal à lui-même. Un parfait étranger.

Toujours entourée de sa fille et de sa petite-fille, Gisèle s'est retournée et a sondé le visage de son amie, collée au mur, démasquée. Un regard brûlant. Sybille a tenté de le soutenir quelques instants avant de l'esquiver et de quitter la pièce, tête basse. L'évidence a alors foudroyé Gisèle comme un violent orage d'été. Comment n'avait-elle pas compris plus tôt ? Son géniteur n'existait déjà plus, son essentiel n'était pas blotti sous un drap jauni par les lavages. Il était ailleurs. Il avait franchi la porte et ses pas pressés résonnaient encore dans le couloir de l'hôpital. Gisèle a réprimé un haut-le-cœur et hébétée, le visage tordu par la souffrance, elle a senti ses fondations se rompre en mille morceaux.

31

Une coquille vide

Il y a si longtemps, la première chose qu'elle avait vue de lui avait été son dos. Sybille avait ressenti une compassion infinie pour sa nuque courbée sous un pull déformé par les ans. Le poids de la tristesse semblait plier le corps sec d'Émile en deux parties inégales et elle n'avait pu s'empêcher de lui trouver une certaine élégance dans la peine. Il tenait la main de sa femme et, absent, semblait désarmé face à ses larmes, les yeux rivés au sol pour éviter de croiser son regard perdu dans des brumes inaccessibles. Sybille avait pénétré sans un mot dans le bureau du docteur Gabriel et s'était assise à côté du médecin, chargée de l'épauler de son mieux. Le dossier médical ouvert devant lui, le praticien aux mains robustes et aux avant-bras de bûcheron avait parlé d'une voix douce au couple désespéré. Aucun mot n'aurait été assez apaisant pour leur expliquer que la médecine n'était pas une science exacte et que les cœurs des enfants étaient une machinerie aux rouages subtils. Ceux de leur petit François s'étaient enrayés et lui, simple mécanicien du corps, ne pouvait rien faire si ce n'est se soumettre aux caprices du destin.

Il leur recommandait d'en faire tout autant. Son constat était sans appel : leur enfant pourrait vivre quelques années au mieux, sans toutefois pouvoir atteindre l'âge adulte.

D'aussi loin qu'elle s'en souvienne, Sybille avait toujours désiré travailler en milieu hospitalier. Petite fille déjà, elle faisait accoucher ses poupées de boules de papier rehaussées de chevelure en laine qu'elle entourait de mille soins. Lors de ses études supérieures, une excitation dont elle ne comprenait pas l'origine s'emparait d'elle dès qu'elle reniflait des effluves d'éther et de solutions médicamenteuses. À l'époque, elle était une jeune femme prometteuse, non aguerrie aux douleurs que la maternité pouvait engendrer. Elle gérait les actes techniques et les émotions de ses patientes avec aisance et veillait avec pudeur à préserver leur intimité physique et émotionnelle.

Lorsque Madeleine avait appris que son bébé ne deviendrait jamais un adolescent, ses hurlements de fauve blessé avaient résonné dans tout l'étage. Ses cris de désespoir avaient fendu la nuit, glaçant la sage-femme. Elle se souvient avoir appelé des infirmiers en renfort pour contenir le corps agité de la mère effondrée. Des sédatifs et des caresses sur son front chiffonné. Des paroles qu'elle n'écoutait pas et de vaines promesses lui affirmant que tout irait bien, ailleurs, plus tard. L'aumônier de l'hôpital était venu les seconder et ses prières avaient réussi à apaiser un temps Madeleine, endormie d'épuisement.

Avait-elle manqué de lucidité ? Sybille n'a jamais compris comment une situation cruelle avait pu la mener vers une autre, plus douloureuse encore. Un sinistre engrenage. Au petit matin, le docteur Gabriel avait dû expliquer aux parents la douloureuse nouvelle. Leur fils, si longtemps espéré, était porteur d'une maladie cardiaque. Elle détestait l'accompagner dans ces tâches ingrates, mais elle s'en acquittait par devoir, la boule au ventre. Sa mission était de donner vie à des gamins vigoureux, pas de détruire les rêves d'hommes et de femmes terrassés par le chagrin. Émile s'était effondré sur la chaise, sans un mot, avec le regard hagard de celui qui comprend soudain que sa terre nourricière foulée en confiance pouvait se transformer en sables mouvants. Pour la première fois de sa vie, il s'était senti trahi par l'existence, estropié par un dieu qui l'avait déserté. Dire qu'il allait à la messe dans le seul but d'avoir un descendant… Ses espoirs étaient anéantis. Le paradis éternel, il n'en avait rien à faire. Les saints et les anges voués à veiller dans un avenir proche sur son François ne l'intéressaient pas. C'était du faux, des fioritures, de niaises bondieuseries pour amadouer sa femme et donner un sens à une épreuve qui, par nature, ne pourrait jamais en avoir.

L'homme était sorti du bureau épuisé et cette fatigue ne l'avait plus jamais quitté. Ce double anonyme alourdissait chacun de ses pas, chacun des sourires qu'il réservait à ses abeilles, dans la fraîcheur des petits matins solitaires où il aimait se retirer. Il n'était pas détenteur du talent nécessaire pour mettre ses proches à l'abri du malheur, et encore moins de celui de les en extirper. Madeleine s'était enfermée dans une chape de rigidité en attendant l'inacceptable. Coincée dans ce cercueil vivant, la douce femme avenante s'était transformée en pilier d'église. Droite, fière, solide. Soucieuse de vivre selon la Bible afin que ses pas soient guidés vers l'éternité et que son François y soit protégé. Émile avait sombré dans le travail, ses journées rythmées par le labeur de cette terre qu'il ne pouvait plus fouler sans l'invectiver. À défaut de l'avoir consolé, l'apiculture avait apaisé ses colères. Spectateur privilégié du rucher, il y avait enfin trouvé un sens à l'humanité. Un ordre, une cohérence qui faisaient tant défaut à sa propre existence. Quant à Gisèle, leur petite fille, elle avait plongé sans sommation dans l'incompréhension la plus totale et la solitude. Peu de mots, peu de douceur pour expliquer à cette sauvageonne rieuse et frondeuse que le cœur de ses parents était désormais d'une aridité telle qu'il ne pourrait plus l'inonder de leurs attentions. François était en sursis. Elle était bien vivante. Un crime impardonnable.

Aujourd'hui encore, Sybille ne comprend toujours pas comment sa destinée a pu prendre la tangente et s'écraser avec une telle violence contre un mur de pierres. La sage-femme avait répondu aux questions posées par Émile avec empathie et professionnalisme. Sans qu'elle le comprenne, elle était devenue son oreille, flattée d'être utile à cet homme meurtri dans sa chair. La sienne était vibrante et elle sentait la vie couler en elle. Madeleine allait pleurer au confessionnal pour dénoncer des actes qu'elle n'avait pas commis. La prière pour guérir François. La contrition comme chemin de croix. Émile attendait Sybille à l'issue de ses consultations et partageait avec elle quelques pas, quelques silences, quelques regards sur son intimité.

Consoler est un art difficile. Il dépend davantage de l'envie de renaître du chaos du souffrant que du talent déployé par le soutenant. Dans le décor aseptisé de son cabinet d'auscultation, Sybille avait offert au père éploré une tasse de thé brûlant, des phrases de réconfort, des sourires bienveillants. Ils avaient pour seule ambition de ramener un peu d'intensité dans ces yeux atones. Quelques mots sélectionnés avec soin et donnés avec chaleur. Puis une main, puis une épaule, puis des lèvres. Son corps tout entier aussi. Un contrat tacite les liait : je n'attends rien et tu n'attends rien. Ces deux êtres que tout séparait se soumettaient au langage de leur peau qui les émerveillait au-delà de la souffrance et des attentes. À bien y réfléchir, Sybille n'en avait d'ailleurs jamais eu à son égard. Cet homme rustre et peu éduqué réveillait simplement la femme en elle, et il lui était bon de se sentir vivante dans ses bras de mourant ressuscité. Ils n'avaient jamais parlé d'amour ou du lendemain, mais de miel d'acacia et de période de fleuraison du mimosa. Émile plongeait dans la jouissance comme dans un bain d'oubli et, durant de brefs instants, le temps d'un orgasme déflagrateur, il s'abandonnait enfin à la vie, à l'air, à la lumière. Les muscles bandés et le souffle court, il se sentait plus puissant que la mort qui rôdait autour de son fils. Et elle, pauvre gourde, elle se laissait emporter dans sa fugue maladroite. Consentante, ardente, heureuse de l'aider à recoudre ses plaies à vif. Libre. Jusqu'à ce qu'elle avorte et qu'elle perde bien plus qu'un simple fœtus.

Jusqu'à ce que la lâcheté oblige Émile à ne plus jamais croiser sa route. Jusqu'à ce qu'il lui envoie sa fille enceinte et sollicite son aide pour la faire avorter, dans le secret de l'époque et de leur histoire partagée. Dans le dos de sa propre mère.

Le poids de la trahison lui paraît soudain si lourd. Elle n'avait pas accédé à la demande d'Émile, mais ce méfait avait la légèreté d'une plume dans le vent par rapport au fait d'avoir trompé Gisèle. Quand un chapitre s'achève, une histoire est loin d'être finie. Dans le regard haineux du mourant, elle s'est sentie minable, honteuse de ses actes. Consciente d'avoir ôté à cet homme sa seule famille pour se créer la sienne, à ses dépens. Elle est la pire égoïste de cette affaire. L'histoire se répète toujours avec la constance d'un métronome et le rideau est enfin tombé. Sans applaudissements ni rappels.

Sybille aurait préféré être noyée sous un flot d'insultes et de reproches, emportée par des cris hargneux. Le silence est un tyran d'une exquise cruauté. Un miroir grossissant et peu bienveillant. « Vaut-il mieux mourir la nuit ou le jour ? », se demande-t-elle en fixant l'horloge murale ornant le mur de la cafétéria où l'a rejointe Cynthia. Sans un regard pour celle-ci, elle s'enveloppe dans un mutisme épais.

Treize heures douze. Une jolie heure pour un décès. Sybille s'y sent prête. Un pantalon en lin beige épargné par les plis, des sous-vêtements neufs et des boucles d'oreille en calcite orange, elle sera présentable devant la Grande Faucheuse. Si elle avait pu accoucher, Sybille aurait adoré le faire à une heure tardive, dans l'anonymat de la pénombre et la quiétude du soir, loin des boulevards noirs et de la frénésie des habitudes quotidiennes. En revanche, elle s'imagine mourir en plein jour, accompagnée d'un soleil haut qui réchauffera ses vieux os. Elle retient sa respiration pour sombrer plus vite dans l'après. Quelques secondes seulement. Avant d'éclater en sanglots.

« Mais enfin, parle, dis-moi quelque chose ! »

Le visage mouillé de larmes, elle laisse Cynthia lui prendre la main mais détourne le visage pour ne pas être vue, cacher sa honte, s'enfuir, elle ne sait où. Elle a toujours pensé que la fuite était une bonne solution, jusqu'à ce que le passé se mette à la pourchasser, courant plus vite qu'elle ne le pourra jamais. Une large baie vitrée lui permet d'observer le parking en contrebas et le ballet des automobiles. Des trajectoires qui se croisent, qui s'évitent, qui se rapprochent et qui s'éloignent enfin. Des frissons sur sa peau, un ciel semé de nuages, des cris d'enfant capricieux, une odeur de soupe aux champignons… tous ses sens en éveil lui rappellent que la mort n'est pas à l'ordre du jour et qu'elle ne s'achète pas sur ordonnance. Peu d'espoir d'éluder l'inévitable tempête qui couve deux étages plus haut. Penser à Gisèle est douloureux et elle se masse le front avec trois doigts.

« Réponds-moi ! »

Le regard interrogatif de Cynthia s'est voilé d'inquiétude et sa pression sur la main de Sybille se fait plus forte. Sybille ne sait par où commencer. La dernière chose qu'elle se rappelle est la douleur sourde qui lui labourait les entrailles lorsqu'elle a vu Émile pour la dernière fois.

« Réponds-moi, Syb, ou j'appelle papa ! »

Est-ce le ton plus agressif employé par Cynthia ou l'évocation de son tendre époux… Le corps de Sybille est secoué de sanglots et ses bras retombent avec mollesse le long de son corps las.

Dans un geste d'une douceur qu'elle ne lui connaissait pas, sa belle-fille essuie son visage avec une serviette de table. Le tissu est doux et elle s'abandonne à cette caresse inédite. Sybille ose enfin lever les yeux, et découvre Mila et Barbara à ses côtés. La voix se fait suppliante. « Je t'en prie, explique-nous. On s'inquiète pour toi. Je ne sais pas ce qui se passe, on ne comprend rien… mais tu as toujours été là pour moi. Laisse-moi t'aider… pour une fois… »

Un long silence empoisonné.

Sybille s'apprête à parler quand soudain, elle s'immobilise, le regard tourné vers la double porte battante de la cafétéria. Les talons de Gisèle s'écrasent sur le sol dans un bruit sec et rapide. Sybille ouvre la bouche mais d'un geste de la tête, son amie lui fait comprendre qu'elle ne l'écoutera pas. Elle lui tourne le dos pour lui signifier qu'elle n'est pas là pour elle, qu'elle n'existe pas, qu'elle n'existe plus.

« Barbara, Mila, on y va.

— Mamie, on va où ?

— Chez le notaire, il nous attend sur le parking, et puis on rentre à l'hôtel. À trois.

— Mais Gisèle, j'ai loué la voiture, je vais vous y conduire. »

Gisèle foudroie Cynthia du regard. Ses lèvres sont si pincées qu'elles forment une ligne droite et, lorsqu'elle parle enfin, sa voix se perd dans les bruits de plateaux que le personnel d'entretien empile avec fracas.

« Hors de question, on reste en famille. À cheval, en poney ou à dos de chameau, ça m'est égal, mais on y va à trois. En famille, lâche-t-elle encore en appuyant avec morgue sur les derniers vocables et en fusillant Sybille du regard. Le notaire m'a tout raconté…

— Mais, maman, tu…

— C'est bon, Barbara ! La famille, ce n'est pas une démocratie. J'ai décidé qu'on y allait à trois, un point c'est tout. Vous faites comme vous voulez, vous avez le choix de me suivre, ou pas. »

Interdite, Sybille regarde son amie s'éloigner, suivie de Barbara et de Mila. Dociles, elles lui jettent des œillades désolées. En famille… le mot lâché lui explose au visage avec violence. La voix de Cynthia lui parvient sans qu'elle arrive à comprendre le sens de ses paroles. La famille… Sybille l'a toujours considérée comme un refuge indestructible où se côtoient la tendresse, les partages, la rudesse et les coups de gueule. Une protection, un écran entre elle et les autres. Par sa faute, cette même famille est désormais une coquille vide. Sybille essuie une larme, soudain orpheline, pour la deuxième fois de sa vie.

32

Cui-Cui est mort

Le chant du canari s'est arrêté net. Pas un gazouillis de détresse, pas une vocalise étranglée pour alerter Paul à la Résidence des Saules. Une mélodie harmonieuse suivie d'un silence pesant. Le vieil homme a effectué avec difficulté quelques pas jusqu'à la cage, appuyé sur son déambulateur, et son cœur s'est serré à la vue des trente grammes de poils jaune verdâtre couchés sur le ventre. Il a perdu un compagnon de douze ans, témoin privilégié de sa décrépitude physique. Presque un membre de la famille. Paul a alors supporté avec une élégance non feinte l'intrusion de l'infirmière de service dans sa bulle, une jolie brunette aux hanches deux fois plus larges que les épaules. « Oh, Cui-Cui est mort ! Une si belle voix ! M'enfin, douze ans, c'est un bel âge, vous savez. Et puis j'ai bien vu, il ne pouvait pas se plaindre, vous lui donniez un bon pourcentage de graines d'alpiste et il n'avait pas de poux. Vous voulez qu'on s'en occupe ? » Paul a opiné de la tête, curieux d'imaginer son volatile couché dans la morgue de l'institution entre un parkinsonien et une insuffisante rénale. « Dira-t-on cela de moi ? », ne peut-il s'empêcher de penser depuis deux jours. « Que je parlais d'un ton juste ? Que j'avais accumulé un capital d'années suffisant pour m'éclipser sans que cela heurte personne ? Que mon alimentation était assez équilibrée en acides gras insaturés ? »

À défaut de pouvoir se dégourdir les jambes dans le parc entourant le bâtiment, ces questions et beaucoup d'autres se baladent dans sa tête. Paul les contemple comme des visiteurs indésirables avec lesquels il n'aurait pas la moindre envie de partager un brin de causette. D'ailleurs, il doit bien reconnaître que hormis Barbara, il y a peu de monde en ce lieu avec qui il éprouve du plaisir à échanger. Il a beau participer aux ateliers d'écriture organisés chaque semaine, lire par ordre alphabétique les ouvrages de la bibliothèque, jouer à des parties d'échecs en ligne et savourer les visites de son épouse, le temps s'étire avec une lenteur insoupçonnée. L'impression le poursuit d'être un grain de sable dans un sablier retourné, prisonnier d'un maudit bassin contraint de se ressouder avec une lenteur extrême. Il finit un fond de verre de vin rouge, une bouteille de rioja apportée en douce par son fils qu'il a réussi à corrompre. De petites gorgées, les yeux mi-clos. Une douce torpeur envahit ses membres fatigués et ses sens se concentrent sur le bruit de la pluie qui martèle les vitres. Le ciel est si gris que les faibles ampoules du plafonnier ne suffisent plus à égayer la pièce et que les murs blancs dégagent une couleur sinistre. Depuis près de vingt-quatre heures, les éléments se déchaînent et les forces de la nature lui rappellent à quel point les siennes s'amenuisent. Paul a le sentiment d'être appuyé contre le bastingage de son existence et de lutter contre des vents de face avec toute la combativité que son corps meurtri peut mobiliser. La mort est un oiseau de proie qu'il n'est pas prêt à laisser approcher. Peu importe les semaines écoulées loin des siens, une déferlante envie de prolonger l'aventure humaine le submerge et sa combativité retrouvée lui mouille les yeux d'émotion. Il se concentre et tente de se rappeler le nom de la tempête attendue. Denis, Denise, Daniela, Lucie… cette curieuse manie d'appeler un ennemi par un prénom séduisant lui donne le vertige. Nommer les maladies et les accidents de la vie Geneviève, Salvatore ou Charlotte leur ôterait-il leur pouvoir destructeur ?

Penser à Barbara le fait sourire. Peut-être lui aura-t-elle envoyé un nouveau message. Hâte de connaître la suite de sa saga familiale. Il réprime une grimace de douleur en voulant bouger trop prestement de son siège. Curieux, les relations humaines, ne peut-il s'empêcher de penser en tentant de retrouver avec maladresse l'endroit où il a bien pu poser ses lunettes. Ce petit bout de femme me touche. Certains êtres croisent votre route et il est si aisé de plonger dans leurs ombres. D'accepter la main qu'ils vous tendent et de soutenir leur regard. Alors que d'autres restent à jamais de parfaits étrangers, peu importe la distance imposée ou leur place dans l'arbre généalogique. L'homme s'enveloppe dans le plaid épais apporté par Élisabeth, celui qui trône sur son fauteuil préféré du salon depuis plus de dix ans. Il ouvre son ordinateur portable, décline une invitation à démarrer une partie d'échecs avec un partenaire hongrois et découvre la prose de Barbara.

Avant son départ dans l'Oise, il lui a proposé de garder le lien par mail. Il aime les longues phrases, les traits d'esprit et les états d'âme non convertis en émoticônes que permet la messagerie électronique. Trop coquet aussi pour avouer qu'il lui est compliqué de répondre par téléphone. La taille des touches du clavier et des lettres n'est plus adaptée à sa grâce d'ancêtre ambulant. Suivre à distance les aventures de sa protégée l'émeut. Il est donc plus qu'une vieille bourrique destinée à l'abattoir. Il peut encore se sentir utile, épauler, offrir sa guidance et son regard sur le monde. L'écran s'allume et il se rappelle qu'il demandera à son fils de mettre la photo de Cui-Cui en fond posthume. Il n'a pas annoncé son décès à Barbara. Qu'aurait-elle pu répondre ? « Sincères condoléances » n'était sans doute pas la formule la plus appropriée. À cet instant, Paul comprend que le silence dans une chambre blanche peut être plus cafardeux que le battement d'une pluie d'automne sur des carreaux.

Bonjour Paul,

Vous allez mieux ? Voici les nouvelles du jour… je vous imagine les attendre avec impatience. Je baigne toujours en plein psychodrame mais je gère cela plutôt bien. Hier, comme vous le savez, j'ai découvert mon grand-père, ou ce qu'il en reste. Nous avons juste échangé un regard. C'est peu pour avoir envie de le surnommer papi ou pour ressentir une quelconque bouffée d'affection. Je pensais que je le découvrirais comme une vieille connaissance qui m'aurait toujours manqué, un peu comme les personnes qu'on a l'impression de connaître depuis toujours alors qu'on les découvre à peine. Un peu comme avec vous. Eh bien, non. C'est et c'est resté un parfait inconnu. J'ai pleuré parce que je pleure vite mais j'ai très vite été happée par d'autres émotions. Ça, c'était pour hier !

Mais aujourd'hui… par où commencer… je vis Dallas à Senlis ! Après la naissance du frère de maman, Sybille a eu une liaison avec son père et elle ne le lui a jamais dit. Vous imaginez l'état de ma mère ! Le notaire chargé de la succession nous l'a confirmé et nous a rapporté les confidences d'Émile (je vous avais déjà dit qu'il s'appelle Émile ?). Il a donc bien connu ma marraine, il l'a engrossée et elle est devenue stérile à la suite de l'avortement clandestin. Il l'a contactée quelques années plus tard pour lui demander d'aider ma mère à avorter. Mais maman voulait me garder et Sybille l'a aidée… voilà comment elle est devenue ma chère tante Sybille.

C'est la guerre ! Maman est dans une telle rage que je crains que le tensiomètre rende l'âme avant elle…

Mais ce n'est pas tout… Ma fille Mila a peut-être retrouvé mon géniteur via un site de généalogie en ligne, et j'aurais deux sœurs ! Je ne sais pas si vous vous rendez compte… deux sœurs… rien que d'y penser, j'en ai le vertige. J'avoue que je suis perdue…

Ce n'est plus une famille mais un joyeux bordel... je ne sais pas si c'est normal... vous en pensez quoi ?

Merci pour votre écoute (on dit ça quand quelqu'un lit notre prose ?).

Prenez soin de vous,

Barbara

Paul relit le texte et s'attarde plusieurs fois sur la petite phrase le concernant. Flatté et ému, il ôte ses lunettes et en nettoie les verres avec application. Il l'aime bien, cette Barbara. Sa fausse nonchalance, sa pudeur et les larmes qu'elle tente d'effacer d'un trait de doigt léger. Il donnerait beaucoup pour l'avoir comme belle-fille. Ce serait quand même mieux que l'autre blonde, directrice d'un centre de formation professionnelle qui s'occupe de toute la misère du monde, mais si peu de son fils. Il doit bien avouer que leur récente rupture l'a réjoui. Il réfléchit à une réponse pleine d'empathie mais l'inspiration lui manque. Soudain, ses doigts pianotent aussi vite qu'ils le peuvent et un large sourire illumine son visage grimé par les ans.

Très chère Barbara,

Quel plaisir de vous lire ! Votre récit est bien plus passionnant que les séries télé du câble ! Vivement votre retour pour qu'on en parle de vive voix. Et je suis flatté que vous vous sentiez bien en compagnie d'un ancêtre de ma trempe. M'autorisez-vous à raconter cela à mon fils ? Il adorerait connaître votre histoire.

Je suis certaine que vous trouverez les mots pour réconcilier votre mère et Sybille. L'amitié, c'est un peu comme une veste élimée dont on peine à se défaire tant on s'y sent bien. Peu importe le bouton manquant, elle reste une pièce essentielle de la garde-robe. Téléphonez-moi quand vous avez un instant. Il faudra que je vous raconte la seule dispute de ma vie que j'ai eue avec mon cousin Martin, un grand ours brun au caractère de cochon que je considérais comme un frère…

Est-ce que tout cela est bien normal ? Quelle curieuse question ! Normal n'est sans doute pas le mot qui convient le mieux pour parler d'une famille. Explosive, détonante, toujours en équilibre précaire. Vitale et mortelle à la fois. Une sorte d'organisme vivant dont la science n'aurait pas encore exploré toutes les facettes. Mais faites confiance à mon expérience de vieux routard, il n'y a pas une seule famille qui ne soit pas un joyeux bordel !

Affectueusement,

Paul

33

Un mélo lacrymal

« Faut qu'on fasse quelque chose !

— T'as raison. De vraies gamines !

— Pire que ça ! On se croirait à OK Corral autour d'un bac à sable… Mais on fait quoi, maintenant ?

— Il n'y a pas grand-chose à faire… »

Barbara a attendu un instant avant de répondre à Cynthia. La nuit est tombée depuis longtemps et elle y trouve un certain apaisement. Son regard s'attarde sur l'épaisse moquette argentée du bar de l'hôtel, sur les boiseries patinées, sur les photographies d'aigrettes blanches qui ornent les murs. Elle les envie. Des ailes solides, une aptitude à survoler les êtres et les choses, à ne pas se laisser enliser dans la boue des sentiments et à piquer du nez sur l'ennemi sans soumission. Autour d'elle, l'ambiance est cosy et les fauteuils moelleux invitent à la paresse. Son regard glisse ensuite sur ses compagnes et elle se remplit de ces autres, les observe avec attention, elles et leur peau aux infimes imperfections, les couleurs de leurs pupilles, les nuances de leurs teintes de cheveux. Derrière leur visage fatigué, elle ressent l'énergie et la combativité qui lui manquent si souvent. Une féminité à fleur de peau, une humanité forte et un désir d'enfoncer les portes fermées. L'intimité de leur huis clos improvisé en cellule de crise l'émeut. À ses côtés, Mila, lumineuse, ardente, encore préservée des lourdeurs de l'existence et pourtant consciente que les bonheurs absolus ne sont qu'illusion. Barbara aimerait la protéger, l'entourer d'une toile de tendresse où viendraient s'échouer tous les dangers. En regardant son adorée siroter son Coca light, elle songe combien elle souhaiterait pouvoir lui offrir une mère plus ouverte, moins fanée de l'intérieur. Mais que peut-on donner de nous lorsque nos semences ont longtemps poussé sur une terre aride ? Et pourtant, depuis la soirée partagée avec Mila autour d'une carpe farcie, Barbara sent que quelque chose a bougé en elle. Une envie, une faim d'autre chose qu'elle n'arrive pas à définir en mots.

À sa droite, assise avec la désinvolture des êtres que le regard des autres ne peut égratigner, Cynthia tente de faire fondre un morceau de chocolat dans son lait russe. Le combat entre elle et la petite cuillère est inégal. Si sauvage, si impétueuse. Et pourtant porteuse d'une fragilité que ses muscles bien dessinés ne peuvent voiler. Depuis toujours, les deux femmes ont partagé des moments de vie, des êtres aimés et des responsabilités face à ces autres qui leur servent de traits d'union. Entre elles, le silence s'installe, harmonieux et volatil. Éphémère. Elles s'y perdent un temps.

« On ne va pas les laisser se tirer la gueule pour des enfantillages, lâche soudain Cynthia.

— Tu appelles ça des enfantillages ? Se taire et mentir à sa meilleure amie pendant cinquante ans ! Sybille s'est quand même tapé le père de mamie sans le lui dire…

— Tu ne penses pas qu'il y a prescription ? »

Cynthia regrette aussitôt son ton agressif et pose avec douceur sa main sur celle de Mila, en signe d'apaisement. Un sourire franc pour toute réponse et la certitude que cette sœurette qui n'en est pas une ne lui en veut pas. La journée a été éprouvante pour elles toutes. Depuis toujours, les relations entre Barbara et Sybille sont fluides, colorées de tendresse et de légèreté. Une adoration sobre teintée d'évidence. Cynthia s'affaisse un peu plus encore dans le fauteuil en velours rouge et tente de donner un sens au mélo lacrymal dans lequel leurs aînées les plongent malgré elles. Mila s'est éclipsée pour passer un coup de fil à Marc et Barbara pianote avec rapidité sur le clavier de son ordinateur portable. Cynthia commande un troisième café et essaie de clarifier ses pensées, de leur donner une cohérence. Poser un cadre de manière froide permet souvent à cette cartésienne assumée de trouver la solution adéquate aux événements. Comme souvent lorsqu'elle réfléchit, elle fronce les sourcils et hoche la tête pour fixer un point sur le sol, en l'occurrence une petite tache de gras qui s'étale tel un grain de beauté sur une peau satinée.

Elle entortille une mèche de cheveux lisses entre ses doigts et se répète la leçon comme elle l'aurait fait devant ses élèves du collège. Dans leur famille-puzzle, il y avait deux reines mères sans parenté reliées par un individu faiblard, lui-même attaché à la vie par la haine, des regrets épars et quelques tuyaux. Des sœurs sans ADN commun, des géniteurs qui ne pouvaient se vanter d'être pères, une mère sans enfant dont l'instinct de louve les protégeait toutes, des religions sans foi, des morales sans éthique personnelle, des ponts coupés et d'autres reconstruits à bout de bras. De l'improbable et des sourires amers. Des prudents et des lâches. Des tombes communes ou contiguës. Des vérités partagées, omises, tues, travesties. Des faits tranchants comme un couteau trop aiguisé sur une peau translucide. Des branches coupées, des contusions mal soignées et des piliers si vigoureux qu'ils portaient l'édifice même par temps venteux. De l'amour non négociable et de la tendresse. Des absents à la présence envahissante, des souvenirs non monnayables et un futur à écrire de concert.

Cynthia se revoit petite fille, les cheveux attachés par un gros ruban rose, mordant à pleines dents dans une tartine au fromage blanc recouverte de cassonade préparée par Sybille. Sybille encore lui appliquant du rouge sur les lèvres alors que son père le lui interdisait, ou lui désinfectant une plaie sur le genou après un match de basket animé. Naïve, elle pensait que cette étrangère se lasserait de tenter de l'amadouer. Que cet amour qu'elle s'évertuait à faire naître en elle ne serait pas durable. Une fausse sécurité dans laquelle Cynthia ne veut pas tomber. La vie lui a déjà ôté sa maman, il ne suffit pas de l'appeler « ma chérie » pour mériter ce titre. Leur relation a été émaillée de coups de griffe et, en animal blessé, Cynthia n'a eu de cesse de vouloir couper le cordon ombilical que Sybille s'appliquait à tricoter entre elles. Sybille se lasserait d'essayer, elle en était certaine, ou son père divorcerait. Ou le hasard lui enverrait un trois tonnes en pleine face. Pourquoi s'attacher avant de posséder la certitude que cette étrangère l'accompagnerait jusqu'au monde des adultes ? Elle ne va pas répéter les mêmes erreurs, se laisser piéger dans un amour rassurant et souffrir d'une seconde mort précoce.

Perdue dans ses pensées, Cynthia se surprend à défendre Sybille avec la force d'un fauve pour ses petits. Sa belle-mère a agi pour le bien commun. Elle est même entrée en contact avec la mère de Gisèle pour lui proposer de revoir sa fille après la naissance de Barbara, mais Madeleine n'a rien voulu entendre. Ses deux enfants étaient désormais morts. Ce n'est pas un mensonge perpétré durant un demi-siècle par Sybille mais un non-dit. Ce n'est pas de la déloyauté mais, au contraire, une forme noble de protection des siens. Derrière ces présumées salissures, l'amour suintait et avait inondé chaque cellule de leur clan. Cynthia sourit, pleine de cette affection qu'elle nomme enfin et qu'elle laisse jaillir de sa plaie ouverte.

« T'en penses quoi, de toute cette histoire ? »

Barbara n'a pas l'air de l'entendre et reste absorbée par la lecture des mails qu'elle échange, mue par un plaisir manifeste, avec une personne que Cynthia ne peut identifier. Ses doigts surfent avec agilité sur le clavier et une douce lueur illumine son visage d'ordinaire plus fermé.

« Barbara ? »

Cynthia contemple un moment sa compagne mais celle-ci ne lui jette toujours pas un seul regard, tout absorbée par sa tâche.

« Un amoureux potentiel ? insiste Cynthia en sentant soudain la curiosité s'imprimer en elle.

— N'importe quoi, laisse tomber ! proteste Barbara en levant les épaules, désinvolte. C'est Paul, je t'en ai déjà parlé. Un vieux monsieur qui s'est cassé le bassin. Je l'ai un peu pris sous mon aile à la résidence, ou c'est lui, je ne sais pas vraiment. En tous les cas, lui et son fils m'aident beaucoup, ils tentent de me conseiller au mieux.

— Son fils ? insiste Cynthia devant Barbara imperturbable et peu encline à répondre à l'œillade entendue de sa compagne.

— D'ailleurs, je lui ai tout raconté et il a eu une idée intéressante pour réconcilier nos doyennes. Il a fait cela avec son cousin Martin et ç'a marché... En fait, faut trouver l'ennemi commun qui les rassemblera... »

La mine perplexe de Cynthia l'incite à attendre le retour de Mila pour lui en dire plus. Elle n'est pas certaine de l'issue, mais la proposition mérite d'être tentée et Paul a su la convaincre par quelques mots apaisants. Au pire, les choses resteront telles qu'elles sont... Penchée vers ses compagnes, la voix subitement plus vive, les joues rouges, elle transmet à ses proches la suggestion de son nouvel ami : rajouter une deuxième balle au jeu de quilles. Pourquoi ne pas inviter sa « sœur » anglaise, l'inconnue sortie de nulle part, à venir les rejoindre pour partager cette joyeuse réunion de famille ?

Face à la mine incrédule de ses compagnes, Barbara sourit et caresse des doigts l'écran de son ordinateur. Peu importe l'issue de cette guerre, elle a eu raison de se confier à Paul. Elle remet une mèche de cheveux en place et son visage affiche une moue satisfaite. Qu'il est doux ce sentiment neuf de pouvoir faire confiance à quelqu'un.

34

Une stabilité illusoire

Dehors, il fait froid. Un froid vif et piquant. L'hiver recouvre les champs et les jardins d'une fine couche blanche, et la nature figée par le givre semble endormie pour l'éternité. Noémie l'envie. Elle aimerait s'assoupir elle aussi et se réveiller au printemps, quand son cœur battra moins vite dans ses tempes, quand ses pensées seront dissoutes par les premiers rayons d'un soleil hésitant. Quand la vie aura repris ses droits, la vie d'avant, emmurée dans une stabilité illusoire. Son fils sifflote un air d'Étienne Daho qu'elle reconnaît aussitôt, et l'émotion la submerge en pensant aux paroles de cette mélodie si souvent murmurée par Franck à son oreille.

« Il n'est pas de hasard/Il est des rendez-vous/Pas de coïncidence/Aller vers son destin/L'amour au creux des mains… »

À cet instant, Noémie ne sait avec exactitude ce que renferment ses propres paumes, serrées à en avoir mal. De la peur sans doute, beaucoup de peur. Une insécurité intérieure non ressentie depuis des lustres. La dernière fois, c'était un soir de lune rouge. Les yeux de tous étaient rivés sur l'astre scintillant alors que les siens relisaient, encore et encore, les dernières volontés de son père dont les forces s'amenuisaient.

Elle se retient de poser une question à Ethan. La même, répétée en boucle depuis la veille : « Tu penses vraiment qu'on doit y aller ? » Les mains rivées au volant, la tête haute, il évite son regard insistant, convaincu de la justesse de son choix.

Elle a insisté pour qu'il emprunte la route nationale. Par mesure de précaution, lui a-t-elle imposé d'une voix ferme. Parce qu'il ne connaît pas le véhicule loué et qu'elle n'a pas conduit à droite depuis bien longtemps. Il a haussé les épaules, irrité par les recommandations maternelles qu'il jugeait inutiles, mais a eu l'intelligence de ne rien rétorquer.

Un pieux mensonge. Noémie veut gagner du temps, allonger ces instants qui seront les derniers d'une époque déjà révolue. Grappiller quelques minutes d'une normalité dans laquelle elle a baigné durant des décennies. Sa vie ressemble à des montagnes russes et le sol s'éloigne à jamais dans d'incontrôlables arabesques où elle se perd. Les sens en éveil, elle ouvre la fenêtre de la voiture et tente de capter les odeurs, de ressentir le vent sur sa peau, d'imprégner sur ses rétines la vision des hameaux traversés, celui qui s'enorgueillissait d'être le village le plus fleuri du département, ou encore celui qu'on a jumelé à une ville de l'Est au nom imprononçable qui avait arraché un sourire moqueur à son fils.

Le nom du lieu où ils sont attendus apparaît pour la première fois sur un panneau de signalisation. Château de Raray. À l'intérieur de la quinquagénaire, tout tremble. Ses membres, ses cellules, ses certitudes. Des questions auxquelles elle n'a pas de réponse l'envahissent, ainsi qu'un sentiment diffus qu'après aujourd'hui, rien ne sera plus jamais pareil. Elle s'attache à l'illusion de croire que tout l'est encore.

Dans moins d'une heure, elle rencontrera cette autre. Biologiquement, cette étrangère s'est attribué seule le titre et la couronne de sœur, demi-sœur pour être plus précise. Demi de quoi ? Noémie essuie ses mains moites sur son jean noir et se pelotonne plus encore dans son pull à col roulé en mohair parme. Sa famille devient soudain une république bananière où tout un chacun peut se proclamer roi du monde. Mais son monde à elle a toujours eu des frontières bien définies. Ses propres lois, ses paysages. D'autres défilent devant ses yeux humides mais ils ne la touchent pas. Ce périple n'est pas une découverte de la France profonde mais il l'invite à marcher vers elle-même. Elle sort son téléphone portable et appuie sur le bouton de l'application dictaphone. Une main déposée sur l'épaule d'Ethan pour contenir son émotion naissante et une voix chantante emplit l'espace. Un tête-à-tête post-mortem.

La voix de son père résonne si fort dans l'habitacle de la Twingo qu'elle porte les mains à ses oreilles. Même absent, il est près d'elle, et les mots partagés dans la douceur d'un après-midi, peu après le départ d'Ethan pour Paris lui reviennent en mémoire, ceux-là mêmes qui lui avaient donné l'envie de coucher sur le papier son histoire et de mettre en dessin sa sagesse et sa résilience.

« Gisèle, une jeune fille forte et fragile à la fois. Je crois qu'elle t'aurait plu. Si tu l'avais vue, une magnifique fleur sensible qui devait se protéger comme elle le pouvait… elle était née entre deux arbres si noueux qu'ils ne pouvaient que l'étouffer de leur ombre… Tu sais, la vie est une surface irrégulière. La fouler, même avec des godillots à grosses semelles, est un exercice inconfortable… Non, je n'en veux pas à ma mère de nous avoir éloignés de la France sans préavis. Ta grand-mère a fait ce qu'elle a pu avec sa propre histoire, comment pourrais-je le lui reprocher ? J'ai eu une belle vie. Ta mère, toi, ta sœur… Après la guerre, ta grand-mère avait encore la force de pouvoir percevoir le soleil même lorsqu'il pleuvait des cordes. Elle était incroyable. Un dimanche, les parents de Gisèle sont venus frapper à notre porte, un cake à l'orange à la main. Le sourire aux lèvres, ils nous ont expliqué que je ne devais plus fréquenter leur fille. En bons chrétiens, ils ne pouvaient tolérer que leur enfant unique fricote en cachette avec un Juif. Le Christ, quand même, il n'est pas mort tout seul… Je me souviens des cris et des insultes. Même mon père, un homme si doux, a balancé son verre d'eau à la tête de ces infâmes. J'ai vu le plat en porcelaine sur lequel était posé le gâteau se briser sur le sol, à seulement quelques centimètres de la mère de Gisèle… je ne me souviens plus de son nom mais, mon Dieu, quelle haine dans le regard ! Ce regard me poursuit encore, parfois… Si elle avait pu tuer ta grand-mère, elle l'aurait fait avec plaisir… Tant d'années après, que te dire… maman était comme folle. Ses fondations devenaient à nouveau ses chaînes, tu comprends ?

C'était trop lourd, trop pour elle. Être confrontée encore à son statut d'étrangère, de vivante… Mes parents n'ont même pas eu besoin de se regarder. L'exil ne se prépare pas, il s'impose. Ils ont préparé nos bagages, ils m'ont fait taire et m'ont poussé dans un coin du salon… Pourquoi je n'ai pas réagi ? Tu me poses une drôle de question ! Ils étaient décidés depuis bien longtemps à rejoindre mon oncle à Londres. Le moment était venu et, crois-moi, je n'ai pas eu mon mot à dire… J'ai laissé une lettre à Gisèle lui expliquant que je reviendrais durant l'été… Je lui ai écrit souvent, certain que ses parents interceptaient les missives. J'ai même écrit à sa meilleure amie, qui m'a répondu après quelques mois que Gisèle avait fui, elle ne savait où… La fuite, encore… il devait être écrit que ce serait une composante de mon existence. Ma mère m'a avoué n'avoir jamais envoyé mes courriers. C'était peu avant qu'elle ne décède, je pense qu'elle voulait vider sa conscience, partir le cœur et les mains propres… Si j'ai été fâché ? Déçu plutôt. Elle m'avait trahi, mais que pouvais-je reprocher à une survivante qui m'avait tout donné… et puis, tant d'années s'étaient écoulées, c'était une autre époque, une autre vie… j'étais un homme comblé… je ne serais pas assis à te parler et à t'aimer comme je le fais si le destin ne m'avait pas ouvert d'autres portes… Mamie est morte, sereine et juive. Comme l'est notre famille et… »

C'en est trop pour elle. D'un geste brusque, Noémie interrompt l'enregistrement. Incapable d'entendre plus longtemps cette voix qui l'émeut au-delà des mots. Elle ne sait combien de fois elle a écouté ce monologue, des centaines au moins. Il l'a bouleversée au point qu'elle en a sangloté des nuits entières, lovée contre le torse rassurant de Franck, sa main douce posée sur ses cheveux. Mais aujourd'hui, il lui est inaudible. Restent en elle des traces de la voix de cet homme tant aimé. Elle prie en silence pour qu'il ne lui lâche pas la main. Pour qu'elle puisse rester encore sa petite fille. Pour qu'il regarde avec elle, à travers la vitre sale du véhicule, la femme aux cheveux noirs et au regard fiévreux qui les attend sur le parking du château de Raray.

35

Comme ma sœur

La chambre Émeraude a été attribuée à Sybille, et son nom lui a semblé incongru vu le charme désuet des lieux. Allongée sur le lit au matelas fatigué, Sybille tente de dissoudre le carcan qui oppresse sa poitrine. Elle déteste cet endroit. Le sol est recouvert d'un tapis en laine d'un vert puissant. Même les murs ont la couleur de la pierre précieuse. Ses yeux fixent sans la voir la reproduction d'un tableau de Monet dont elle ne se souvient pas du nom. Des champs parsemés de coquelicots et une dame au chapeau de paille. Une ombrelle la protège du soleil et un enfant au visage tendre l'accompagne. Sybille soupire. Elle rêve d'une pièce vide dont les fantômes n'auraient pas la clé.

Ses pensées flânent alors que les minutes s'écoulent avec la lenteur d'un sablier non retourné. Elle aimerait être chez elle, retrouver son cocon, son époux, son chien. La haie haute et mal taillée du voisin, le bruit assourdissant de la chaudière au petit matin, le grincement de la sixième latte du plancher de l'escalier menant au troisième étage. S'offrir l'illusion d'une vie apaisée après ces vingt-quatre heures éprouvantes. Figer le passé dans la glaise et reprendre avec mollesse le fil des années qui lui restent à vivre. Sans mensonge désormais, mais aussi sans Gisèle.

Penser à son amie lui broie le cœur et elle se met à tousser comme une asthmatique devant un nid d'acariens. Cynthia et Mila ont eu beau la rassurer, lui dire que tout rentrera dans l'ordre, le doute s'insinue en elle. Elle dégrafe le bouton de son pantalon en toile grise et libère son ventre bedonnant, qui s'affaisse sur son pubis aux poils désormais blancs. Cynthia lui a prêté un livre de méditation qu'elle feuillette d'un œil distrait. Son regard se pose sur une phrase mise en exergue : Ma sérénité ne doit pas être dépendante de la présence de l'autre. Sybille grimace et referme l'ouvrage d'un geste sec. Ces auteurs à succès savent-ils vraiment de quoi ils parlent ? Elle aimerait bien les voir, tous ces jeunes apôtres du bien se sentir. Comment ne pas être dans la souffrance, le manque, la culpabilisation ? Dix volumes ne suffiraient pas à lui faire changer d'avis. Elle a trompé, elle a menti. L'admettre et accueillir cette émotion ne l'aident pas à retrouver sa légèreté.

Elle pianote sur la télécommande de la télévision et le générique d'« Affaire conclue » interrompt un instant ses idées noires. Son émission préférée. Recycler l'ancien, raconter son histoire, lui offrir une seconde vie et monnayer sa reconversion. Un sourire amer éclaire ses traits alors qu'elle se demande combien Julien Cohen, son antiquaire favori, donnerait pour boire un café avec une vieille folle comme elle. Elle en parlerait bien avec Gisèle… Elle zappe avec colère, énervée par sa propre incapacité à aligner trois pensées sans y inclure son amie. Sous le coup de l'émotion, elle fouille dans son portefeuille et en ressort la feuille pliée sur laquelle elle a dessiné, il y a plus de vingt ans, l'arbre généalogique de sa famille. Dans un taxi, le soir de la naissance de Mila. Elle le déchiquette avec rage et jette au loin les morceaux de papier.

Des coups sur la porte la font sursauter. Insistants, presque implorants. La vieille femme peine à se lever, pestant contre Cynthia qui aurait pu faire un effort et ne pas perdre une fois de plus sa carte magnétique. Depuis qu'elle est toute petite, sa belle-fille entretient un rapport conflictuel avec les clés, qui disparaissent toujours par magie de l'endroit où elle est convaincue de les avoir rangées. Le pantalon toujours ouvert et les pieds nus, elle ouvre la porte, la mine lasse. Son sourire faussement indigné se fige en un rictus inélégant.

Devant elle, la mine déconfite et les joues trop rosées, Gisèle agite les bras et enchaîne les phrases sans que Sybille en comprenne une seule. Elle ne saisit pas les propos enflammés de son amie mais en retient l'essentiel : sa complice de toujours a un souci et c'est vers elle qu'elle s'est tournée ; elle avec qui elle désire partager ses tourments. Des mots encore. Ils glissent sur Sybille, porteurs d'une information secondaire qu'elle appréhendera plus tard, quand les émotions en sa poitrine se seront tassées, quand elle aura pu enfin plonger son regard épuisé dans les prunelles de son amie sans rougir de honte. Gisèle interrompt soudain son monologue et l'apostrophe d'une voix hésitante.

« Alors, à ton avis, je fais quoi ?

— Quoi, tu fais quoi ?
— Ben, je dis quoi à cette Noémie ?
— Noémie ?
— T'as pas écouté ce que je t'ai raconté ou tu fais exprès ? »

Sybille ne prend pas la peine de répondre ou de feindre d'avoir compris de quoi il en retournait. Heureuse de se faire rabrouer de la sorte. Soulagée d'être encore un membre de la tribu. Elle ouvre la bouche pour prononcer quelque chose mais déjà, le regard de l'ancienne couturière se pose sur son pantalon ouvert et sur sa chemise en coton rayée fatiguée par la journée. Elle y lit de la désapprobation teintée de tendresse, de ces regards longs qui expriment tant : « Je ne te changerai jamais, pour rien au monde. Car tu fais partie de mon univers. » Avant que son amie n'ait eu le temps d'exprimer un avis assassin sur le négligé de sa tenue, elle lui ouvre grand les bras en signe de reddition. Elle les referme tout aussi vite sur les épaules molles secouées de sanglots de Gisèle.

Sybille s'agrippe à elle comme à une bouée larguée dans une mer démontée et leurs larmes se mêlent aux mots délibérément tus. Elle pourrait lui expliquer, se justifier. Courir vers hier et retraverser à ses côtés les heures noires de sa jeunesse. Exprimer pourquoi elle les a refoulées dans un recoin de sa mémoire. Pourquoi elle a choisi de privilégier leur lien, la vie dans sa beauté parfois triste à de sordides souvenirs et erreurs. Lui partager combien elle s'en est voulu de ne pas l'avoir incitée plus souvent à renouer avec ses parents. Mais elle ne regrette rien de leur route commune. Car si la vie est un champ de bataille, leur amitié est sa plus jolie victoire sur l'ennemi.

Sybille ne sait combien de temps elles restent enlacées sur ces silences, dans la lumière trop verte de la chambre Émeraude. Longtemps. Conscientes de la précarité de l'instant, des émotions mêlées à leurs corps immobiles.

La sonnerie d'un téléphone, le bruit d'une chasse d'eau dans la chambre voisine. Des rires et des pétarades de moteurs. La clameur d'une vie que rien n'empêche de poursuivre son tracé maladroit. Sybille s'écarte avec lenteur et remet en place sa chemise dans son pantalon pour se donner une contenance. Un regard échangé plus clair que la nuit. Le livre de méditation de Cynthia a tout faux, pense-t-elle encore, tout en caressant d'une main le dos de son amie. Ma sérénité est dépendante de cette autre que j'aime follement. Comme ma sœur.

36

Léhaïm !

Le serveur, un jeune homme à la peau mate et à l'oreille percée d'un zircon jaune, tente pour la troisième fois d'obtenir la commande des boissons de la table 52, mais personne ne daigne répondre à ses œillades appuyées. Cynthia le gratifie d'un sourire contrit et, d'un geste de la main, lui suggère de revenir dans quelques minutes. Il s'éclipse en silence, curieux de découvrir ce qui peut bien se tramer dans la seconde pièce de l'écurie reconvertie en restaurant. Des joueurs de golf au col de polo relevé et des promeneurs aux bottes boueuses s'y côtoient d'ordinaire dans une ambiance bon enfant. Ça parle, ça rigole, ça s'apostrophe de table en table. Un panel d'habitués de la région aux accents savoureux et aux blagues piquantes. Rien à voir avec ces quatre femmes trop pimpantes pour avoir arpenté les sentiers du parc domanial. Son regard s'attarde encore sur le jeune homme aux bras bien dessinés et aux cheveux d'un noir de jais qui les accompagne. Il ne peut s'empêcher de le trouver très séduisant.

Un silence pesant que rien ne semble pouvoir rompre. Quelques minutes plus tôt, Noémie est sortie de la voiture, le sourire figé, les membres tendus, la nuque rigide. Elle aurait aimé pouvoir s'abriter derrière des civilités d'usage mais le mode d'emploi lui a fait défaut. Elle a regardé durant de longues secondes Barbara dans les yeux, laissant l'émotion grignoter tous les espaces vides entre ses pensées, au point qu'elle l'a submergée et que des larmes rebelles ont afflué. Toujours prisonnière de son corps raide, elle a hésité. De longues effusions, une franche poignée de main, un léger retrait du buste accompagné d'une joue tendue ? Comment dit-on bonjour à une inconnue supposée partager des génomes communs à défaut de souvenirs identiques ? Un rapprochement furtif vers la jolie brune, sans que ses lèvres touchent un centimètre de peau, et la fragrance oubliée d'un parfum connu qu'elle-même a porté il y a bien longtemps l'a surprise.

Alors que Mila et Ethan se sont offert une franche étreinte et découverts avec une curiosité non feinte, Noémie, Barbara et Cynthia ont avancé à pas lents vers le restaurant du château de Raray. L'entrecôte y est délicieuse, à en croire les commentaires élogieux trouvés sur TripAdvisor. Elles ont laissé leurs yeux s'attarder sur le menu, hésitant entre une viande grillée ou une aile de raie aux câpres. Les pelouses autour d'elles scintillaient, leurs prunelles aussi. Pour meubler le silence, Mila et Noémie ont déposé sur la table une enveloppe blanche, des albums de photos, quelques lettres jaunies par le temps. Des pans de vie distribués comme de vulgaires cartes à jouer. Un premier échange.

Une drôle de partie de poker débute alors que dehors, le ciel décide de faire entendre sa voix et qu'une pluie diluvienne s'abat soudain sur la véranda de l'établissement. Le bruit des gouttes tétanise encore un peu plus Noémie. Si elle en avait le courage, elle se lèverait et irait courir sous la pluie pour y laver ses craintes mais une force instinctive lui impose de rester là. Assise à côté de cette autre qu'elle peine à appeler Barbara, elle attend que les minutes et l'orage passent. Elle le sait, tout passe. Elle n'ose la regarder en face et leurs regards se frôlent sans jamais s'appesantir l'un sur l'autre. Une douce caresse, trop subtile pour être appréciée, trop intense pour penser y échapper. Noémie frémit lorsqu'elle entend la voix de Mila interpeller son fils et converser avec lui avec une déconcertante facilité. Ses études, son stage d'infirmière, son amoureux, ah bon, lui était célibataire depuis peu. Les deux jeunes échangent des répliques comme des pièces au Scrabble et les deux mères se surprennent à échanger un sourire admiratif. « Nous avons au moins ça en commun. Nous avons enfanté bien mieux que nous », se dit Noémie en dévisageant Barbara pour la première fois pendant plus de trois secondes. Jolie, délicate. Le même teint de pêche que sa sœur Karen. Les mêmes cheveux épais que ses propres enfants et que ses neveux. Ou peut-être était-ce son imagination qui la guidait vers de factices similitudes.

Qu'il est difficile de trouver des parts de soi-même dans une inconnue ! Laborieux de comprendre que chaque être humain est un territoire dont la terre ne se foule pas impunément. Les deux femmes se jaugent enfin sans ambiguïté, tentant de déceler dans l'autre une mimique partagée, un grain de beauté fédérateur dans le creux du cou, un épi rebelle implanté sur le même versant du crâne. Une fossette, un velouté de peau. Des ressemblances, d'infimes petits ponts qu'elles pourraient choisir de franchir pour supprimer les questions inutiles et les décennies gâchées. Elles évitent le regard appuyé du serveur venu leur déposer une carafe d'eau et restent là, immobiles, plantées dans leurs vies respectives comme des carottes dans le champ voisin. Droites, fières, un peu cabossées par endroits mais debout. La conversation entre Mila et Ethan s'est étirée comme un fil de soie. Il en reste la douceur et celle-ci enveloppe les deux nouvelles sœurs. « Merci d'être venue, vous n'y étiez pas obligée. » Noémie opine de la tête, ne sachant quoi répondre à Barbara. Les mots la désertent. Elle souhaiterait faire de même. Ses yeux s'attardent sur ses paupières fardées avec légèreté et sur ses mèches folles encadrant un visage harmonieux. Noémie hésite à lui demander de passer au « tu », pronom plus approprié à l'intimité de l'instant.

Elle songe à lui dire que son père, pardon *leur* père, avait la même fossette au menton que Mila et les mêmes sourcils épais. Elle lui ressemble, dans son regard doux et enveloppant, dans ses articulations des poignets, dans la façon dont elle esquive les êtres sans pour autant les fuir. Dans cette brume furtive qui lui voile les yeux. Quelque chose d'Eli plane en elle. Indéfinissable, impalpable et pourtant tellement présent que Noémie a l'impression que son père, une fois de plus, est caché dans la pièce et va soudain apparaître pour les surprendre avec sa voix grave et son accent chantant. « Tu dois bien rire, où que tu sois, songe-t-elle en sentant une boule dans sa gorge grandir. Je fais quoi, maintenant ? Tu pourrais m'aider, papa, c'est un peu ta faute quand même, tout ce bordel… » Mais Eli reste muet. Quelques gorgées d'eau n'apaisent pas l'absence et le tourbillon dans lequel il les a entraînées malgré lui.

« *Léhaïm* », s'exclame soudain Ethan en levant son verre d'eau à la cantonade.

Devant la mine étonnée de Mila, Barbara et Cynthia, Noémie parle enfin, la voix plus nouée que d'ordinaire.

« C'est de l'hébreu. L'équivalent de “santé” mais littéralement, cela veut dire “ à la vie”.

— Jolie expression. »

Paul et les précieux conseils de son fils s'invitent dans les pensées de Barbara. Elle s'apprête à lâcher ses précautions oratoires pour questionner sa voisine quand des bruits de sièges déplacés l'invitent à se retourner. La mine toujours affable, le serveur s'approche d'un pas vif, suivi de deux femmes plus âgées. Noémie et Ethan surprennent, sans les comprendre, les regards de connivence ravis échangés par Barbara, Mila et Cynthia. Paul avait vu juste : c'est vers Sybille que Gisèle ne manquerait pas de se retourner si elle avait un problème. Mila avait annoncé à sa grand-mère que la personne avec qui elle était supposée partager des brins d'ADN était en route pour les rencontrer. Un goût de peine avait envahi Gisèle. Impensable de ne pas avoir à ses côtés la partie d'elle dont elle ne peut se défaire. Peu lui importent les mensonges et les silences. Ils la chagrinent mais ne pourront jamais effacer les partages d'une vie en un claquement de doigts. Ils ont souillé l'instant, pas les racines. Accompagnée de sa complice de toujours, celle qui l'a recueillie, nourrie, lui a permis d'avoir sa fille et l'a élevée au rang d'amie, elle s'est avancée, mal à l'aise, prête à rencontrer cette autre qui revendique une part d'un gâteau qu'elle n'a jamais confectionné.

Digne dans une chemise d'une blancheur immaculée, Gisèle a mis un point d'honneur à être en beauté. Barbara ne peut s'empêcher de regarder son propre jean et pull en laine et d'être émue en voyant le corps de sa mère emprisonné dans un tailleur bleu à boutons argentés cousu par ses soins. Des bas couleur chair et des escarpins à talons épais. Gisèle a veillé à lisser ses cheveux gris, qui luisent d'un voile de laque. Ses yeux plus fardés que d'habitude survolent la salle sans savoir avec exactitude où se poser. La normalité s'éloigne, l'inconnue se rapproche d'elle et, déjà, lui ouvre ses bras.

« Bonjour, je suis Noémie. La fille d'Eli Abitan. Enfin, de Charles.

— Bonjour, Noémie. Enchantée. »

Une formule de politesse énoncée à voix basse, presque à reculons, sur la pointe des sons. Des mots si creux qu'ils semblent ne jamais pouvoir être remplis d'émotions. Gisèle prend place entre Mila et Sybille et frémit lorsque celle-ci pose sa main avec délicatesse sur son genou. « Tu n'es pas seule », peut-elle lire dans ce geste anodin, qui la touche au point qu'elle en a des palpitations. À moins que ce ne soient les yeux de cette inconnue s'appesantissant sur elle qui la bousculent et offrent à son cœur un saut à l'élastique…

« Tenez, je pense que papa aurait été très heureux que je puisse vous remettre cela. »

Gisèle accepte avec empressement le livre jeunesse que Noémie lui tend et ne peut s'empêcher de le feuilleter avec curiosité. *Les Vertus du* tchoulent. Le titre la fait sourire et le doux souvenir d'avoir goûté à ce plat lui revient. Elle avait détesté le mets et s'était forcée à avaler sa bouchée sous l'œil goguenard de son amoureux. Elle tourne les pages avec rapidité, les yeux attirés par son prénom écrit en lettres bleues sur fond blanc. Ses yeux s'embuent alors que l'illustration d'un garçonnet aux cheveux noirs ondulés apparaît. Il court dans un champ parsemé de coquelicots, pieds nus, l'air rebelle et faussement insolent. Gisèle étouffe un cri alors que deux pages plus loin, le gamin devenu adolescent la fixe avec toute la profondeur de ses prunelles sombres. Charles, incarné à l'aquarelle, la dévisage avec bienveillance. Elle caresse du doigt le dessin et les larmes l'empêchent de lire le texte imprimé sous le tracé coloré de son corps fin et musclé. Elle emprunte les lunettes de Sybille posées sur la table et le sol se dérobe sous ses pieds. Un pan de son histoire, scellé dans sa mémoire muette, s'écrit et se dessine entre ses mains. Des verbes simples, un style enfantin. Quelques phrases qu'elle survole au gré des pages, pétrifiée, rattrapée par un temps décédé.

« Page 9 : Notre chat nous attendait dans la cuisine. On l'avait appelé Latkes, en hommage à ma grand-mère déportée. Ce petit bout de femme adorait ces galettes de pomme de terre préparées dans la tradition juive pour Hanouka. La fête des lumières, la fête des enfants… Mais l'enfance meurt souvent avant que les poils ne poussent…

Page 11 : Mme Agathe avait un drôle de métier mais je l'aimais beaucoup… je lui dois tant…

Page 14 : Je suis resté silencieux, caché derrière la porte de la cuisine, Latkes blotti contre mes mollets. J'avais quitté le sourire de Gisèle quelques minutes plus tôt. La haine défigurait les traits de ses parents et je les écoutais insulter les miens… mon père, si grand, me paraissait soudain minuscule…

Page 15 : Peut-on jamais échapper à l'étiquette collée par les autres sur nos êtres ? L'étoile jaune décousue, la haine et les peurs couraient encore…

Page 16 : « Fais-moi confiance, m'avait supplié mon père. Le chemin sera long mais magnifique. Trouver sa terre se mérite. » Le lendemain, nous sommes partis pour Londres… J'étais si triste. Papa m'avait tendu la main, j'ai mis beaucoup de temps à pouvoir la serrer dans les miennes.

Page 18 : Durant deux saisons, j'ai espéré reconnaître la fine écriture de Gisèle sur une enveloppe blanche…

Page 24 : Un jour, les contours du passé sont devenus flous… je me réveillais heureux, entouré de ma femme, de mes enfants, de mon chat, de mes souvenirs… une carrière d'avocat, des causes à défendre… ne plus fuir ni affronter les démons… Je savais qui j'étais… Charles n'était jamais loin.

Page 26 : Maman a rejoint Mme Agathe au paradis des vieilles dames… Elles m'ont appris l'amour, la couleur de mes différences…

À vouloir me protéger, ma mère m'a offert une autre route… Puis-je lui en vouloir ? Aimer bien ou aimer mal, c'est toujours aimer…

Page 30 : J'ai un souhait pour toi, cher lecteur. Ouvre la porte à des choses que tu ne peux même pas imaginer. Que tes fondations ne deviennent pas tes chaînes et qu'elles te portent loin… La vie est un extraordinaire voyage…

Le livre se referme et Gisèle pose avec douceur ses doigts sur le visage dessiné de Charles. Autour d'elle, les sons sont ouatés, les odeurs d'entrecôte ne flottent plus dans l'air, les autres clients n'existent plus. Seuls restent ses proches, tétanisés sur leur chaise. Elle sent leurs yeux humides, braqués sur elle, qui lui font l'effet d'un fusil sur sa tempe. Spectateurs anonymes d'une histoire dont ils sont tous porteurs, malgré eux. Regarder le passé à travers un récit illustré ne rend pas l'exercice moins difficile, et Gisèle sent l'émotion la noyer. De jolies couleurs pour enjoliver les ombres et les regrets d'un personnage attachant. Elle a eu la chance de le côtoyer un temps et ses peines sont depuis longtemps apaisées. Oui, elle lui est reconnaissante, infiniment.

Soudain, la main tremblante de Barbara sur sa joue lui fait mal. Ses phalanges accrochées aux siennes, ses larmes mêlées à ses pleurs. Dans les yeux de sa fille, une insondable douleur lui révèle l'ampleur de ses actes. Gisèle a l'impression d'avoir l'ADN d'un monstre. Il a fait fuir la mère aimante et attentionnée, laissant place à une égoïste engoncée dans ses certitudes, la naïveté collée au ventre qu'elle pourrait toujours tendre un voile noir entre hier et aujourd'hui. Elle a privé sa fille d'informations plus précieuses que quelques données scientifiques contenues dans une enveloppe blanche oblitérée à Lausanne. À cet instant, elle ne sait si Barbara pourra un jour lui pardonner ces décennies de mutisme.

L'histoire ne peut être consignée dans des coffres blindés, elle se partage. Une pression appuyée de la paume de Sybille sur son genou l'invite à lever les yeux et à enlacer sa tribu de son regard mouillé. Sa famille. Celle qu'elle a choisi de prendre pour sienne, d'aimer et de chérir. Une porte cède en elle. Elle bute contre les premières syllabes mais poursuit son récit, poussée dans le dos par une silhouette invisible qu'elle pourrait reconnaître entre mille.

À Raray, non loin de la ferme familiale qui l'a vue grandir, enfin, le silence se brise.

Deux ans plus tard…

Sybille ne se souvenait pas que les couloirs d'un hôpital pouvaient être si longs. Elle peine à avancer et ses joues s'empourprent d'irritation. Une large tunique orange lui enserre la taille et ses pieds gonflent, prisonniers de ballerines plates. Les odeurs lui sautent au visage et elle les respire avec gourmandise, comme si elles portaient en elles les germes d'une potion rajeunissante. Tant de saisons se sont écoulées depuis le jour où elle a arrêté d'exercer sa profession de sage-femme. Tant d'enfants ont vu le jour depuis que son utérus meurtri a renoncé à porter la vie. Y penser lui arrache un sourire. À son âge, il est temps d'accepter que la vie puisse engendrer des cadavres. Devant elle, Gisèle avance d'un pas assuré vers la chambre 66 et évite avec grâce les visiteurs marchant à contre-courant. De petits pas rapides que sa jupe serrée et ses mocassins ne semblent pas entraver. Sybille ôte son écharpe et peste contre la chaleur des lieux. Elle trébuche et grommelle encore.

« Attends-moi ! On se croirait en néonat ! Fait chaud alors qu'on gèle dehors… mais ma vieille, attends-moi ! Hors de question que tu y ailles sans moi !

— Ma vieille ? Mais ça ne va pas, non ? Je te rappelle que je suis une jeunette comparée à toi... »

Sybille préfère se taire et mobilise ses forces pour franchir les quelques mètres la séparant de son amie. Bientôt, leurs routes se sépareront à jamais et elles ne seront reliées que par les branches artificielles d'un arbre généalogique. Par des souvenirs, des appels téléphoniques sans réponse, des larmes de leurs proches. Des rires. C'est peu et tant à la fois, ne peut s'empêcher de penser Sybille alors que dehors, le vent de décembre fouette les vitres. Sereine, elle marche encore, ses pas coulés dans ceux de son amie. Heureuse de partager ce moment particulier avec sa complice de toujours, dans l'intimité de leur sororité retrouvée. Édouard, Cynthia et Joachim les rejoindront plus tard, après être allés chercher Noémie et Franck à la gare. Ceux-ci avaient promis d'être à leurs côtés pour fêter l'événement.

Depuis que Sybille et Gisèle ont libéré leurs fantômes respectifs, le monde a continué sa course effrénée. Émile est mort deux jours après la visite de sa fille et son homonyme canin l'a suivi à seulement quelques mois d'intervalle. La ferme familiale a été vendue à un jeune couple amoureux de permaculture et d'abeilles, qui envoie à chaque miellée un pot de sa production à Gisèle. Celle-ci a offert à Barbara le montant de la vente, lui suggérant de quitter son appartement pour un logement plus spacieux. Barbara hésite encore. Découvrir l'identité de son père l'a bouleversée et galvanisée à la fois. Elle s'est affranchie de la chape de plomb qui l'étouffait et apprivoise chaque jour un peu plus cette sève nouvelle qu'elle sent couler en elle. Faire partie d'une lignée lui ouvre de nouveaux horizons qu'elle s'autorise à découvrir, à pas feutrés.

Très vite, elle a noué avec Noémie des liens forts et les deux femmes ont pris l'habitude de se téléphoner tous les vendredis soir, peu avant Shabbat. Barbara a beau affirmer ne pas en vouloir à sa mère, elle a évité durant quelques mois de la voir seule malgré les remontrances de Paul, resté son confident privilégié. Gisèle patiente et observe sa fille s'épanouir avec lenteur. Un jour ou l'autre, Barbara aura pansé les plaies ouvertes par sa faute et elle lui laisse le temps nécessaire. Elle le sait mieux que quiconque, une discussion n'est jamais vraiment close. Un amour non plus, ne serait-ce que par les traces laissées dans son sillage.

Après leur escapade dans l'Oise, chacun a avancé à son rythme. Des jours, des semaines, des mois pour se raconter, s'approprier l'histoire de l'autre, la faire sienne et poursuivre sa propre route, riche de ces fulgurances et de ces liens partagés. Mais cette ronde endiablée leur a paru plus douce, plus mélodieuse. Libérées du poids des effrois et des fausses pudeurs, les deux femmes se sentent rajeunies. En transit, entre deux existences. La vie a repris son cours sinueux, elle a choisi une autre trajectoire et elle en changera encore souvent. Cette impermanence des êtres et des choses leur donne le tournis et les deux aînées pressentent les matins froids à venir pour leur lignée, qui guette avec anxiété la lassitude sur leurs traits fatigués.

Souvent, lorsque les deux amies regardent Barbara rire à gorge déployée, des fils roses parsemant son pull au décolleté léger, elles ne peuvent s'empêcher de croiser leurs regards et d'être envahies par la même culpabilité stérile. Par la conscience que le temps leur est compté, reconnaissantes de pouvoir encore égrainer de tels petits bonheurs entre leurs doigts.

« Viens. »

Gisèle n'a rien besoin d'ajouter. Sybille lui prend le bras et elles pénètrent sans frapper dans la chambre 66. Mila leur offre un sourire réjoui et ramène le drap blanc sur ses seins nus. Ses traits sont tirés, ses cheveux sont gras mais elle est lumineuse. Porteuse de cette lumière que seules détiennent les mères. Marc fait mine de se lever mais, d'un geste de la tête, sa femme lui intime l'ordre de ne rien dire et de ne pas bouger. Pas maintenant. Pas avant que ses aïeules aient accompli leur rituel. Pas avant qu'elles aient enveloppé les pieds du nourrisson de ses bottes de sept lieues, des chaussons cousus à la main et ajustés à sa taille.

Dans les livres, les récits ont toujours un début et une fin. Un nombre formaté de chapitres, quelques éléments perturbateurs, des âmes sombres pour sublimer les nobles, de délicieux revirements de situations, des verbes choisis pour aiguiller le lecteur. Un décor planté dont on peut changer la couleur du ciel par un seul adjectif. Mila sait que la réalité est autre. Les histoires naissent bien souvent avant leurs protagonistes et ces derniers ne peuvent que se couler dans celles-ci. Elles cheminent et ne finissent jamais. Y apposer un point final est un leurre.

Amélie gigote. Elle peine à se laisser emprisonner les chevilles par un cordon de soie rouge. Sa peau est blanche et un duvet foncé recouvre son crâne. Les mots murmurés par les deux fées penchées sur son berceau l'apaisent et elle sombre dans un sommeil profond, les poings serrés, les lèvres closes. Insensible aux prières, aux vœux, aux injonctions, aux secrets déflorés dont elle hérite à son insu. Des mots encore comme un élixir de joie, prononcés avec la ferveur de celles qui ont traversé l'existence de bout en bout et s'apprêtent à la quitter, sans jamais se lâcher la main, espérant avoir la chance de pouvoir assister aux premiers pas de cette petite créature. Un dernier baiser sur son front ne réveille pas la jolie princesse.

Du silence encore alors qu'elles essuient une larme de joie et savourent cet instant complice. Quelques coups frappés sur la porte et, tel un ouragan, Barbara pénètre dans la pièce, les bras encombrés d'un nounours en peluche plus grand qu'Amélie, suivie d'un homme d'une cinquantaine d'années à la chevelure hirsute. Les yeux brillants, Gisèle la serre contre son cœur, tout comme Samuel, le fils de Paul, qui lui retourne un clin d'œil complice. « Regarde, souffle encore Sybille à l'oreille d'Amélie que le bruit a réveillée. Regarde, ma douce, ce n'est que nous, ta famille. Un parterre de ronces dans un magnifique jardin d'hiver. »

Remerciements

Il y a quelques années, j'ai dévoré les ouvrages d'Anne Ancelin Schützenberger traitant de psychogénéalogie. Comment se réapproprier notre histoire personnelle en réalisant que tout ce qui a été mal vécu ou caché par nos ancêtres se transmet de génération en génération ? Ces questions des loyautés familiales invisibles me passionnent encore, au point d'avoir voulu écrire un roman sur le sujet. Pour ce faire, l'aide et les explications de Karin Meyer m'ont été précieuses, et je l'en remercie de tout cœur.

Mais mes personnages m'ont prise par la main et emmenée ailleurs...

Un roman est un voyage en solitaire... ou plutôt une traversée qui ne pourrait avoir lieu sans le soutien de nombreuses personnes.

J'aimerais leur exprimer ici ma gratitude.

Écrire sur la famille est délicat. Si un roman est une fiction, l'auteur est nourri par sa propre histoire, et sa famille en fait immanquablement partie. Dans son sillage, il y a des joies, des moments délicieux, des partages, mais aussi des tristesses, des silences et des grincements de dents. J'ai eu la chance de grandir dans une famille aimante où les claquements de portes côtoient les éclats de tendresse. Merci à cette famille qui m'a portée et me porte encore.

Merci à mes quatre anges, pour tout ce que je ne peux exprimer ici.

Et puis, il y a ceux dont aucune branche ne portera jamais le nom dans mon arbre généalogique. Amis, complices, vous qui m'avez accompagnée tout au long de la rédaction de ce roman, merci.

L'association Expression de sagesse (www.expressiondesagesse.com) édite des livres pour enfants sur base de récits d'aînés. J'ai adoré l'idée et m'en suis inspirée pour Noémie. Merci Cathy Vandendriessche pour cette belle initiative transgénérationnelle.

Je dois beaucoup au soutien bienveillant et efficace de Valérie Miguel-Kraak, mon agente littéraire. Ta pudeur, ton affection et ta capacité à braver les obstacles me touchent. Merci, chère Valérie, d'être à mes côtés.

Un livre sans maison d'édition serait orphelin. Merci à toute l'équipe de Flammarion et à Virginie Garrett d'avoir permis à *Qu'importe la couleur du ciel* de voir le jour. Un merci particulier pour toi, Louise Danou, directrice littéraire, pour ton aide précieuse, tes larges sourires et ta volonté de toujours vouloir trouver des solutions.

Une de mes héroïnes se prénomme Sybille, ce choix n'est pas anodin. Ma manière de rendre hommage à une inconnue au grand cœur. Durant la guerre, Sybille Bauwer, tenancière d'une maison close dans le centre de Bruxelles, a caché mes grands-parents juifs et ma mère dans un grenier. Ma famille n'a jamais pu la remercier pour son courage insensé. Je me sens si redevable à son égard qu'un prénom dans un livre ne suffira jamais à lui exprimer ma gratitude et mon admiration. Si ce livre pouvait tomber entre les mains de quelqu'un qui en connait plus sur elle, ce serait merveilleux…

Enfin et surtout, merci à vous, chers lecteurs, sans qui rien ne serait possible.

Imprimé en France par CPI
en février 2022

NORD COMPO
multimédia

Composition et mise en pages
Nord Compo à Villeneuve-d'Ascq

Dépôt légal : mars 2022
N° d'édition : L.01ELIN000566.N001
N° d'impression : 168297